하마터면 육아만 열심히 할 뻔했다

멈추지 않고 끝없이 성장하고 싶은 어른들을 위한

하마터면 육아만 열심히 할 뻔했다

김지선 지음

두드림미디어

삶과 죽음의 문턱에서 깨달은 것들

- 내 인생을 살지 못했다는 후회를 남기지 않기를 -

더 넓은 세상에 가보는 게 꿈이었던 나는 대학을 졸업하자마자 기어이 미국으로 날아갔고, 그곳에서 첫 직장 생활을 시작했다. 하지만 시간이 흐르자 점점 회사일과 관계에서 치이며 괴로워하게 되었고, 결국 몸과 정신의 에너지를 모두 소진해버리고 말았다. 매일 밤 '내일은 또 어떻게 버틸까?'를 걱정하며 겨우겨우 잠자리에 드는 나날이었다. 그러던 어느 날, 급기야 대형 자동차 사고를 당하고 말았다. 아무런 준비 없이 20대에 죽음의 문턱에 서게 된 것이다.

강한 충돌 후 날아가는 차 안에서, '이대로 죽는구나'라고 생각하던 순간, 무서움도 무서움이지만 그렇게 억울할 수가 없었다. 미국에 와서 혼자 갖은 고생하면서도 언젠가 좋은 날이 올 거라며 참고 버텨온 게 너무 아까웠다. '나중에' 꼭 행복해지려고 했는데 벌써 이렇게 끝이 난다니 믿기지 않았다. '이건 아니지! 진짜 이럴 수는 없지! 아직 내 삶을 살아보지도 못했는데!'

　그렇게 모든 끝을 예상하고 눈을 감았는데, 2차 충돌 뒤에도 기적적으로 나는 살아남았다. 믿기지는 않았지만, 다시 살았음을 느낀 그 순간, 나는 '진짜 나 자신'이 되어서 한번 마음껏 살아보고 싶다고 생각했다. 죽음을 앞두고 억울함을 느끼며 회한에 휩싸이는 일만큼 가혹한 일은 없었다. 다시 해볼 기회가 없기 때문이다. 그것을 깨달은 이후 나는 달라졌다. 기나긴 치료 기간 동안 그전까지 스스로를 닦달하듯 내몰던 욕심들을 다 내려놓았다. 아니 더 정확히는, 하고 싶어도 할 수가 없으니 자연스럽게 모든 게 그렇게 되었다. 그러면서 남에게만 쏟았던 에너지를 나에게 쓰기 시작했다. 그렇게 나 자체로 온전히 받아들인 채 충분히 괜찮게 살아가는 방법들을 하나씩 배우게 되었다.

　그 과정을 통해서 나는 인생의 커다란 비밀도 하나 알게 되었다. 인생을 결정짓는 모든 것을 사실은 '내가 선택할 수 있다'라는 것을 말이다. 우리 인생은 남이 정해놓은 대로가 아니라 자신이 생각하고, 선택하는 대로 그려나갈 수 있는 것이었다. '내'가 그렇게 하겠다고 믿고 나아가기만 한다면 반드시 그 길 위에 설 수 있게 되는 것이었다.

　사고 덕분에 나는 남은 삶은 내가 살고 싶은 내 인생을 위해서 써야겠다고 생각했다. 그리고 가슴이 시키는 대로 이끄는 삶을 살아보기로 했다. 나 자신을 위한 삶인 동시에 다른 사람의 인생을 변화시킬 수 있는 삶을 살아가자는 생각을 한 것도 그때였다. 그랬을 때 다시 한번, 삶을 마감하는 순간이 오더라도 좀 덜 억울하고 덜 후회될 것 같았다. 그래서 나는 기회만 된다면 사람들에게도 말하고 싶었다. 인생의 마지막 순간에 '아직 내 인생을 살지 못했다. 지금은 아닌데'라는 후회가 남지 않도록 만족스러운 답을 할 수 있는 인생을 살자고 말이다.

사고 이후 나는 한국으로 돌아와 결혼도 하고 아내로, 엄마로, 딸로, 며느리로, 직장인으로 바쁘게 살아가게 되었다. 하지만 어떤 순간에라도 바쁨에 매몰되어 역할에 대한 책임감과 의무로만 채워가지 않도록 부지런히 삶을 점검하는 것도 잊지 않는다. 모든 역할을 다 잘하려는 마음, 내가 아니면 어떻게 될 것 같은 착각을 자주 잡초 뽑듯이 제거해준다. 스스로를 들들 볶으며 살지 않기로 했던 사고의 교훈을 어쨌든 잊지 않으려고 말이다.

그렇게 누구나 지금, 가장 소중한 '내' 삶을 당당하고 즐겁게 살아가기를 바라는 마음으로 그간의 깨달음을 책 속에 모두 담았다. 이 책을 읽는 누군가가 힘든 상황 속에 있더라도 미래의 희망을 주시하며 한 걸음 나아갈 수 있기를 바란다. 가슴 뛰는 꿈을 이루며 소망하는 삶을 살아가는 사람이 되길 바란다. 한 번뿐인 이번 생에서 이왕이면 자기 자신에게 좋은 것을 경험하게 해주고 설레며 재미있고 건강하며 행복하게 살다가 가면 좋겠다.

마지막으로, 책이 나오기까지, 아낌없는 도움을 주신 '한국책쓰기강사양성협회(이하 '한책협')'의 김태광 대표님과 권동희 대표님께 진심으로 감사드린다. 그리고 지금의 나를 있게 해준, 내가 가장 존경하는 나의 부모님, 든든한 나의 오빠, 한결같이 힘이 되어준 나의 신랑, 그리고 늘 응원해주시는 어머님, 아버님께도 항상 감사드리고 사랑한다는 말씀을 드린다.

김지선

차례

PART 01

마흔이면 괜찮아질 줄 알았다

01

'워킹'과 '맘' 사이의 '나'

 나는 올해로 40살이 된 17년 차 직장인이자 7년 차 엄마다. 24살에 미국 취업에 도전해 미국 회사에서 4년, 이후 지금의 지방 공기업에서 13년째 일하고 있다.

 지금 다니는 회사에서 어느 정도 연차가 쌓이니, 후배들을 상담해주는 일이 많아지게 되었다. 예전에 입사했던 후배들이 이제는 다 결혼해, 최근에는 육아 고민이 상담의 주요 내용이었다. 그들의 고민을 듣다 보니 비슷한 점들을 발견하게 되었다. 아이가 아직 어린 엄마들은 대부분 '내가 없어지는 느낌', '나를 잃어버린 느낌'을 못 견뎌 했다. 그 전까지는 무엇이든 마음껏 하며 자신을 위해 살 수 있었는데, 지금은 그럴 시간도 없을뿐더러, 눈치가 보여 그렇게 못 산다는 것이었다.

 그런 그들을 보며 "'나'는 누구이고, 엄마인 '나'는 누구인가? 왜 같을 순 없는가?' 하는 궁금증이 들었다. '엄마 역할을 재미있게 하면서도 충분히 행복한 '나'로 살아갈 방법은 없는 것일까?' 하고 말이다.

　후배들을 보면 전전긍긍하던 그때의 내가 생각났다. 5년 전 둘째를 임신했을 무렵, 나는 하루가 멀다고 서울 출장을 가게 되었다. 그러던 어느 날, 출장 중에 갑자기 하혈하기 시작했다. 혼비백산해 병원에 가니, 절박유산과 전치태반이라고 했다. 출혈이 계속될 수 있으니, 누워서만 지내라는 것이었다.

　유산이라는 말에 깜짝 놀라 그길로 드러누웠는데도 하혈은 멈추지 않았다. 결국, 임신 10주 만에 휴직하게 되었다. 과장 승진이 눈앞이었지만, 그때는 오직 배 속의 생명을 살려야 한다는 생각밖에 없었다. 하혈이 심할 때는 눈물 콧물 바람을 일으키며 몇 번이나 응급실로 달려갔다.

　전치태반 때문에 애초에 고위험 산모로 분류된 나는 대학병원에서 수술로 출산해야 했다. 그런데 출산 전날, 전치태반 수술은 도중에 과다출혈로 사망할 수 있으니, 동의서에 서명하라는 게 아닌가. 그날 밤새 혼자 유서를 쓰면서 얼마나 우울했는지 모른다. 그렇게 어렵게 둘째가 태어난 후, 나는 한동안 두 아이 육아에만 온 에너지를 쏟아부으며 살았다. 그때 나에게 주어진 이 땅에서의 유일한 사명은, 아이들의 온전한 엄마로서 존재하는 것이었으니까. 엄마 역할이 전부였던 그 삶을 살 때도 나는 늘 그랬듯, 그 일에 나만의 의미를 부여하며 잘해보고자 최선을 다했다.

물론 그 속에서 '나는 육아가 전혀 힘들지 않고, 행복하기만 했다'라고 한다면 거짓말이다. 아이가 태어난 후, 두 아이 육아로 인해 남편과 나의 삶은 생각보다 더 많이 달라져야 했다. 한동안은 일절 자신을 위한 시간을 낼 수 없어 무척 예민해지기도 했다. 다만 그때의 나에게는 생명을 지키고 키워내는 일이 급선무였기에 다른 마음을 내려놓았다. 그저 나의 역할에 최선을 다하려고 애썼다.

얼마 후, 회사에 복직하자마자 바로 코로나가 터졌다. 바쁘게만 돌아가던 회사와 온 세상이 갑자기 멈춘 것 같았다. 나는 기다렸다는 듯이 다시 공부를 시작하기로 했다. 한동안 지금 해도 될까, 안 될까 고민하고 있던 일이었다. 나는 할 수만 있다면 아이들에게 영어를 가르치고 싶었다. 그때 마침 모교에 국제영어교사 과정이 있다는 것을 알게 되었고, 등록까지 일사천리로 마쳤다.

나에게 엄마 역할, 아내 역할, 직원 역할은 모두 중요하지만, 그것 때문에 내가 원하는 것을 하지 못하는 삶은 내가 바라는 삶이 아니었다. 나는 바쁜 하루 중에도 나를 위한 시간이 반드시 있어야 흔들리지 않고 나아갈 수 있었다. 새벽잠을 줄이는 한이 있어도, 1시간만큼이라도 내가 원하는 운동이나 독서, 글쓰기를 어떻게든 끼워 넣고 살았다.

다시 공부가 하고 싶었던 것도 그 때문이었다. 나는 무언가를 목표로 도전하고, 몰입해서 그것을 성취할 때 살아 있음을 느꼈다. 사람들은 그런 나를 보고 "왜 그렇게 인생을 피곤하게 사냐?"라며 말릴 때가 많았지만, 도전할 때 나 자신이 가장 행복하니, 어쩔 수 없었다. 역할에 충실한 삶은 문제 없이 인생을 살게 해줄지는 몰라도, 그것만으로는 결코 자신을 충분히 채울 수 없다. 오히려 스스로를 소진해버리는 경우가 훨씬 많다. 자기 자신은 스스로가 좋아하며 원하는 일을 해서 다시 채워주어야 한다. 일단 자신을 가득 충전하고 난 후에야 자신이 해야 할 다양한 역할들도 거뜬히 해낼 수 있으니 말이다.

나는 내 마음이 시키는 대로 모교와 연계된 미국 주립대학교의 국제영어교사 취득 과정을 선택했다. 평일에 매일 참석해서 받던 수업을 코로나라서 토요일 하루에 몰아서 해준다고 했다. 시간이 전부인 나에게는 그야말로 안성맞춤이었다.

토요일 이른 아침에 집을 나서서 깜깜한 밤이 되어 돌아올 때까지, 나는 하루를 온전히 공부에 바쳤다. 첫 수업을 마치고 돌아오던 날 저녁, 구토가 올라올 만큼 집중한 탓에 온몸에 힘이 하나도 없는 듯 느껴졌다. 그리고 그 순간 올려다본 밤하늘의 별의 모습에 나도 모르게 울컥해졌다.

'이렇게 재미있을 줄이야….' 온종일 원어민 교수와 토론하고, 발표하고, 내 생각을 영어로 떠들며 하루를 보내는 내 도전에 나는 살아 있음을 느꼈다. 참으로 오랜만에 나다운 하루, 나다운 삶을 다시 살게 된 것 같았다. 가슴이 뜨거워졌다. 밤새워 과제를 하고, 잠을 자는 것인지, 마는 것인지 공부에 매달려도 피곤한 줄 몰랐다. 토요일 수업에 내 모든 정열을 쏟아붓기 위해 낮에는 직원의 역할을, 저녁에는 엄마 역할을 다하고 책상 앞에 앉았다. 그렇게 늦은 밤까지 치열하게 공부에 몰입했다. 수개월의 노력 끝에 결국 국제영어교사 자격증을 받던 날, 나는 영어교육 회사와 프리랜서 계약을 맺게 되었다. 목표했던 대로 아이들을 가르치는 화상 영어교사로 발돋움하게 된 것이었다.

나는 내가 세운 목표가 있으면, 그것을 이루지 않고는 살 수가 없었다. 무슨 수를 써서라도 되는 방향을 찾아내고, 방해물을 걷어내 이루어지게끔 만들어야 했다. 그래서 내가 공부를 시작한 날부터 우리 가족들 삶의 풍경은 많이 달라졌다. 아이들에게는 스스로 해내야 하는 부분이 늘어났고, 남편에게는 육아, 살림 할당량이 늘었다. 그리고 친정엄마는 더 바빠 우리 가정을 돌보게 되었다. 조금 미안하지만 어쩌랴. 눈을 질끈 감았다. 머지않아 우리 가족은 점점 그런 바쁜 엄마의 딸, 바쁜 아내를 둔 남편의 삶에 적응해주었다. 특히 아이들은 엄마가 자신들의 엄마이기만 한 게 아니라, 컴퓨터 안의 언니, 오빠들에게 영어를 가르치는 선생님도 된다는 것을 재빨리 알아챘다. 그리고 그런 나를 무척이나 자랑스럽게 생각해주었다.

우리는 언젠간 직장도, 부모 역할도 졸업한다. 그 역할들은 끝나도 내 삶은 이어진다. 그러니 나는 나로서, 그 역할들을 걷어내도 온전히 한 인간으로서 당당하게 존재해야 한다. 일과 육아 사이에서 반드시 나를 중심에 세워야 하는 이유다. 어떤 순간에라도 스스로 만족하는, 나다운 삶을 살려는 노력만큼은 죽는 날까지 멈추지 말아야 한다. 도저히 지금 여건에서는 그럴 여유가 없다는 후배에게 나는 꼭 말해준다. "이제 마흔이 되어보니, 마흔은 '내가 원하는 것을 할 수 있는 용기' 하나

쯤은 훈장으로 가지고 있어야 하더라"라고, "그런데 그게 어느 날 갑자기 그렇게 되는 것은 아니라고" 말이다.

대신 평상시에 자주 연습해두어야 한다. 나를 위한 시간을 조금이라도 가져보는 연습, 눈치 보지 않고 내가 원하는 것을 해보는 연습 말이다. 그것을 위해 필요하다면 힘들어도 포기하지 않고 조율해나가야 한다.

지금 내가 채우고 있는 시간이 쌓여 내가 된다. 내가 바라는 미래의 모습이 있다고 해도, 그것을 위한 노력을 지금 전혀 하고 있지 않다면, 그 미래의 나는 언제까지고 현재의 나로서는 만들 수 없을 테니 말이다.

큰 장독 안을 물로 가득 채운다면 그 안에 모래나 자갈을 넣을 수 있을까? 답은 '아니다'이다. 반대로 커다란 돌을 장독에 먼저 넣은 후, 자갈과 모래를 넣고, 거기에 물을 채워 넣을 수 있을까? 당연히 '그렇다'이다. 장독을 다 채울 때까지 아마 끝도 없이 부어 넣을 수 있을 것이다.

인생도 마찬가지다. 내가 하는 역할들이 나의 전부는 아니다. 내 인생이라는 장독 안에 나를 중심에 두면, 나머지는 거뜬히 채워 넣을 수 있다. 혹시라도 지금 내 삶에 도저히 답이 없다는 생각이 든다면, 소중한 인생의 장독 안에 뭐가 있는지 점검해보자. 어쩌면 내 존재를 제외한 부차적인 것들만 가득 채운 채 사는 것은 아닐까. 그러면 전부 꺼내 배열부터 다시 할 때다. 누가 뭐래도 지금의 이 인생은 내 인생이니 말이다.

마흔이면 괜찮아질 줄 알았다

한창 진로를 고민하던 중학생 시절, EBS에서 한 여성의 인터뷰를 보게 되었다. 우리나라 최초 국제회의 통역사, 최정화 교수였다. 아무도 가지 않은 길을 걸어가는 그녀의 당당한 모습은 내 심장을 뒤흔들었다. 나도 저 길을 가겠다고 마음먹게 되었다.

그때, 내 '꿈의 설계도'가 탄생했다. 단계별로 크게 '영어 전공하기, 미국에서 일하기, 해외업무 전문가 되기'의 3단계를 적었다. 그리고 나는 1단계 목표한 대로 대학에서 영어영문학과에 입학했다. 그리고 4년 뒤 졸업을 앞두고 있을 무렵, 학교 홈페이지에서 미국 인턴 모집 공고를 보게 되었다. 꿈 설계도의 2단계를 실행할 때가 왔음을 직감하게 되었다.

모든 게 순탄할 줄 알았지만, 미국에 가는 과정이 그리 쉽지만은 않

왔다. 미국에서 인턴으로 일하기 위한 J1 비자 발급을 대행하는 업체에
문제가 생겼기 때문이었다. 원래 출국은 3월이었는데, 4월을 지나 6월
이 되어도 출국하라는 이야기가 없었다. 내부 사정으로 지연된다는 말
만 들었다. 지원자 중 하나둘, 포기하는 사람이 나오기 시작했고, 내 마
음도 초조해졌다.

그럼에도, 무슨 일이 있어도 미국에 가겠다는 나의 열망은 꺼지지 않
았다. 아니 오히려 나날이 커져만 갔다. 미국에서 일하는 내 모습을 매
일매일 상상하며 인내했다. 이루어지고 있는 중이라고 스스로를 다독
였다. 그렇게 4개월을 더 기다린 끝에, 나는 지원자 중 마지막 선발자
로 미국에 갈 수 있게 되었다. 2007년 7월 4일이었다.

내가 미국에 도착한 날은 마침 미국의 독립기념일이었다. 처음 로스
앤젤레스 공항에 도착했을 때, 어디로 가야 할지 몰라 굉장히 당황했
다. 내 키만 한 이민 가방을 이리저리 끌며 1시간가량을 헤맸다. 겨우
하숙집에 도착했을 때는 이미 어둑한 저녁이 되어 있었다. 그 시각, 펑
펑 소리를 내며 독립기념일 불꽃 쇼가 시작되었다. 나는 그 불꽃이 마
치 고생한 나에게 주는 입국 선물같이 느껴졌다. 낯선 땅에 혼자였지
만, 1년 동안 누구보다 잘 해내리라 결심했다.

하지만 그런 나의 결심은, 다음 날 회사 첫 출근 후 1시간 만에 와르
르 무너져 내렸다. 내가 1년간 인턴으로 일할 회사는 미국 이민법 전문
법률회사였다. 미국에서의 체류 신분은 곧 의뢰인의 생사와 직결되는

문제였다. '회사 분위기가 가볍지는 않겠구나' 하고 어느 정도 예상했다. 하지만 그럼에도 불구하고, 회사는 내 생각과 너무나 달랐다.

그전까지 나는 붙임성이 좋다는 이야기를 많이 듣고 살았다. 어디를 가든 좋은 관계를 만드는 게 내 강점인 줄 알았다. 그런데 태어나 처음 나가본 사회, 그것도 미국 첫 회사에서 그런 내 밝음은 무용지물이었다. 서로 경계하는 분위기에 직원들은 단 한마디 사적인 대화도 나누지 않았다. 개별 룸으로 된 변호사들의 방문은 유리였지만, 넘을 수 없는 단단한 벽처럼 보였다. 복도에 자리한 내 책상에서는 숨소리도 크게 내면 안 될 것 같이 느껴졌다. 너무 심하게 주눅 든 나머지, 내 자리로 전화가 울릴 때면 전화선을 뽑아버리고 싶은 마음이 굴뚝같았다.

이따금 개별 룸에서 들리는 전화기 너머 고함 소리, 팀장 룸에서 들리는 질책 소리가 마치 천둥처럼 들리는 듯했다. 앞으로 이곳에서 계속 일해야 한다는 사실이 믿기지 않았다. 그렇다고 돌아갈 수는 없는 노릇이니 버티는 수밖에 다른 대안이 없다는 현실이 무겁게 나를 짓눌렀다. 그런 복잡한 마음 때문인지, 아니면 온종일 긴장하고 눈치를 살핀 탓인지 퇴근이 가까워지자 온몸이 아플 지경이었다. 정신력으로 하루를 버티고 집으로 돌아가던 길에 인턴으로 먼저 와 있던 선배 1명이 무슨 말인가를 어렵게 꺼냈다.

"나는 2주 뒤에 한국으로 돌아가."
"예? 이제 두 달밖에 안 되었는데, 벌써 간다고요?"

전부터 아는 사이는 아니었지만, 그래도 한국에서 왔으니 이것저것 의지하며 살 수 있겠다고 안심했건만, 하필 내 출근 첫날 밤 꺼낸 이야기가 퇴사였다. 그나마 있던 희망도 날아가는 기분이었다.

"너 오면 가는 것으로 팀장이랑 이야기 끝내고 버티고 있었어."

그런 말을 하는 선배의 얼굴이 더 어두워졌다. 회사에 있는 내내 상사에게 시달리는 것 같았기 때문에 대충 눈치는 채고 있었다. 그래도 시간이 가면 나아질 텐데 아깝게 그만두다니, 너무 성급한 것 아닌가 싶었다. 나는 이런 기회가 또 어디 있냐며, 다시 생각해보라고 말렸다.

하지만 그 후 2주 동안 선배의 모습을 지켜보며, 나는 그를 붙잡는 것을 그만두기로 했다. 그는 바짝 말라 금방이라도 부스러질 듯한 화초 같았다. 생명이라고는 하나도 없는, 죽은 화초 말이다. 서울 명문 여대를 졸업한 그는 이번 인턴을 거쳐 미국에서 취업하는 게 꿈이라고 했었다. 하지만 미국 회사에 온 이후, 태어나서 처음으로 이런 말들을 들었던 것이다.

"너, 그 대학 나왔다는 거 거짓말이지?"

"그 머리로 여긴 어떻게 왔냐? 멍청하긴."

그런 상황이 반복되자, 어느 시점부터 감정이 죽어버린 사람처럼 생기를 잃었던 것이었다. 자주 한숨 쉬고, 자주 울먹이던 그는 결국 인턴 두 달 만에 한국으로 돌아가버렸다.

상사의 거친 언행 때문에, 그 후로도 계속해서 직원들이 떠나갔다. 오갈 데 없는 인턴인 나 이외에는 거의 다 교체되었다. 그때 나는 오직 내 꿈의 설계도만 생각하며 버텨냈다. 내가 기댈 것이라고는 오직 그거 하나였다. 나는 때를 만들고 내 꿈을 향해 나아가게 될 거라는 확신, 그를 위한 지금의 과정이라는 믿음을 놓지 않았다. 가끔 멘탈이 흔들리거나 다 놓아버리고 싶은 날에도 꾹 참고 스스로를 격려했다. 나는 하나의 점을 찍었고, 그다음 점을 향해 계속 나아가고 있으니 멈추지 않는다면, 이어질 것으로 생각했다. 그렇게 1년 인턴 기간을 다 채운 나는, 회사에 제일 오래 남아 있는 한 사람이 되었다. 나는 회사 정식 직원으로 채용이 되었고, 4년을 더 그 회사에서 일하게 되었다.

그런 내가 얼마 전, 공황장애 증상으로 병원을 찾게 되었다. 심적으로 매우 힘들었던 20대를 지나 이미 충분한 시간이 흘렀고, 한 10년쯤 지났으니 나는 내가 다 괜찮아졌을 거라고 믿었다. 웬만한 것에는 꿈쩍도 안 하고 흔들리지 않는 나이가 되었다고, 20대에 시달렸던 불안과 초조함이 30대를 지나 모두 사라진 줄 알았다. 하지만 '불혹의 마흔'이라는 말이 무색하게, 나는 외부의 자극에 심하게 동요되었고, 초조하고 불안했던 20대의 나로 되돌아간 듯 흔들렸다.

나는 치열하게 살아냈던 나의 20대, 그리고 30대를 돌아보며 지금 더 크게 성장하는 중임을 나에게 알려주었다. 그동안 많은 일을 겪으며 이전보다 더 단단해지고, 성장해왔듯, 이번에도 그럴 것임을, 그렇게 다시 한번 나에 대한 믿음을 다지는 기회로 삼기로 한 것이다. 그리고 인생을 향한 뜨거운 열정만큼이나 나 자신을 사랑하는 방법도 배울 것임을, 나는 내가 바라는 인생을 살 수 있는 내가 될 것임을 더 굳게 믿기로 했다.

우리는 때때로 삶이 뜻대로 되지 않아서라기보다는 의미를 찾을 수 없을 때 방황하게 된다. 하지만 삶의 목표를 세운 뒤에는, 인생에서 어떤 어려움이 와도 인내하고 계속 나아갈 수 있다. 환경에 지지 않는 나로 인해서 언젠가는 내 삶이 바뀔 것임을 알기 때문이다. 도중에 그만두어버리면 장애물은 그냥 장애물로 끝난다. 하지만 그 길을 관철한다면, 반드시 모든 것을 극복하고 꽃피우는 날이 온다.

목표를 이루어내기까지 기다림이 힘들어도 포기하지 않는 것, 생각과 다른 어려움을 마주할 때도 도망치지 않는 것, 그것은 눈앞의 괴로움 너머에 보이지 않는 더 큰 의미가 있다는 것을 믿으면 할 수 있게 되는 것이었다. 그래서 모든 고난은 강한 자에게는 성장의 발판이 된다고 하지 않던가.

나는 살면서 어려운 일이 있을 때면 이루어진 미래를 상상하며 그곳의 내가 되어 편지를 썼다. 미래에 정말 행복해진 내가, 지금 최선을 다해 노력하는 나에게 응원의 편지를 보내는 것이었다. 미래의 나는 현재의 내가 바라는 대로 반드시 행복해져 있으니까 포기하지 말라고 말이다.

마흔에 다시 흔들린 나에게, 너무 쫓기듯 살지 않아도 괜찮으니까 힘을 내라고 격려하면서 나는 그런 이야기를 해줄 수 있는 내 삶에 더없이 감사하게 되었다. 20대, 뜨거운 용광로 속에 들어간 것 같았던 괴로움을 이겨내고 돌아온 자부심. 나는 그 힘으로 다시 힘차게 30대의 내 인생을 살아올 수 있었다고 믿기 때문이다.

그래서 나는 이제 40대가 된 나에게 말해준다.

"아주 많이 잘하고 있어. 모든 것이 계획대로 이루어지고 있어. 그러니까 지금 흔들려도 다 괜찮아."

'나중에'란 영원히 오지 않는다

인생은 강물처럼 계속 흘러간다. 이 강물에는 두 부류의 사람이 살고 있다. 한 부류는 흐르는 강물에 인생을 맡긴 채 그저 흘러가듯 사는 사람들이다. 처음부터 어디로 가겠다는 계획은 없다. 강물의 끝이 어딘지도 모른다. 그 방향으로 흘러가는 게 맞는지 의심조차 하지 않는다.

두 번째는 강물을 역행하는 사람들이다. 이들이 다다르고자 하는 목적지는 강물이 흘러가는 방향과 다르다. 보이지 않는 강물 아래에서 이들은 끊임없이 발차기를 시도하고, 돌아나갈 준비를 한다. 그러고는 어느 순간, 꿈꾸던 곳을 향해 방향을 틀어 힘차게 강물을 거슬러 나아간다. 당신은 둘 중 어느 쪽인가?

목적 없이 강물을 따라 흘러만 가던 사람들은 어느 순간 무언가 잘못

되었다는 것을 느낀다. 강물이 끝나는 낭떠러지 앞에 다다라서야, 정신을 번쩍 차린다. 하지만 돌아가려고 해도 이미 인생이라는 시간은 모두 다 흘러가버린 다음이다.

2010년 7월, 인생이란 강물을 따라 흘러가듯 살고 있던 내 삶에 거센 풍랑이 찾아왔다. 미국에서의 회사 생활 3년째에 접어들고 있던 여름이었다. 그 시기, 나는 회사 일에 치이며 감정적으로 번아웃 되어 매일매일 힘겹게 보내고 있었다. 그렇게 정체된 일상의 어느 저녁, 퇴근길이었다. 신호등을 지나 한창 달리고 있던 내 차 옆으로, 무서운 속도로 달려오는 차가 힐끔 보였다. '설마, 아니겠지', 이 짧은 생각이 끝나기도 전에 이미 그 차는 내 차를 완전히 덮쳐버렸다. 충돌과 동시에 내 차는 그 자리에서 빙빙 돌고 저 멀리 튕겨나갔다. 그대로 멈춰 서지 않는다면 교차로의 다른 차와 충돌할 참이었다. 그 순간 '아! 나는 죽었구나!' 싶었다.

그런데 놀랍게도 반대편 도로변의 나무 사이에 내 차가 끼인 채로 멈춰 섰다. 그 순간, 나는 내가 살았다는 사실이 믿기지 않았다. 충돌의 찰나, 온통 하얀색 벽의 어딘가로 떨어지는 듯한 느낌이 '왠지 죽음의 문턱을 넘는 게 아닐까' 싶었기 때문이었다.

한참 후 구급차가 도착했고, 나는 들것에 실려 나갔다. 그 순간에도 나는 내가 살았는지, 죽었는지 구분이 되지 않았다. 내 옆으로 형체를 알아볼 수 없을 정도로 흉측하게 찌그러진 차 두 대가 보였다. 도로는 차들과 경찰차, 구급차가 뒤엉켜 그야말로 아수라장이었다. 상대편은 마약에 취한 상태라 현장에서 검거되었다. '영화에서나 보던 이런 일이 나에게 일어나다니…. 모든 게 그냥 꿈이었으면 좋겠다'라는 생각뿐이었다.

나는 사람들이 그 아수라장을 만든 사고를 향해, 아니 정확히는 나를 향해 비난을 퍼부을 것만 같았다. 어서 그곳을 벗어나고 싶었다. 내 잘못이 전혀 아니었는데도 말이다.

곧바로, 죽을 것만 같은 육체적 고통이 찾아왔다. 온몸이 말 그대로 부서질 것 같은 아픔이었다. 하지만 육체적 고통은 부차적이었다. 응급실에 누워 있던 내 머릿속은 온통 불안함으로 가득 차 있었다. 말도 안 되게, 나는 회사 팀장의 반응이 걱정되어 불안해서 견딜 수 없었다. '이 사고 때문에 업무에 차질이 생길 테니 아마 길길이 날뛰겠지', '나를 미칠 듯 원망할 텐데 이제 나는 어떻게 되는 것일까?' 팀장이 금세라도 응급실로 뛰어와 나를 괴롭힐 것 같은 생각에 도망치고만 싶었다. 아무도 찾지 못하는 어디론가로 숨고 싶다는 생각뿐이었다.

그동안 나는 회사에서 겉으로는 아무렇지 않은 척 연기하며 살았다. 그렇게 드러나지 않았던 내 내면 의식이 사고와 함께 그대로 수면 위로 떠오른 것이었다. 부끄러운 민낯이었다. '내 두려움이 이 정도였다니' 충격적이었다. '몸이 이렇게 아픈데도 팀장의 비난이 무서워 현실을 회피하려는 내 모습이라니' 현대판 노예가 따로 없었다. 나는 그 상황이 너무나 싫어 당장 도망칠 궁리만 하고 있었다.

회사에서 나는 의뢰인의 영주권을 신청하는 일을 담당했었다. 매일 일자별, 단계별로 반드시 따라야 하는 절차를 거쳐 일을 진행해야만 했다. 목숨보다 중요한 게 데드라인이었다. 매월 미국 이민국이 발표하는 이민 할당은 널을 뛰듯 바뀌었다. 그 때문에 기회를 놓치면 의뢰인이 몇 년의 세월을 기다려야 할 수도 있었다. 중간에 하나라도 미끄러지면 다음은 장담할 수 없었기 때문이다.

그로 인한 업무 스트레스도 스트레스지만, 내 위 팀장의 '데드라인 강박증'은 집착을 넘어 거의 병 수준이었다. 팀장의 불같은 성화에 회사 분위기는 늘 살얼음판 같았다. 내가 있는 동안 못 견디고 나간 직원만도 10명이 넘었다.

그런데 3년 동안 실망이라고는 시켜본 적 없는, 순한 양처럼 복종했던 내가 이번에 모든 것을 망쳐버리게 생겼으니 이 일을 어찌하나. 통제할 수 없는 두려움이 육체적 아픔보다 더 강력하게 나를 지배했다. 나는 사고 소식을 동료에게 알린 후, 나 대신 회사에 전해달라고 사정했다. 그러고는 의도적으로 팀장의 연락을 받지 않을 생각이었다. 하지만 그 판단은 오히려 팀장의 불안감을 비이성적으로 증폭시켰다. 매일 밤 나를 찾아오게 만들어버린, 최악의 상황이 펼쳐졌다. 그럴수록 나는 팀장을 피해 더 멀리멀리 도망쳤다. 팀장은 그런 나를 보고야 말겠다고 더 거세게 밀어붙였다. 둘의 관계는 걷잡을 수 없이 악화되었다.

누구나 기억에서 지워버리고, 다시는 생각하고 싶지 않은 일이 있을 것이다. 나에게는 끔찍했던 사고의 기억, 그때 느꼈던 불안과 두려움의 허상들이 바로 그것이다. 하지만 그런 것들과 결별하지 않으면 우리는 시간이 아무리 흘러도 늘 피해자로 남아 자신을 괴롭히게 된다. 회복되지 않은 그런 기억들은 시간이 갈수록 깊은 상처가 될 뿐이다.

나는 그 사고로 정신을 차리게 되었다. 원치 않는 환경에서 억지로나마 거리를 두게 된 이후, 그동안 보려고 하지 않았던 내 내면을 들여다보게 되었다. 이렇게 살다가 갈 수는 없다는 생각이 들었다. 그렇게도 꿈꾸었던 미국에 와서, 모든 것이 장밋빛일 줄만 알았는데…, 현실은 냉혹했다. 3년 동안 나는 직장에서 일뿐만 아니라 힘겨운 상사와의 전투에 지쳐가고 있었다. 그 상황에서 벗어나고 싶다고 내면이 울부짖고 있었다. 하지만 더 깊은 내면에서는, '상황을 바꾸는 것은 불가능하리라'는 패배감이 자리하고 있었다. 나는 '그냥 될 대로 되어라'는 심정이었다.

사고를 계기로 나는 고통 속에서 빠져나오리라 마음먹었다. '언젠간 행복한 날이 오겠지' 같은 소망만으로는 어떤 것도 바꿀 수 없다는 것을 깨달았다. 사고로 인해 누워서 내가 할 수 있는 일은 책 읽기와 글쓰기뿐이었다. 나는 매일 고통을 극복하고 성공한 이야기를 찾아 읽기 시작했다. 그리고 힘든 감정들을 매일 글로 써 내려갔다.

그렇게 하루 이틀, 시간이 쌓여감에 따라 나는 변했다. 더는 인생을 비관하며 눈물 흘리는 내가 아니었다. 나는 천천히 내 힘으로 어둠의 긴 터널을 빠져나오게 되었다.

인생의 진짜 선물은 '시련'이라는 포장지에 싸인 채 온다. 그래서 사람들 대부분은 안에 든 선물을 펼쳐보기도 전에 좌절부터 하고 만다. 나도 마찬가지였다. 하지만 시련은 극복하는 과정에서 깨달음과 지혜라는 선물을 안겨주었다. 그 지혜와 깨달음을 통해 나는 더 강해지고 현명해질 수 있었다. 스스로가 바라는 소망을 이룰 수 있는 사람으로 성장하게 되었다.

인생에서 가장 소중한 순간은 바로 지금, 이때다. 이미 지나온 과거로 되돌아가 무언가를 바꿔보려고 해봤자 불가능만 가중될 뿐이다. 아직 오지 않은 미래도 마찬가지다. 나는 사고를 당하고, 극복하는 과정에서 나에게 주어진 시간은 오늘, 지금, 이 순간뿐임을 깨달았다. 언젠가 나중에 만들어지리라는 시간, 환경 그런 것은 없었다. 환경은 예전이나 지금이나 앞으로나 크게 달라지지 않을 것이었다.

내가 원하는 삶을 살기 위한 노력을 지금 하지 않는다면, 언제나 할수 없는 것이 되고 만다. 그러니 더 늦기 전에 그냥 지금 내가 하고 싶은 것을 해야 한다. 자신이 변하지 않으면 아무것도 스스로 변하지 않기 때문이다. 지금 처한 환경이 만족스럽지 않다면, 강물의 흐름을 거슬러 새로운 곳으로 뛰어넘을 준비를 해야 한다. 내가 그러겠다고 힘껏 행동하는 순간, 온 우주가 그것을 해낼 수 있도록 나를 도와주리라. 일단 한번 첫발을 떼면 모든 것이 달라질 것이다. 새로운 것에 도전한 그자신감으로 그전에는 몰랐던 또 다른 나를 만날뿐더러, 계속해서 발전하며 성장할 수 있기 때문이다.

자신이 원하고 꿈꾸는 인생을 살고 싶다면, 가슴이 시키는 대로 인생을 한번 살아보고 싶다면, 때는 언제나 지금뿐이다. 당신에게도 가슴 떨리는 일이 있는가? 그럼 절대로 망설이지 마라. 인생의 다음 순간에는 어떤 일이 일어날지 아무도 모른다. 원하는 일이 있다면, 지금 그것을 바로 시작하면 된다. '나중에'란 영원히 오지 않는다.

마흔, '나다운 삶'은 무엇인가

나는 내가 결혼과 출산을 거쳐 아이를 키우는 상황에 있기 전까지는 여자로 태어났다는 의미를 그다지 크게 느껴본 적은 없었다. 학교를 졸업하면 당연히 직장을 찾고, 결혼하고, 아이를 낳는 것이라고 교육받은 탓일까. 나는 결혼에 따르는 출산과 육아가 저절로 이루어지는 과정인 줄 알았다. 초등학교를 졸업하면 중학생이 되고, 이어서 고등학생이 되는 데 별 노력이란 게 필요 없듯이 말이다.

나는 결혼, 출산, 육아라는 표면적 단어의 뒷면에 보이지는 않지만 건너가야만 할, 너무나 많은 다리가 놓여 있다는 것을 뒤에서야 알게 되었다. 아마 대부분의 여성들이 마찬가지일 것이다. 학생이고 혼자일 때는 다루어본 적 없는, 아내이자 엄마로서 당면해야 할 인생의 중대한 명제들이 있었다. 하지만 왜 우리는 이런 것들에 답할 준비가 되어 있지 않았을까?

 학교에서는 정해진 규칙대로, 교사가 하라는 대로 따르면 그만이었
다. 굳이 내 생각이란 것을 집어넣을 필요가 없었다. 질문이라는 것이
의미가 없는 곳이었다. 질문하는 그 순간부터 오히려 유별나지지 않던
가. 학생들 대부분이 학교가 바라는 '학생다운' 모습으로 그 시기를 그
저 흘려보냈다. '나는 누구인가?', '어떻게 살고 싶은가?'와 같은 질문은
저만치 던져버린 채 말이다.

 사회에 나와도 크게 다르지 않았다. 어쩌면 학교보다 더, 질문이 필
요 없는 곳이었다. 내가 되고 싶고, 하고 싶고, 누리고 싶은 것은 학교와
회사 밖에서 따로 고민해야 할 일이었다. 하지만 우리는 시간으로 이루
어진 인생의 대부분을 학교와 회사에서 보내고 있지 않은가. 너무나 아
이러니하게도, 그 기나긴 시간 동안 우리는 가능하면 내 생각을 멈추
고, 틀 안에 나를 맞추고 살아간다. 틀 안의 그 자리가 내 삶의 전부인
것처럼 말이다.
 마치 서커스단에서 도망가지 못하도록 말뚝에 다리가 묶인 새끼 코
끼리 같은 모양새다. 아무리 힘껏 노력해도 묶인 밧줄을 풀 수 없다는
것을 알게 된 새끼 코끼리는, 나중에 어른이 되어 힘이 세져도 탈출해
볼 시도조차 하지 않게 된다. 사람들의 모습도 마찬가지다. 어느 순간
부터 스스로 정한 한계 밖으로 나갈 생각을 아예 하지 않는다. 틀 안의
세계에 완전히 갇혀버리는 것이다.

그런데 다행인지 불행인지, 마흔 무렵이 되면 그런 자기 삶에 갑자기 물음표가 던져진다. '뭐지? 진짜 이렇게 사는 게 맞나?', '원래 이렇게 힘든 것인가?'라는 질문을 하기 시작하는 것이다. '내 삶을 살고 싶다', '나답게 살고 싶다'라는 내면의 소리가 끊임없이 들려오는 것이 이때다. 그런 질문에 익숙하지 않은 우리는, 갑자기 존재 이유를 묻는 거대한 질문이 불편하고 어렵다. 하지만 어떻게든 피하지 않고 그 질문에 몰입해서 길을 찾아내면 그때부터 무서운 속도로 인생을 바꾸기도 한다.

내 미국 룸메이트였던 미치코가 그런 사람 중 하나였다. 그녀는 나와 같이 살기 전, 남편과 헤어지는 중이었다. 일본에서 온 유학생이었던 그녀에게 미국인 남자친구인 환은 백마 탄 왕자님이었다. 부모님 반대가 컸지만 결국 결혼했다. 하지만 1년 만에 환의 외도를 알게 되었다. 모든 것을 포기하려던 그녀는 남편과 별거 후 친구 집으로 옮겼다. 때마침 룸메이트를 구하던 나와 연결이 되어 우리는 함께 살게 되었다. 한동안 그녀는 다니던 회사도 그만두고 방에만 있었다. 모든 것을 전적으로 의지했던 남편이었다. 그런 남편의 배신은 그녀의 전부를 흔들어 버렸다. 수시로 울며 힘든 시간을 보내던 그녀가 한참의 시간이 흐르자 어느 날부터 밖으로 나가기 시작했다.

집으로 돌아오는 그녀의 손에는 매번 어여쁜 그릇이 들려 있었다. 어느 날은 꽃이 그려진 식기를, 어느 날은 꽃병을 사 왔다. 거실에 있던 우리의 식탁은 매일 그녀가 사온 예쁜 식탁보와 식기, 그리고 꽃으로 장식되기 시작했다. 주말이면 엄청 공을 들여 음식을 만들고는 친구들을 초대하기도 했다. 하루는 미치코가 친구들과 모인 자리에서 이런 말을 했다.

"나는 죽고 싶었지만, 그럴 용기는 없어. 그래서 죽을 각오로 그냥 내가 하고 싶은 대로 살기로 했어."

이 말을 한 그녀는 정말로 인생을 바꾸기 시작했다. 비로소 자신의 삶에서 정말 하고 싶었던 일이 무엇인지 깨달았다고 했다. 이전에 다니던 회사 일이 아닌, 원래 좋아했던 요리를 배우기 시작했다. 남편 외에는 그 누구도 만나지 않던 그녀가 자주 사람들을 초대해 음식을 해 먹었다. 자신의 요리를 칭찬하는 사람들로부터 힘을 얻은 그녀는 이전의 우울한 모습이 기억나지 않을 정도로 밝게 변화해갔다. 매일 꽃병의 꽃을 바꿔 꽂고, 식탁보를 갈고, 맛있는 요리를 만들던 그녀의 삶은 날이 갈수록 빛이 났다.

그렇게 1년이 넘는 시간이 흐른 후, 미치코는 이전과 몰라보게 달라졌다. 변한 것은 남편도 마찬가지였다. 둘은 재결합을 하게 되었다. 머지않아 함께 일본으로 가서 둘은 새로운 인생을 시작했다. 그녀가 떠날 때 주고 간 편지에서 했던 말이 아직도 가슴에 남아 있다.

"이런 일이 일어나지 않았다면 평생 나는 나를 모르고 살 뻔했어. 내가 나와 잘 사는 방법을 알고 나니까 실은 혼자라도 괜찮다는 생각까지 들었고. 이제 내 힘으로 뭐든 할 수 있다는 것을 알게 되었으니 하나도 두려운 게 없어."

나다운 삶을 살아간다는 것은 용기가 필요한 일이다. 내 가슴이 시키는 삶을 살고자 할 때, 저항은 필연적이다. 남의 마음에 들게만 살아왔으니 내 선택이 인생의 기준이 되도록 자신이 판을 바꿔야 하기 때문이다. 더 이상 남에게 보여주려고 하는 초조함을 멈추고, 자신의 가슴이 시키는 대로 살겠노라 하고 나의 길을 가는 수밖에 없다.

나 또한 교통사고를 당해 혼자 있는 시간 동안 나의 내면에 집중했고, 변화할 수 있었다. 그동안 나는 남의 눈치를 보느라 내가 없어지는지도 모른 채 덮어놓고 참기만 했다. 나는 내 삶의 주도권을 외부가 아니라 내가 쥐고 싶었다. 그때 나는 나를 있는 그대로 인정하고 나의 존재에 귀를 기울이며 집중하기로 했다.

나는 끊임없이, '지금 내가 이것을 겪는 진짜 이유는 뭘까? 여기에서 내가 배울 수 있는 건 뭘까?'라는 질문을 던졌다. 답은 늘 나와의 대화 속에 있었다. 나를 끌어내리려는 사람과 목숨 걸고 싸우며 나는 서서히 나를 다시 정의했다. 나의 살아 있는 감정을 표현하고 생생하게 살아가는 연습을 하기 시작했다. 고통에서 벗어나는 지름길은 없었지만, 유일한 길은 찾을 수 있었다.

그것은 자기 자신에 대한 신뢰와 믿음, 존중과 확신이라는 단 하나의 길이었다. 그것을 제외한 어떤 것도 근본적으로 나 자신을 바꿔주지 못했다. 나 이외의 존재에 대한 집중은 집착이 되었고, 오히려 고통만을 더할 뿐이었다. 결국, 나는 나를 홀로 두었던 그 시간 속 성장 덕분에,

인생의 진실을 찾을 수 있었다. 삶의 어떠한 어둠이 찾아와도 나는 그때 만들어낸 스스로에 대한 믿음 덕분에, 그 어둠을 등진 채 걸어 나올 수 있었다.

비행기를 타면 안내 방송에서 '비상 상황이 발생하면 우선 자신부터 산소마스크를 쓰라'고 한다. 먼저 나를 돌보고 그 다음이 존재하는 것이다. 내가 나를 뒤로하고 주변만 둘러본다면 결국에 나는 나뿐만 아니라, 내가 도우려고 한 그 누구도 도울 수 없게 된다.

그러니 마흔이 되면 내가 나를 새롭게 정의하고 나답게 살아봐야 하지 않을까. 눈앞의 내 숙제들도 풀면서 내 삶도 열심히 준비하는 것이다. 모든 것에는 시간과 노력이 필요한 법이니까. 모든 것은 내가 정말 원하는 것을 찾고, 그것을 위한 한 걸음을 떼는 것부터 시작된다.

'죽음을 기억하라'는 뜻의 라틴어 '메멘토 모리(Memento mori)'는 이 지구상의 어떤 생명도 영원히 살지 않는다는 것을 말해준다. 다른 것은 다 불확실해도 이것만큼은 확실하다. 더 중요한 것은 자기 삶의 마지막 순간이 언제가 될지 아무도 모른다는 것이다. "인간은 모두 언제 형이 집행될지 모른다. 유예받은 사형수다"라고 한 빅토르 위고(Victor Hugo)의 말 그대로다.

그러니 진정으로 내가 원하고, 살고 싶은 인생을 살아보는 것. 그런 나의 하루를 쌓아가며 나다운 인생을 만끽하는 것. 그리고 시간이 되면 후회 없이 툭툭 털고 가기 위한 연습. 인생의 마흔부터는 시작해봐야 하지 않을까.

오늘은 단 한 번뿐인 날

내가 미국에서 직장에 다니고 있을 때, 아빠가 갑작스럽게 심장 수술을 하셨다는 연락을 받았다. 아빠는 심장에 협심증이 생겨 병원에 다니는 중이었다. 그날도 대학병원에 진료 예약이 있어 아침 일찍 엄마와 외출을 서두르셨다고 했다. 그런데 예약 시간이 다 되어가자 마음이 조급해지더니, 병원에 도착했을 때는 갑자기 눈앞이 캄캄해졌다는 것이다. 그길로 아빠의 기억은 끊겨버렸고, 기적처럼 다시 깨어났을 때는 심장 혈관에 스탠트 삽입 수술을 한 상태였다. 병원 의료진 모두가 입이 닳도록 환자가 운이 좋았다고, 하늘이 도왔다고 했다.

아빠의 생사가 오갔던 그 중대한 상황을 엄마에게서 전화로 전해 들을 때, 내 마음은 참담함을 넘어 무너져 내리는 것 같았다. '그때 아빠가 병원이 아니었더라면? 그때 수술을 바로 받지 못했다면 어쩔 뻔했나, 천만다행이다'라는 생각은 그저 잠시뿐이었다. '만약 그대로 아빠가 잘못되었다면?' 하는 생각이 들면서 그런 큰일이 일어났는데 나는 아빠 옆에 있지 않다는 통탄함에 너무 괴로웠다. '무슨 부귀영화를 누리겠다고 나는 가족도 버리고 여기서 이러고 있는 것일까?', '하루하루 버티듯이 사는 이게 정말 잘하고 있는 것인가?' 하는 온갖 생각들이 밀려왔다.

그대로 한참을 멍하니 앉아 있다가, 나는 내가 앞으로 계속 미국에서 산다면, 아빠, 엄마와 함께할 수 있는 날이 얼마나 될지를 계산해보았다.

20년 × 5일(1년 중 나의 휴가) × 12시간(휴가 중 함께하는 시간) = 1,200시간

남은 시간은 1,200시간. 일수로 따진다면 50일이었다.

'뭐? 50일?'

수술 후 아빠가 앞으로 20년을 더 사신다고 가정할 때, 내가 앞으로 아빠를 볼 수 있는 날이 50일이었다. 믿을 수가 없어 몇 번이고 다시 해봐도 똑같았다. 머리를 망치로 맞은 듯했다. 당장 다 때려치우고 한국으로 돌아가고만 싶었다. 다 합쳐도 두 달이 안 되는 날이 남았는데, 지금 이게 다 무슨 소용인가 싶었다.

그 후 아빠는 회복했고, 나는 이내 아무 일 없는 때로 돌아간 듯 보였다. 하지만 이 일로 심하게 요동친 내 마음속에는 이때 씨앗 하나가 심어졌다. 보이지는 않지만, '내 삶을 바꾸고 싶다'라는 내면의 열망이 만들어낸 씨앗이었다.

그 일이 있고 얼마 후 나는 일생일대의 교통사고를 당했다. 사고 이후 입원 치료를 받고 난 후에도, 후유증으로 내 일상은 심하게 흔들렸다. 좀처럼 회복되지 않는 몸 상태에 도저히 혼자 버티는 것은 무리라고 판단했다. 입원 치료를 위해 잠시 한국으로 돌아가야만 했다.

그날은 내가 한국에 도착한 날의 밤이었다. 내가 온 것에 들떠 요란한 하루를 보낸 탓에 가족 모두 깊은 잠이 든 후였다. 때는 어느 여름의 끝자락, 선선한 바람이 창문으로 날아들 무렵이었다. 어디선가 풀벌레 우는 소리도 들렸다. 가족들이 잠든 집에 홀로 깨어 침대에 누워 있자니, 이게 꿈인지 생시인지 오락가락했다.

사고 이후 정말 손꼽아서 기다리고, 또 기다려온 날이었다. 하지만 너무 행복하다고 느낀 그 순간, 나도 모르게 눈물이 주르륵 흐르는 것이었다. 드디어 집에 왔다는 안도감은 잠깐뿐이었고, 다시 돌아가야 한다는 슬픔이 더 무겁게 나를 짓눌렀다. 이제 겨우 돌아왔는데, 다시 돌아갈 날을 세고 있자니 기가 찰 노릇이었다. 나는 내가 마치 한국에 돌아오면 안 되는 형벌이라도 받는 사람 같았다. 어떻게든 바꾸고 싶었다. 내면에 심었던 열망의 씨앗이 다시 싹트기 시작했다.

그런 내 마음을 어떻게 알았는지, 다음 날 입원한 병실에서 엄마가 내게 이런 말을 했다. 무엇을 하든 상황에 끌려가면 불행하다고, 내가 주인이 되어야 한다고. 꿈이 내 안에 있는 것은 좋지만 그 꿈 때문에 다른 모든 것을 버리는 것은 좋은 게 아니라며. 내가 꿈을 이루기 위해 미국에 살아야 한다면, 그 삶도 행복해야 한다는 말도 덧붙였다. 내가 이 다음 언젠가가 아니라 그냥 지금도 행복했으면 좋겠다는 말과 함께.

살면서 우리는 삶이 자기 뜻대로 이루어지지 않거나, 생각과 현실이 다를 때 고통을 느낀다. 그리고 고통에서 벗어나고 싶다고 말한다. 하지만 많은 사람이 실제로 고통에서 벗어나려는 진짜 시도는 잘 하지 않는다. 나도 마찬가지였다. 표면적으로 싫다고는 했지만, 내면 깊은 곳에서는 그것을 깨부수고 싶어 하지 않았다. 고통스러운 현실은 내가 아는 어떤 것이지만, 고통 너머는 모르는 세상이고 그것은 더 두렵기 때문이리라. 그래서 그냥 현신과 타협하고, 변화를 위한 행동은 미룬 채 똑같은 오늘을 사는 것이다.

병원에 입원해 있으면서 나는 내가 놓인 상황을 돌아보게 되었다. 오래도록 나는 불행한 직장 생활을 끝내고 싶었지만 두려워서 그러지 못하고 있었다. 힘들어도 내가 사는 삶은 내가 아는 것이고, 그것을 바꾸려는 일과 그 이후의 삶은 내가 모르는 영역이기 때문이었다. 그때까지 뚜렷하게 이것이라고 할 수 있는 성취도 없는 것 같았고, 더구나 나는 사고까지 당했다. 내가 보기에 미완성인 채로 한국에 돌아가는 것은 미국에서 힘들게 견디는 것보다 더 싫었다.

엄마와의 대화 이후 그제야 나는, 내가 대체 무엇을 그렇게 두려워하고 살았는지 알 것 같았다. 늘 인정받아야 한다는 스스로에 대한 기대와 완벽함에 대한 강박증이 항상 나를 행복에서 멀어지게 했다. 늘 더 원하고, 끝없이 원했지만 그럴수록 나는 아직 훨씬 멀었고, 부족하다고 느꼈기 때문이다. 명목은 '꿈을 이루기 위해서'라고 했지만, 실제로는 오히려 꿈과 멀어지는 하루하루 같았다. 나는 열정이 많아서가 아니라 스스로에 대한 자존감 때문에 힘들었던 것이다. 실패가 두려워 옴짝달싹 못 하는 형국이 딱 그때의 나였다. 내가 배워야 할 것은 '나는 이래야 한다'라는 규칙을 내려놓고, '나는 충분하지 않다'라는 생각을 벗어던지는 것. 있는 그대로의 나로도 얼마든지 괜찮다는 것을 깨닫는 것이었다.

한 달의 입원 치료를 끝낸 후, 나는 마지막 여정을 위해 미국으로 돌아갔다. 불안과 두려움이 없지는 않았지만, 이번에는 그것을 덮고도 남는 희망이 있었다. 드디어 나는, 아슬아슬하게 버티고 있던 외줄 타기에서 내려오는 기분이었다. 앞이 보이지 않던 어두운 터널에서 마침내 출구의 빛을 보게 된 것도 같았다.

내가 내 삶의 주인이 되겠다고 생각하고 미국으로 돌아간 이후의 삶은, 지금 생각해도 그때처럼 열심히 살았던 적이 없는 것 같다. 매일이 마지막 날처럼 살았다고 해도 과언이 아니다. 가족과 다시 행복한 일상을 함께하기 위한, 진정한 내 꿈을 향한 그 하루는 이전과는 매우 달랐다.

어쩔 수 없이 끌려가듯 사는 게 아니라, 내가 끌고 가고 내가 주인인 시간으로 채워지기 시작했다. 도망치고 싶었던 현실들이 오히려 나를 분발시켜주었고, 삶의 원동력이 되어주었다. 상황이 바뀐 게 아니라 내가 바뀌었을 뿐인데, 삶이 훨씬 행복하게 느껴졌다. 그리고 진짜 내 인생에서 중요한 것이 무엇인지도 깨닫게 되었다. 실패가 아니라 성장이었던 과정을 통해 나는 나를 사랑하는 법, 남을 사랑하는 법, 그리고 오늘을 감사하며 즐기는 법을 배웠다. 힘들어도 도망치지 않고 계속 노력해온 나에게 진심으로 고마워하게 된 것도 이 시기였다. 내가 태어나 처음으로 나에게 너그러워지기로 한 순간, 멈췄던 내가 다시 성장하는 느낌을 받았다.

8개월 후, 나는 한국으로 영구 귀국하게 되었다. 겉은 그대로의 나였지만, 내면의 나는 이전과는 완전히 달라져 있었다. 그날 공항에 마중 나온 엄마는 "앞으로 살다가 힘든 날이 있을 때면 오늘만 생각하라"고 말했다. "조금만 늦게 태어났다고 생각하고 다시 하면 된다"라고. "이렇게 우리가 다시 만났고, 내가 건강하게 잘 돌아왔으니까. 이제부터 오늘 이 하루씩만 정성 들여 행복하게 살면 된다"라고 말이다.

내가 인생의 큰 사고와 시련을 겪으며 깨달은 것이 바로 그것이었다. 우리 삶에서 내가 어떻게 해볼 수 있는 시간은 '오늘'뿐이라는 것. 그런 오늘 하루가 내게 의미 있는 삶이 되도록 힘껏 노력하면 되는 것이었다. 살면서 원하는 게 이루어질 때까지 포기하지 않고 버텨야 하는 시간은 있기 마련이다. 때로는 자신과의 싸움에서 지지 않는 게 전부인 것처럼 견뎌야 할 때도 있다. 하지만 만약 우리가 영화의 해피엔딩을 알고 영화를 처음부터 다시 본다면 어떻게 될까? 주인공이 겪는 여러 가지 사건, 사고들도 어차피 그 결말을 위한 과정임을 안다면? 그렇게 생각을 바꾸니 인생이 달라졌다. 지금 내게 일어나는 힘든 일도 내가 원하는 삶을 이룬 끝에서 본다면, 경험일 뿐이다. 이를 통해 나는 인생의 지혜를 얻고 더 성장하게 되는 것이다. 그렇기에 오늘 나에게 선물 같은 하루를, 온 마음을 열고 잘 살아내면 된다. 오늘은 인생에서 단 한 번뿐인 날이기에.

오늘 행복하지 않으면
영영 행복은 없다

미국 로스앤젤레스 서쪽으로 가면 유명한 산타모니카 비치가 있다. 거기에서 본 캘리포니아 하늘은 어찌나 아름답던지, "여기가 천국이구나" 하는 말이 절로 나왔다. 바다 수평선과 맞닿은 파란색의 쨍한 하늘 위로, 무수한 흰색의 깃털 구름이 시시각각 다르게 수놓아진 모습은 언제 봐도 작품이 따로 없었다. 나는 바다 근처에서 나고 자라 원래 바다를 좋아하는 편이었다. 그런데 산타모니카 비치를 본 후로는 그런 마음이 10배는 더 커졌다.

운이 좋게도, 내가 일했던 회사와 산타모니카까지는 차로 30분 남짓 떨어져 있었다. 주말이나 일이 끝난 평일 저녁에라도 나는 바다가 보고 싶으면 언제라도 달려가서 바다를 봤다. 마음에 뭔가 갑갑함이 있을 때 실컷 바다와 하늘을 보고 나면, 언제 그랬냐는 듯 답답한 마음이 풀려

있었다. 아무 때고 안길 수 있는 엄마 같은 산타모니카가 있어서 나는
참 다행이라고 생각했었다.

이 멋진 곳에 나를 처음으로 데려가준 것은 루이라는 재미교포 친구
였다. 처음 미국에 갔을 때 잠시 머물렀던 한인 하숙집에서 루이를 만
났다. 뉴욕이 원래 집이었던 그녀는 로스앤젤레스를 여행하는 중이라
고 했다. 전에 알던 오랜 친구처럼, 우리는 바로 가까워졌다.

하루는, 산타모니카에 가보려 한다며 나에게 같이 가자고 했다. 아직
주변 지리도 모르는 터에 나는 잘되었다 싶어 얼른 따라나섰다. 말로
만 듣던 산타모니카에 도착하니, 바닷가 바로 앞까지 이어지는 유명한
3가 거리에 이국적인 레스토랑과 쇼핑몰이 즐비해 있었다. 흥겨운 음
악과 먹거리, 그리고 라이브 공연들이 어우러져 마치 축제에 온 기분이
들었다. 처음 느껴보는 미국 관광지만의 자유분방함에 나는 완전히 넋
을 놓고 구경을 하고 있었다.

그런데 어느 순간 갑자기 루이가 보이지 않았다. 여기저기 둘러보며
그녀를 찾던 나는 깜짝 놀라고 말았다.

길의 한가운데를 막아선 채, 거리의 공연에 맞춰 댄스 경연을 펼치고
있는 한 무리가 있었다. 그중에서도 특히, 무아지경의 춤사위를 독보
적으로 뽐내고 있는 동양인이 보였다. 보고도 믿을 수 없는 그 주인공
이 바로, 나와 좀 전까지 같이 있었던 루이였다. 본인이 입고 있던 겉옷
도 아무렇게나 길바닥에 던져놓은 채, 루이는 열광하는 군중들과 호흡
하며 열정적인 댄스를 선보이고 있었다. 나는 너무 놀라서 입을 다무는

것도 까먹을 정도였다. 나에게 누군가 미국에서 기억나는 순간을 하나 꼽으라고 한다면, 나는 그 순간의 감동을 빼먹지 않을 것 같다.

한바탕 춤 잔치가 끝난 뒤에도, 그녀는 바닷가로 내려가는 내내 그냥 걷는 법이 없었다. 너무 좋아서 어쩔 줄 몰라 하는 어린아이처럼, 연신 음악의 리듬에 맞춰 색다른 춤을 추며 가는 것이었다. 처음 내가 느꼈던 당황스러움은, 어느덧 부러움과 경외감으로 바뀌었다. '부끄럼도 하나 없이, 어쩌면 저렇게 남 눈치를 안 볼 수가 있을까?' 싶었다. 물론 미국에서 나고 자란 그녀와 한국 토종인 나와는 문화도, 사고도 다를 것이었다. 하지만 그럼에도, 내게 없는 그녀의 대담함이 나는 그렇게 부러울 수가 없었다.

하지만 나중에 알고 보니, 거기에는 그녀만의 눈물겨운 노력이 있었다. 순간의 재미를 잃지 않고 살려는 몸부림이었다. 그녀의 부모님은 그녀가 아주 어렸을 적 이혼 후 아빠는 뉴욕에, 엄마는 로스앤젤레스에 따로 살고 있었다. 얼마 전 아빠의 재혼으로 마음 둘 곳 없었던 그녀는 엄마를 보려고 로스앤젤레스로 왔다. 하지만 결국 엄마 집으로도 가지 않았다고 했다. '자기를 버리고 잘 살고 있는 엄마'를 찾아가는 대신, 하숙집을 선택했다는 것이다.

이런 상황이면 보통 사람들은 한없이 우울할 법도 한데, 그 상황에서 그렇게 흥에 겨워 춤을 췄다니. 멘탈이 남다르게 강한가? 나는 그 비결이 무척 궁금했다.

"하도 많이 울어서 더 나올 눈물이 없을 줄 알았는데, 오갈 데 없는 내 처지를 생각하니 또 눈물이 나더라고. 근데 내가 아무리 어제 슬펐더라도, 오늘 또 어제 일로 우울해야 하는 것은 더 싫더라. 그래서 내가 재미있을 것 같은 일을 하는 거야. 오늘은 어제랑 다르게 살아보려고. 그러면 내일 나에게도 '행복한 어제'가 생기는 거니까."

참으로 힘든 이야기를 담담하게 하는 루이를 보면서, 나는 사람들의 바깥 모습 말고, 우리가 볼 수 없는 안쪽에 얼마나 많은 것들이 숨어 있는지를 생각해보게 되었다. 그리고 우리에게 고통이 찾아오면, 아무렇지 않게 우리의 오늘과 내일을 그 고통에 다 내어준 채 살아간다는 그 말의 의미에 대해서도 오래 곱씹어봤다. 삶이 그러거나 말거나 자신의 즐길 거리를 찾아내는 그녀의 모습, 그 속에서 적극적으로 자신의 오늘을 스스로 만들어가는 그녀의 노력에 나는 적잖은 감동을 받았다.

삶이 뜻대로 되지 않고 좀처럼 풀리지 않을 때도, 즐길 거리는 분명히 있다. '나는 그런 것은 할 수 없다'라고 생각한다면 어쩌면 더 적극적으로 나서야 할 때일 수도 있다. 괴로운 그 상황에만 집중한 나머지 자신의 인생에 아무런 기회조차 주지 않는 것이야말로 진짜 걱정해야 할 삶의 위기이기 때문이다.

아우슈비츠 수용소에서 살아남은 정신과 의사 빅터 프랭클(Viktor Frankl)은 저서 《죽음의 수용소에서》에서 이렇게 말했다.
"자극과 반응 사이에는 공간이 있다. 그 공간에는 반응을 선택할 수 있는 자유와 힘이 존재한다. 그 반응에 우리의 성장과 행복이 달려 있다."

자신의 의지와는 상관없이 일어나는 일이라도, 우리는 거기에 자신의 의지대로 반응할 수 있다. 그 상황을 어떻게 받아들일지에 대한 선택은 우리 자유다. 그 일이 일어난 것은 내가 어쩔 수 없다고 해도, 그 일에 어떻게 반응할지는 얼마든지 다르게 선택할 수 있다. 밤새 눈물로 지새울 것인지, 밖으로 나가서 뭐라도 해볼 것인지는 온전히 내 마음에 달렸다.

나는 미국에서 당한 교통사고로 엉덩뼈가 골절되어 한참을 꼼짝없이 누워 지내야 했다. 5분 정도 잠깐만 앉아 있어도 등과 허리가 목각처럼 딱딱해져 이러지도, 저러지도 못할 만큼 힘들었다. 밤이면 온몸의 마디 하나하나가 남김없이 저렸다. 발가락 끝까지 힘이 안 들어가져, 한동안 운전을 쉬어야 하기도 했다. 사고의 후유증은 내가 생각했던 것보다 훨씬 깊고 강하게 나의 일상을 괴롭혔다.

하지만 한탄하며 보내기에는 내 인생이 너무 아깝게 느껴졌다. 이런 저런 생각을 멈추고 그냥 거기에 맞춰 삶을 살아가보기로 했다. 점점 인생에서 일어나는 일은 무조건 좋은 것도, 무조건 나쁘기만 한 것도 아니라는 것을 알게 되었다. 못하는 게 많은 대신, 생각지 못한 새로운 것들도 많이 하게 되었다. 누워 있을 수밖에 없을 때는 책을 읽었고, 괜찮아지면 내가 좋아하는 바다에 가거나 했다. 컨디션이 좋으면 좋은 대로, 안 좋은 날은 안 좋은 대로, 할 수 있는 일을 찾아서 했다.

그런 환경에 맞춰 살아가면서 내 마음도 변하기 시작했다. '꼭 이래야만 한다'라는 강박관념을 내려놓았고, 다 잘하려는 욕심을 내려놓았다. 더 정확히는 하고 싶어도 할 수가 없으니 자연스럽게 내가 할 수 있는 것만 하게 된 것이었다. 아프다는 신호가 오면 못 들은 척하지 않고 쉬었다. 한계까지 나를 내몰던 습관을 버리니 애초에 내가 아니었어도 되는 일들은 알아서 정리되었다.

무엇보다 그전까지 내가 하고 싶었던 일보다 해야 할 일에 치우쳐 살면서 하지 못했던 것들을 하나씩 찾아서 하게 되었다. 바빠서 듣지 못했던 내면의 소리가 그때만큼은 참으로 잘 들렸기 때문이다.

직장인으로, 엄마로, 아내로, 딸로, 며느리로 바쁘게 살아가는 지금도 나는 그때의 마음을 잊지 않으려고 노력한다. 바쁨에 매몰되어 역할에 대한 책임감과 의무로만 채워가는 것은 아닌지 부지런히 나를 점검한다. 모든 역할을 다 잘하려는 마음, 내가 아니면 어떻게 될 것 같은 착각을 자주 잡초 뽑듯이 제거해준다. 스스로를 들들 볶으며 살지 않기로 했던 사고의 교훈을 어쨌든 잊지 않으려고 말이다.

좀 부족하면 어떤가. 내가 다 못 채우면 채워달라고 부탁하면 되고, 부족함을 채우며 살아가는 재미도 나쁘지 않았다. 앞으로 내가 어찌할 수 없는 상황이 온다고 해도, 나는 뭐라도 할 수 있는 일들을 찾아서 언제나 재미있게 살 것이다.

새하얀 도화지를 새로 받아들고 방방 뛰는 순수한 아이처럼, 오늘 하루 이왕이면 나에게 좋은 경험을 하게 해주고 설레고 재미있게 살다 가면 좋지 않은가. 내 인생에서 다시없을 오늘이기에. 오늘 행복하지 않으면 영영 행복은 없으므로.

지금 하는 생각이
당신의 미래다

내가 13년째 몸담아 온 회사 건물 1층에 스타벅스 매장이 있다. 13
년 전에는 테이블 서너 개가 전부였는데, 지금은 매장을 계속 넓혀 거
의 다섯 배로 커졌다. 우리 직원들은 여기서 매일 모닝커피도 마시고,
점심 식사 후 커피도 마시며, 고객과 미팅도 한다. 나도 하루에 두세 번
은 기본이고, 미팅이 많은 날은 다섯 번이고 여섯 번이고 간다.

외부에 노출되어 있지 않은 특수매장이라서 직원들은 거의 휴게실처
럼 들락날락한다. 그러다 보니 매장이 그렇게 친숙할 수가 없다. 분위
기도, 음악도 내 집처럼 편안하다. 출장을 가거나 해외로 여행을 가도
자연스럽게 스타벅스 매장을 중심으로 움직이게 된다. 목적지 근처에
스타벅스가 있으면 일단 안심한다. 스타벅스에서 커피만 마시는 게 아
니라 일도 하고, 책도 읽으며, 자료 검색도 하니, 모든 것을 정비하는 베

이스캠프 역할을 톡톡히 하는 셈이다.

몇 년 전부터 나는 부동산 공부에 관심이 갔는데, 특히 상가 건물을 공부할 때 자연스럽게 스타벅스가 입점한 건물을 더 눈여겨보게 되었다. 스타벅스가 있는 상가 건물 중 마음에 드는 곳은 사진을 꼭 찍어 내 마음에 저장했다. '내 이름으로 이 건물을 소유할 것이다!' 하고 다짐하면서 말이다.

언젠가 가족들과 차를 타고 내가 점찍어 놓은 스타벅스 건물 앞을 지나가다 나도 모르게 "저 빌딩은 내 거야"라고 말했다. 그 이후로 우리 아이들은 그곳을 지나칠 때면 자동으로 "엄마 거다! 안녕!" 하며 소리쳐 인사한다. 나는 그 소리를 듣기만 해도 행복해서 어쩔 줄 몰라 한다.

나는 현실보다 이상을, 현재보다 미래를 상상하며 사는 것이 좋았다. 책 속에서 이상을 찾고, 글을 쓰면서 미래를 그려볼 때가 가장 행복했다. 말은 하면 할수록 본질을 가렸지만, 글은 쓰면 쓸수록 대상을 선명하게 보여주는 힘이 있었다. 이전에는 주로 문제를 명확하게 보기 위해 글을 썼었다. 글을 쓰다 보면 먼지 뒤에 가려진 진짜 의미를 찾을 수가 있었기 때문이다.

그러다 언제부터인가 내가 하고 싶은 것, 되고 싶은 것, 꿈과 목표를 더 많이 쓰기 시작했다. 버킷리스트처럼 쓰기도 하고, 진짜 이루어진 것처럼 미래 시점에서 쓰기도 했다. 때로는 현재의 나에게 힘을 내라고, 미래의 내가 보내주는 편지도 썼다. 신기하게도 글로 쓰면서 원하는 내 모습을 상상하면, 그것이 이루어졌을 때의 행복한 느낌이 글자에 생명을 불어넣어 주는 것 같았다.

내가 바라는 것을 글로 쓸 때 느끼는 설렘은, 미래에 그것을 실제로 이루었을 때의 느낌과 다르지 않았다. 오히려 나중에 결과를 얻고 나면, 내 생각이 이루어진 그 결과가 전혀 새삼스럽지 않고 당연한 듯 느껴졌다.

그런데 참으로 생각의 힘이 대단하다고 스스로도 놀랄 일이 생겼다. 몇 년 전부터 나는 스타벅스 건물주가 될 거라고 이야기해왔다. 그때만 해도 그것은 머나먼 꿈같은 이야기였다. 실제로는 건물주가 되는 방법도 모르는, 정말 말 그대로 버킷리스트였다. '내 꿈은 대통령이야' 같은 희망 사항이었다. 그런데 스타벅스 건물주를 노래하고 다니면서 점점 돈 버는 방법에 자연스럽게 관심이 가기 시작한 것이다.

부동산, 경매, 스마트 스토어 등 돈 된다는 것은 한 번씩 다 해보다 주식 투자도 하게 되었다. 일단 나는 무언가를 배우고 싶으면 관련 책을 열 권 이상 읽고 시작하는 습관이 있다. 그 때문에 열심히 주식 책을 파고들다 한 권의 책에서 인생을 바꿀 기회를 만나게 되었다.

책에 나와 있는 모든 사례가 나와 너무 비슷해서 단숨에 책을 읽고 난 후, 나도 모르게 작가에게 감사하다고 연락했다. 지금껏 아무리 많은 책을 읽어도 작가에게 연락해본 것은 그때가 처음이었다. 그 계기로 작가와의 만남이 이루어지게 되었는데, 그 작가분이 두 번에 걸쳐 나에게 책을 써보라고 권해주었다. 그렇게 인연이 된 '한책협'과의 만남으로 책 쓰기를 하게 되면서, 나는 말에 담긴 '끌어당김의 힘'이 얼마나 강력한지를 몸소 실감하게 되었다.

그동안의 삶을 돌아볼 때 나는 언젠가 세상에 들려줄 수 있는 나만의 이야기가 있을 거라고 생각했었다. 살면서 내가 마주한, 우리 존재에 대한 여러 가지 의문들. 나는 그것들이 주는 혼란스러움으로부터 도망가지 않고, 오히려 많은 것들을 깨달으며 성장할 수 있었기 때문이다.

그러던 어느 날, 번쩍하는 깨달음이 찾아왔다. 내가 지금껏 했던 경험들이 모두 내가 끌어온 것임을, 나는 그 경험을 통해 성장하기로 선택한 것임을 깨우치게 된 것이었다. 그 과정에서 나는 분명 더 강해지고 지혜로워졌으니, 그 경험을 나눔으로써 같은 세상을 살아가는 여성들에게 희망과 용기를 주고 싶었음을 알 것 같았다. 순간 무엇이라 표현할 수 없을 만큼 마음이 환하게 밝아지고, 자유로워졌다. 진정한 내 삶의 목적을 찾은 것 같았다.

내가 꼭 필요한 사람에게, 홀로 힘겨운 시간을 보내는 누군가에게 용기를 주는 최고의 동기부여가로 살아가는 내 모습을 상상해봤다. 가슴이 마구 뛰었다. 내가 바라는 진짜 나의 모습이 거기에 있었기 때문이다. 가슴이 시키는 삶을 살아갈 수 있도록 용기와 희망을 주는 사람, 이 세상에서 가장 귀하고 특별한 '나'라는 존재에 눈뜨게 해주는 사람. 내가 바라는 그 사람이 되어서 사는 삶은 축복 그 자체였다. 그것이야말로 내가 이 세상에 온 이유임을 깨달았다.

그래서 나는 용기를 내기로 했다. 현재에 안주해 편하게 사는 인생이 아니라, 내 가슴이 시키는 삶을 살기 위해 한 발짝 더 나아가보기로 한 것이다. 연기하던 드라마가 막을 내리면, 주인공은 세트장을 떠나 본래의 자기 삶을 살아야 하지 않겠는가. 세트장이 자기 인생인 양 붙어 있어봐야 마지막에 남는 것은 '내 인생을 살지 못했다'라는 후회밖에 더 있을까.

아무런 변수가 없는 삶이 행복한 삶은 아니다. 때가 되어도 진짜 삶을 살 생각조차 하지 않고 그 자리에 머물러 있는 인생이야말로 가장 위험하다.

나는 내 경험에서 깨달은 인생의 지혜를 꾹꾹 눌러 담아 세상과 소통하는 삶을 살아갈 것이다. 용기란 두려움이 없는 게 아니라, 두려움이 있음에도 그것을 향해 나아가는 것이라 했다. 나는 오프라 윈프리 (Oprah Gail Winfrey)처럼 사람들에게 영감을 주는 부자로 사는 게 꿈이다. 특히, 경제적 어려움으로 고통받는 난치병 어린이, 꿈을 가진 젊은이들에게 손길을 내주는 힘 있는 리더가 되고 싶다. 그런 나로 인해 단한 사람이라도 떨치고 일어날 수 있다면, 더 바랄 게 없겠다. 그럴 때 지난 시간을 인내해온 내 인생은 결단코 헛되지 않으리라.

지금 자신이 하는 생각과 느낌을 바꾸면 당신의 미래가 바뀐다. 자신을 중심으로 주위 환경이 전부 달라지기 시작한다. 그 순간 당신의 운명이 뒤집힌다. 이루고 싶은 인생의 목표를 적고, 자신을 믿으며 나아가면 반드시 이룰 수 있다.

예전에 〈좋은 생각〉에서 이런 이야기를 읽었다. 별똥별을 보며 감탄하고 있는 아이에게 어느 할아버지가 다가가 말했다.

"꼬마야, 너도 아까 봤겠지만 별똥별이 떨어지는 순간은 짧단다. 그 짧은 순간에 소원을 빌려면 어떻게 해야 하겠니? 바로 소원을 항상 가슴속에 담고 있어야 하는 거야. 순간순간 생각나는 소원은 소원이 아니라, 자신의 모자람을 보상받으려는 욕심에 불과하단다. 그러니 너도 소원 하나쯤은 항상 가슴에 품도록 노력해보렴."

인생은 별똥별이 떨어지는 순간만큼 짧을 수도 있다. 그 짧은 순간에 꼭 이루고 싶은 소원, 지금 당장에라도 주저 없이 말할 수 있는 소원이 있는가?

'사람들에게 희망과 용기를 주는 선한 영향력을 끼치는 사람이 되고 싶다.'

나에게는 어느 순간에도 잊지 않는 이 목표가 있었다. 목표를 이루는 것은 매 순간 자신이 처한 환경을 어떻게 해석하고 바라보는가에 따라 달라진다. 같은 일이라도 누군가에게는 위기가 되지만 누군가에게는 기회가 될 수 있다. 목표에서 한눈팔지 않는다면 모든 것을 기회로 바꾸고 반드시 이룰 것이다.

하나를 이룬 후에도 안주하지 않고 미래를 꿈꾸며 끝까지 행동할 것이다. 그리하여 나는 이번 생에 내가 이루고픈 모든 꿈을 이루어낼 것이다. 매일 자기 생각으로 채운 하루를 살아보자. 더없이 멋진 자신을 마주하게 될 것이다. 머지않아 그것은 곧 당신의 미래가 되며, 그런 당신은 누군가의 롤모델이 된다. 지금 하는 생각이 당신의 미래다.

PART **02**

내 꿈의 크기가
인생의 크기를 결정한다

나는 운명에
순응하지 않는다

우리는 우리가 어떻게 할 수 없는 일을 운명이라고 부른다. '운명으로 받아들이다', '운명을 거역하다'라는 말처럼, 이미 정해져 있어 피할 수 없는 어떤 초인간적인 힘을 일컫는 것이다. 배가 앞으로 나아가려면 큰 파도를 넘어가야 하고, 비행기가 하늘 위로 날아가려면 거대한 공기 저항을 뚫어야 하듯이, 나아가려고 하는 길 앞에는 언제나 운명이라는 것이 우리를 기다린다.

운명을 극복하는 단 한 가지 확실한 방법은, 온몸으로 그것을 받아들이는 것이다. 파도가 치면 단단하게 키를 잡고 방향을 조정하는 조타수처럼, 우리도 운명 앞에서 그것에 온몸으로 부딪혔을 때, 그것을 뛰어넘어 계속 앞으로 나아갈 수 있다.

내가 초등학교에 다닐 때였다. 3학년 학기 초쯤, 담임 선생님이 반의 몇 명 아이들을 부르더니, 너희는 합창단을 해야 하니 몇 시까지 강당으로 가라고 했다. 나도 그중에 속해 있었다. 처음에는 뭣 모르고 친구들과 신나서 합창단 연습에 참여했다. 그런데 처음에는 일주일에 한두 번만 가던 연습이 매일매일 빠지면 안 되는 일과가 되었다. 더군다나, 학년이 올라가도 합창단은 '절대' 그만둘 수 없는 어떤 것이었다. 학교를 대표하는 합창단이기 때문에 졸업 전까지 그것만 해야 한다는 것이었다. 다른 친구들은 학년이 바뀌면 자기가 하고 싶은 활동을 찾아서 하는데, 나는 다른 기회를 전혀 갖지 못하는 것에 불만이 생기기 시작했다. 그러자 점점 합창단에 흥미를 잃게 되었다. 하지만 나와 같이 시작한 단원들은 합창단에 불만은 있어도 아무도 그만두지 않았다. 나는 어쩔 수 없이 5학년 때까지 합창단을 할 수밖에 없었다.

그러다 6학년이 되었고 학기 초, 특별활동을 모집한다는 소식이 들렸다. 나는 이때다 싶어서 이제 합창단은 그만하겠다고 학교에 말했다. 이렇게 졸업하면 후회할 것 같다고 다른 것을 하고 싶다고 했다. 예상대로, 담임 선생님도 합창단 선생님도 합창단은 '절대' 못 그만둔다고 했다. 하지만 나도 완강하게 버텼다.

담임 선생님은 합창단은 졸업 때까지 다 하는 것인데 왜 그러냐며 그냥 하라고 대수롭지 않게 말했다. 나는 무슨 오기인지 합창단에서 안 빼줘도 앞으로 연습에 가지 않겠다고 말했다.

결국 나는 합창단에서 탈출하게 되었고, 그동안 하고 싶었던 해양소년단이 될 수 있었다. 하얀 제복을 입고 해양소년단원 선서를 하던 그날의 뿌듯함을 아직도 잊을 수가 없다. 그때 나는 운명이라는 말을 알기에는 어렸지만, 어렴풋이 '세상에 절대 안 되는 것은 없구나. 내가 꺾이지만 않는다면 어쩔 수 없는 일은 없구나'라는 것을 배웠던 것 같다.

내가 미국에 가려고 도전할 때, 나는 본격적으로 나를 가로막는 벽에 무수히 부딪히기 시작했다. 첫 번째는 고3 때였다. 나는 내가 꿈꾸는 일을 빠르게 이루기 위해서는 미국 대학을 가야겠다는 생각이 들었다. 그러려면 미국의 수능인 SAT 점수와 토플 영어 점수가 필수로 필요했다. 그 당시만 해도 지금처럼 정보 검색이란 게 원활하지 않을 때였다. 스스로의 판단하에 나는 새벽 토플 학원을 알아보고 등록했다. 그때 무슨 배짱인지 나에게 투자해주면 백, 천, 만, 억 배로 갚아주겠다고 부모님을 설득했다. 우리 부모님은 다행히 내가 하는 거라면 믿어주시는 분들이었다. 그 마음을 알기에 나는 하루도 안 빠지고 부지런히 학원에 다니며 공부했다. 야간 자율학습 시간에도 수능 공부 대신 토플 시험 공부를 했다. 그런데 이상하게 하면 할수록 시간이 부족하다는 생각에 쫓기기 시작했다.

수능이 거의 3개월 앞으로 다가왔을 때, 담임 선생님이 나를 불렀다. 부반장이 대학부터 가야지, 무슨 토플 시험이냐며, 미국 유학이 가고 싶거든 한국에서 대학에 간 후에 준비하라고 단호하게 말씀하셨다. 그때 나는 반발하고 싶었지만, 나도 내 준비에 부족함을 느끼고 있던 터라 할 말이 없었다.

그때가 이미 8월이었다. 그동안 못했던 수능 공부를 따라잡아야 했기에 나는 죽기 아니면 까무러치기로 정말 죽어라 열심히 했다. 야간 자율학습을 마치고도 독서실에서 밤늦도록 공부를 하고 다시 그 길로 학교에 가는 생활을 100일간 이어갔다. 너무 장시간 앉아 있어 다리에 마비가 올 정도로 '미친 듯이' 공부에 매달린 덕분에 다행히 목표했던 학교에 합격할 수 있었다.

그리고 대학교 1학기를 마치자마자, 나는 원래 계획대로 다시 유학 준비를 하기 위해 학교를 휴학했다. 반년 정도 유학 시험을 준비한 후 마침내 SAT 미국 수능 시험 날이 다가왔다. 그날은 시험장이 있는 서울에 가기 위해 엄마와 함께 기차를 탔을 때였다. 엄마가 갑자기 배가 약간 아프다고 했지만, 이미 기차는 출발한 상태였다. 좀 지나면 나을 거라는 엄마와 일단 시험장 근처까지 겨우겨우 참고 도착했다. 주변은 이미 온통 깜깜한 밤이 되어 근처 모텔로 들어갔다. 방에서 짐을 푸는데 갑자기 엄마가 배를 붙잡고 방을 데굴데굴 구르기 시작했다. 이전부터 신장결석이 있었는데 마침 그날 방광에 신장의 돌이 걸린 것이었다. 소변에 피가 섞여 나오고 난리였지만, 병원에 가서도 할 수 있는 게 아무것도 없었다. 밤새 잠 한숨 못 자며 고통에 신음하는 엄마의 사투를 지켜보며 내 속은 까맣게 타들어가는 것 같았다.

몇 시간 후, 한사코 걱정하지 말라며 나를 밀어내는 엄마를 뒤로한 채, 정신력 하나로 시험장에 입실했다. 엄마의 목숨을 담보로 정말 힘들게 보는 시험이었던 만큼, 간신히 눈물을 참고 젖 먹던 힘까지 끌어내어 시험을 쳤다. 그렇게 시험이 끝나고 엄마와 어렵게 집으로 돌아왔는데, 거짓말처럼 방광을 통해 돌이 나왔던 것이다.

그렇게 잊지 못할 일들을 겪는 사이, 시험 결과 발표 날이 다가왔다. 너무나 간절하게 도전했던 만큼, 준비한 시험에서 모두 응시 자격 이상의 점수를 만들어낼 수 있었다. 정말 이 세상을 다 가진 것처럼 너무나 행복하고 뿌듯했다. 이번에는 기필코 미국에 간다고 굳게 믿으면서 원하는 미국 학교에 원서를 내고 발표를 기다렸다. 하지만 두 달 후 편지로 날아온 결과는 불합격. 이유는 증빙 서류 불충분이었다. 서류가 미비하니 다시 응시하라는 것이었다. 고3 담임 선생님 이후로, 또 한 번 내 앞에서 문 하나가 꽝 하고 닫히는 느낌이었다.

미국의 사회운동가로, 듣지도 보지도 말하지도 못했던 삼중고의 위인 헬렌 켈러(Helen Keller)는 말했다.

"한쪽 문이 닫히면 다른 쪽 문이 열린다. 그러나 흔히 우리는 닫힌 문을 오랫동안 보기 때문에 우리를 위해 열려 있는 문을 보지 못한다."

우리는 살면서 자신이 정한 방향으로 일이 흘러가지 않거나 계획이 틀어지면 그 일에 실패했다고 단정 지어버린다. 방황하는 마음은 다른 문을 열어볼 시도조차 하지 못하게 자신을 괴롭힌다. 다른 길을 찾기도 전에 포기하고 절망해버리는 것이다.

나는 졸업을 앞두고 다시 한번, 이제 마지막이라는 각오로 미국 인턴에 도전했다. 국가에서 지원하는 프로그램이라, 되기만 하면 이번에는 반드시 미국에 갈 수 있을 것 같았다. 그래서 문제가 없도록 더 철저하게 준비했다. 이제 출국만 하면 된다고 생각했지만, 이번에는 비자 발급이 문제였다.

인턴 프로그램을 수행하는 업체에서는 미국 기관으로 보내야 할 지원자들의 서류조차 제출하지 않았다. 인턴 비자 발급이 기약 없이 미루어지고 몇 개월의 시간이 그냥 흘러갔다. 소송한다며 포기하는 사람이 생겼고, 프로그램 추진 여부 자체가 불분명했다. 나도 포기하느냐 마느냐의 기로에 섰다.

하지만 내게 미국은 앞으로 내가 미래를 열어가는 데 꼭 필요한, 아주 절실한 것이었다. 내게는 그냥 인턴이 아니라 운명에 도전하는 일이었고, 내 힘으로 개척하는 첫 번째 길이었기에 반드시 가고 싶고 넘고 싶은 곳이었다. 그래서 나는 인내했고, 또 인내했다. 그리고 이번에는 내가 이겼다. 드디어 나는 마지막 선발자로 미국 인턴 길에 오를 수 있었다. 그뿐만 아니라 1년 후에는 그 회사의 정직원으로 채용되어 몇 년을 더 근무하게 되었다. 바랐던 미국 대학은 가지 못했지만, 오히려 미국 회사에서 4년간 일하며 인생을 살아가는 데 필요한 많은 사회 경험을 했고, 그 덕분에 성장할 수 있었다.

어떤 일을 할 때 실패를 두려워하지 않고 도전한다면, 어떤 것도 장애가 되지 않는다. 될 때까지 계속 도전할 것이기 때문이다. 하지 않는 것이 실패이지, 도전하는 것은 성장하는 삶이다. 실패에서 배울 수 있다면 그것은 실패가 아니다.

세상에서 가장 강한 사람은 계속 도전하는 사람이다. 그 사람은 무엇이든 꿈꾼 것을 이룰 때까지 포기하지 않고 마침내 실현하며, 자신의 운명을 바꿔낸다.

인생을 살아가는 데 꼭 필요한 내면의 강함은, 편안한 생활 속에서는 만들 수 없다. 용광로에 들어가지 않고는 쇠를 달굴 수 없듯, 시련을 거듭해나가며 우리의 정신은 단련되고 지혜의 힘도 길러진다. 그 속에서 우리는 더 큰 야망을 이루고, 결국 자신의 운명을 새롭게 창조하는 자신이 되는 것이다.

스스로 자신의 운명을 바꿀 수 있다고 믿고, 자신의 눈부신 미래에 초점을 맞추고 나아가면 지금보다 더 나은 환경을 만들 수 있고 성장할 수 있다. 삶은 우리가 품고 있는 생각에 자석처럼 끌려오기 때문이다. 누구나 '현재 어떤 생각과 행동을 하느냐?'로 미래는 바뀐다. 인생에서 어떤 선택을 하든 그 결과는 결국 내 몫이다. 당신은 주어진 운명에 순응하는가? 나는 운명에 순응하지 않는다.

내 꿈의 크기가
인생의 크기를 결정한다

"두려워해도 됩니다. 걱정해도 됩니다. 그러나 비겁하지는 마십시오. 두려움과 마주하고, 근심의 순간을 뛰어넘으십시오. 무언가를 간절히 원하면 온 우주는 당신의 소망이 이루어지도록 도울 것입니다. 그러기 위해 용감하십시오. 의미 있는 것들을 위해 투쟁할 만큼 용감하십시오. 남들이 아닌 바로 '나'에게 의미 있는 그것을 위해."

파울로 코엘료(Paulo Coelho)의 《흐르는 강물처럼》에 나오는 구절이다. 이 책은 내가 20대 중반, 미국에서 사고를 당하고 인생의 가장 힘든 시기를 보내고 있을 때, 큰 위로가 되었던 책이었다.

그때 그 사고가 아니었더라면, 나는 분명 지금과는 다른 인생을 살고 있을 것이다. 아마 가장 큰 확률로는 여전히 미국에서 하루하루 버티듯 살면서, 미래의 '언젠가'만이 오기를 바라고 있을 것이다. 나에게 현실을 바꿀 힘이 있다는 것을 꿈에도 모른 채 말이다. 여전히 주변에 이리저리 휘둘리며 끌려다니는 삶을 살고 있을 것을 상상하면 나도 모르게 고개가 절레절레 저어진다.

그것은 사고를 당했다는 사실 그 자체보다 훨씬 더 끔찍한 일이라는 것을 이제는 깨달았기 때문이다. 만약 내가 정말로 그때, 삶이 너무 괴롭고 힘들다고 느꼈던 그 마음으로 생을 마감했다면 얼마나 후회가 되었을까. 영화로 치면 '주인공은 꿈을 안고 새로운 곳에 갔으나, 생각과 다른 현실을 마주했다. 하지만 괴로워하다 불의의 사고로 끝이 났다'라는, 그야말로 비극적 결말의 주인공이 되는 것이다. 진짜 내가 바랐던 결말은 '그럼에도 불구하고, 주인공은 모든 고난을 극복하고 꿈을 이루어 행복한 삶을 살았다'인데 말이다.

나는 이제야, 내 인생의 커다란 터닝 포인트가 되어준 그 사고에 진심으로 감사할 수 있게 되었다. 사고가 아니었다면 삶의 마지막 같이 보였던 그 순간에 놓여보지 못했을 것이고, 그러면 인생을 어떻게 살아야 할지 모른 채 오래 방황했을 것이기 때문이다.

도로를 달리던 내 차가 상대편 차에 부딪혀 크게 회전하고 튕겨나갔을 때, 죽음이라는 것을 그때 처음으로 느껴봤다. 너무 짧은 순간의 일이었지만, '이대로가 마지막이라면 너무 아닌데'라는 생각만큼은 뇌리에 강렬하게 남았다. 아직은 끝낼 때가 아니라는 생각, 그것은 억울함이었다. 얼마나 참고 인내하며 살아왔고, 살고 있는데, 아직 내 인생을 제대로 살아보지도 못했는데, 이게 뭔가 싶었다.

끝에까지 다 갔다고 생각했던 그때, 그런데 그게 끝이 아니었다. 나는 차가 튕겨 날아가서 분명 차들이 달리는 방향으로 가는 것을 봤기 때문에 마지막을 예상하고 눈을 감았다. 하지만 차가 무언가에 강하게 충돌한 것을 느끼고 눈을 떴을 때도 나는 아직 살아 있었다. 무엇이 어떻게 되었는지는 알 수 없어도, 내가 달리는 차와 2차 충돌을 하지 않았다는 것은 확실했다. 정신을 차려보니 차가 멈춘 곳은 가로수와 가로수 사이였다. 나는 내가 살았다는 것이 정말 믿기지 않았다. 말로는 다 표현하기 힘든 감격을 느낀 그런 순간을 두고, 우리는 기적이라고 부르는 것 같다.

이 일은 당연히 내가 살아온 삶을 되돌아볼 수 있는 계기가 되었다. 누가 가르쳐주지 않았지만, 그때 나는 그동안 내가 중요하다고 생각했던 일들이 하나도 중요하지 않게 되는 신비한 경험을 할 수 있었다. 비로소 내 인생에서 무엇이 정말 중요한 것인지 볼 수 있었다. 벗어날 수 없다고 생각했던 회사의 일이 더 이상 평생 해야 할 일로 생각되지 않았다. 더 많은 돈을 벌 수 있는 직장과 목표를 좇아서, 평판에 연연하며 살아갈 필요가 전혀 없게 느껴졌다.

목숨이 절박한 상황에 놓여서야 알게 된 게 유감이긴 했지만, 그래도 사고 덕분에 나는 내 인생을 결정짓는 모든 것들을 스스로 선택할 수 있다는 것을 알게 되었다. 다시 살게 된 내 삶은, 내가 살고 싶은 내 인생을 위해서 쓰기로 선택했다. 내 인생의 목적과 내 마음속 열정이 이끄는 삶을 살기로 다짐한 것이었다. 그래야 진짜 삶을 마감하는 순간이 한

번 더 찾아왔을 때 그때는 덜 억울하고, 덜 후회될 것 같았기 때문이다.

내 어린 시절 꿈은 사람들에게 용기와 희망을 주는 사람이 되어서, 선한 영향력을 끼치며 사는 것이었다. 이를 위해 실력과 인격을 갖춘 훌륭한 사람이 되어 사람들을 도와주고 싶었다. 그런 메시지가 담긴 책을 꾸준히 읽으며 나를 성장시키기 위해 무엇이든 열심히 도전하고 노력했다. 언젠가는 사람들에게 영감을 주는 리더가 되어, '저 사람처럼 살고 싶다'라는 희망을 주는 삶을 살고 싶었다.

한번은 이런 이야기를 읽은 적이 있다. 아프리카의 어느 마을에 추장의 아들이 청혼을 하게 되었다. 그 마을에서는 청혼할 때 신부에게 암소를 주었는데, 평범한 여인은 한 마리, 선망의 대상이 되는 여인은 두 마리를 주며 청혼을 했다. 그런데 한 추장의 아들이 어느 날 암소를 아홉 마리나 몰고 청혼을 하러 나섰다. 마을 사람들은 모두 마을 최고의 여인이 탄생하는 날이라고 기뻐했다. 하지만 추장의 아들이 청혼한 여인은 가난한 집안의 초라하고 유약하기 그지없는 여린 딸이었다. 마을 사람들 모두가 실망하며 돌아갔다.

그때, 추장 아들과 친하게 지낸 의사가 있었는데, 그는 청혼까지만 보고 자기 나라로 돌아갔다. 세월이 지나 다시 그 마을을 방문하게 된 의사는 추장의 아들과 재회하게 되었다. 그런데 그 청년의 옆에는 정말로 아름답고 교양 있는 자태로 마을을 잘 보살피고 있는 여인이 있었다. 그 의사는 청년이 재혼을 했을 거라고 여겼다. 하지만 그 여인은 바로 과거에 그 청년이 청혼했던 가난한 노인의 딸이었다.

"처음에는 암소 9마리 청혼에 무척 놀라 하던 아내가 '혹시 나에게 실은 그만큼의 가치가 있는 것은 아닐까?'라고 생각하기 시작하는 것 같았습니다. 그 후로 아내는 '암소 9마리'에 걸맞은 사람으로 변하기 시작했습니다. 더욱 건강해지고 아름다워져 갔습니다. 누군가 당신에게 소중한 사람이 있다면 그 사람에게 최고의 가치를 부여해야 합니다. 그리고 누군가로부터 인정을 받으려면 자신에게 최고의 가치를 부여해야 합니다."

이 이야기를 읽고 나는 암소 100마리에 버금가는 사람이 되겠다고 생각했다. 누군가 나를 100마리에 버금가는 사람으로 인정해주기 전에, 내가 먼저 나를 그에 맞는 사람으로 믿어주고 그만큼의 가치로 가득 채우겠다고 말이다.

우리는 조건 없이 자신에 대해 믿어주는 마음, 나는 잘될 거고, 크게 될 거라는 꿈과 확신을 가질 때 그 생각과 맞는 인생을 살아갈 수 있다.

내가 내면 깊숙이에서 내는 진짜 목소리에 귀 기울이고, 그것에 맞는 삶을 살겠다고 정한 다음부터 그동안 겪은 일들이 달라 보이기 시작했다. 모든 고난의 순간들이 무의미한 힘듦의 시간이 아니라, 앞으로 나와 같은 고통을 가지고 있는 사람들을 격려해줄 내가 되기 위한 과정이었음을 깨닫게 된 것이다. 그 순간, 오랜 시간 어두운 터널 속에 있는 것 같았던 내 마음에 환한 빛이 들어오는 느낌을 받았다.

세상을 살아가는 데 먹고사는 일은 참으로 중요하다. 하지만 한 사람의 인생이 그것만으로 끝나는 것은 너무 허무하다. 그저 오늘도 내일도, 먹고살기 위해서 노동을 이어가야 한다면 무조건 좌절하는 순간이 올 수밖에 없다. '이러려고 태어났을까?', '삶이란 무엇인가?' 하는 뒤늦은 반성과 회한이 뼈를 때리듯 삶을 뒤흔든다.

우리 존재의 의미는, 꿈을 꾸는 순간 찾을 수 있다. 내 삶에 꿈을 입히는 순간, 인생의 크기가 달라진다. 꿈이 있으면 지금 힘들어도 꿈을 향해 참아낼 힘이 생긴다. 그 꿈을 이루려고 노력하는 하루하루는 이전과 다르게 충실감으로 가득 차오른다. 꿈이 있고 없고의 문제는 운전자에게 내비게이션이 있고 없고의 차이만큼 크다. 살고 싶은 인생의 방향을 알려주는 꿈이 있으면, 이유 없이 방황하거나 틈만 나면 잘못된 길로 빠지는 우를 막을 수 있다.

무엇보다, '살아가야 할 이유'가 있는 사람은, 두려움을 이겨내는 자신감으로 가득 찬 인생을 살아가게 된다. 언제나 밝고 당당한 이유다. 지금 꿈을 잊고 앞만 보고 달려가고 있다면, 다시 꿈부터 써보자. 꿈의 크기가 인생의 크기를 결정한다.

내가 원하는
내 미래의 각본 쓰기

나는 우주를 다룬 영화를 무척 좋아한다. 내 세계관을 넓혀주는 우주 영화를 보고 나면, 같은 일상이라도 갑자기 새삼스럽고 낯설게 다가오는 그 느낌을 즐기기 때문이다. 우주 영화 중에서도 내 인생 영화를 꼽자면, 단연 크리스토퍼 놀란(Christopher Nolan) 감독의 〈인터스텔라〉다. 스무 번 가까이 보면서 장면마다 바뀌는 음악, 주인공의 대사와 목소리 톤의 변화까지 거의 다 외우다시피 했다. 그래도 다시 보면 또 새롭다. 볼 때마다 색다른 것을 느끼고 배우게 된다. 영화에서 다루는 시공간의 불가사의함은 아무리 봐도 소름이 끼친다.

특히 인상 깊었던 장면은 주인공인 쿠퍼가 우주선을 타고 블랙홀로 이동했을 때였다. 그곳에서 정신을 차리고 깨어났을 때, 그는 자신이 5차원 공간에 있다는 것을 깨닫게 된다. 그곳은 그의 딸인 머피가 자라

온 모든 시간대의 방을 볼 수도 있고, 중력을 이용해 그 방에 영향을 줄 수도 있는 이상한 공간이었다. 쿠퍼는 그 안에서 지구에 있는 딸에게 메시지를 전달해줄 방법을 찾는다. 결국 그가 우주로 가기 전 딸에게 준 시계를 통해 블랙홀의 데이터를 지구로 전달하게 되고, 딸은 아무도 풀지 못했던 중력의 방정식을 풀게 된다.

영화이긴 하지만, 가족 간의 사랑이라는 강한 얽힘이 결국 시공을 초월한 5차원 공간 속에서 서로를 이어준다는 설정에 나는 전율과도 같은 감동을 느꼈다. 내가 어렸을 때부터 막연하게 상상해왔던 바가 영화에 그대로 담겨 있었기 때문이다. 나는 책을 읽을 때 이런 생각을 했다. 분명 다른 차원의 우주 어딘가에, 미래도 과거도 존재할 것이라는 상상이었다. 그게 나를 있게 한 조상이든, 또 다른 생명이든, 아니면 미래의 나든, 현실 세계의 나와 어떤 식으로든 교감을 할 거라고 생각했다. 내가 현재의 이 지구를 여행하고 돌아가는 데 필요한 어떤 메시지를, 끝없이 보내주고 있지 않을까 하고 말이다.

이런 내 생각은 파울로 코엘료(Paulo Coelho)의 《알레프》를 읽으며 더 많이 커졌다. 그는 우리의 삶은 여행을 하는 '기차'이지, '기차역'이 아니라고 하며 다음과 같은 말을 한다.

"우리는 사랑하는 사람들을 절대로 잃지 않아요. 그들은 우리와 함께합니다. 다만 우리는 다른 방에 머물고 있을 뿐이죠. 나는 옆 객차 안에 무엇이 있는지 볼 수 없습니다. 하지만 그곳에는 분명히 나와 당신과 우리 모두와, 같은 시간에 여행하고 있는 사람들이 있습니다. 우리가 생이라고 부르는 것은 여러 개의 객차로 이루어진 기차와도 같은 것입니다. 때로는 이 칸에 탔다가 때로는 저 칸에 타고 꿈을 꾸거나 기이한 경험에 휩쓸리면 이 칸에서 저 칸으로 가로지르기도 하는 것이죠. 매일 밤, 잠을 자는 동안 우리는 다른 차원으로 이동합니다. 그리고 살아 있는 사람들과 우리가 죽었다고 믿는 사람들과 다른 차원에 있는 사람들과 우리 자신, 즉 과거에 우리 자신이었거나 앞으로 우리 자신이 될 사람들과 대화를 나눕니다."

우리가 지금 머무르는 현재는 멈춰 있는 것이 아니다. 끝없이 과거로부터 영향을 받으며 미래의 시간으로 흘러가고 있는 중이다. 우리는 누구나 그 미래를 변하게 할 수 있는 힘이 있다. 하지만 자신을 과소평가한 나머지 안 되는 이유를 더 많이 찾고 있을 뿐이다. 과거나 현재의 모습만으로 자신을 바라보기 때문이다. 관점을 자신의 미래에 두면 얼마든지 우리는 미래를 바꿀 수 있다.

나는 10대 때부터 내 미래의 각본 쓰기에 열심이었다. 내가 앞으로 바라는 인생의 목표와 꿈이 이루어진 모습을 상상하며 각본을 쓰고, 그것을 거의 매일 들여다보며 살았다. 미래의 내 각본상에는 이미 이루어진 내 모습이 있고 나는 그것을 믿기에, 희망을 품고 묵묵하게 나아갈 수 있었다.

무엇보다 현재의 나는 그것을 이루어가는 과정에 있다고 생각하니, 그때그때 일희일우(一喜一憂)하지 않게 되었다. 일시적으로 이루어지지 않은 듯 보일 때도 미세하게 궤도를 수정할지언정, 궁극적으로 내가 바라는 방향으로 계속 나아갈 수 있었다. 어차피 나는 잘되어 있다고 굳게 믿었기 때문이다. 그렇게 미래를 응시하면 할수록, 신기하게도 현재를 살아가는 발걸음에도 힘이 들어갔다.

우리 인생이 시간으로 이루어져 있다는 것은 누구도 부정하지 않을 것이다. 하루는 24시간으로 세상 사람 모두에게 공평하게 주어진다. 그 중에 잠자고 일하는 시간을 제외하면 실제 우리에게 주어지는 시간은 얼마 되지 않는다. 사람들이 어딘가에 쏟을 수 있는 에너지도 제한적이다. 그런데 그 시간과 에너지를 과거에만 집중하면서 살면, 아무런 가치도 만들지 못한 채 그것들을 그냥 흘려보내고 말게 된다.

같은 시간에 미래를 바라보며 현재를 살아가면 무언가를 이루는 속도에서 차이가 난다. 자신의 인생에서 이루고 싶은 목표와 꿈이라는 의미를 찾은 뒤에는, 현재의 삶에 설령 어려움이 있더라도 그것은 미래를 위한 과정임을 알기에 꿋꿋이 나아갈 수 있다. 무엇보다 내가 바라는 것을 상상하며 살아갈 때, 우리는 현재 삶에서의 깊은 충만감, 즉 행복을 나중이 아닌 지금 바로 느낄 수 있게 된다.

미래의 각본 쓰기에 나오는 나는, 내가 원하는 모습이기 때문에 생각하는 것만으로도 기분 좋아진다. 그럴 때 내 마음은 설렘으로 가득 차고, 그 확신으로 우리는 원하는 삶을 살아갈 수 있다. 이렇게 살아가면서 자신의 무한한 잠재력을 찾아서 그것을 발휘하고, 내면의 소리에 귀를 기울여 그것에 따라 삶을 살아가면 인생이 뒤집힌다. 자신의 미래를 선택한 순간, 우리는 그것을 위해서 현재의 환경을 바꾸고, 그 바뀐 환경이 새롭게 나를 만들기 때문이다.

　내가 미국 회사에서 직장 생활을 할 때, 나는 돈을 다루는 일이 참 어려웠다. 시간이 아무리 흘러도 그 일은 익숙해지지 않았다. 회사에서 나의 일은 의뢰인의 체류 신분과 관련된 일이었고, 그것은 한 사람의 인생을 지켜주는 문제였기 때문에, 일은 힘들어도 거기에서 많은 보람을 느낄 수 있었다. 하지만 문제는 돈이었다. 나는 의뢰인에게 큰 액수의 돈 이야기를 하는 것도, 금액에 대한 의뢰인의 부담을 듣고 있어야 하는 것도 잘 적응이 되지 않았다. 미국에서 아직 제대로 자리를 잡기 전이다 보니 대부분의 의뢰인은 경제적으로 넉넉지 않았다. 이런저런 사정을 들으면서 일을 진행하려니 늘 따라오는 마음의 부담은 내 몫이었다. 하지만 회사에서는 금액의 영수에 대한 마무리까지 내 책임이었기에, 중간에서 이러지도 저러지도 못하는 상황이 여간 힘든 게 아니었다.

　회사에서 끽소리 못하고 일만 할 때다 보니, 내 목소리를 전혀 낼 수가 없었다. 그런 일상이 반복될수록 벗어나고 싶은 마음과 그러지 못하는 현실 사이에서 갈등이 무척이나 컸다. 원치 않는 업무에서 오는 스트레스와 강압적으로 지시하는 상사와의 관계로 인해 회사 생활은 점점 힘들게만 느껴졌다. 퇴근하고 집에 오면 감정적으로 완전한 녹초 상태가 될 때가 많았다. 매일 돌파구를 찾지 못하는 다람쥐 쳇바퀴 인생이 되풀이되었다. 어느 순간, 나는 한동안 잊고 있던 각본 쓰기가 갑자기 떠올랐다.

모든 것을 이룬 나만의 미래 뉴스 기사를 순식간에 써 내려갔다. 다이룬 내가 보내는 응원의 편지도 적었다. 그 순간, 나는 바로 눈앞에 잡힐 듯 아른거리는 희망이라는 것을 다시 찾을 수 있었다. 그렇게 내 마음이 다시 내 꿈과 미래를 향하는 순간, 신기하리만큼 주변의 불평불만 소리도 그다지 크게 들리지 않았다. 내 마음이 투정으로 가득 차 있을 때는 마치 독버섯이 비를 만난 것처럼 부정적인 생각이 자라지만, 그것의 뿌리를 뽑고 나니 희망과 설렘이 그 자리를 대신하게 되었다. 그 결과, 머지않아 그 일에서 완전히 벗어나 내가 진정 원하는 곳에서 원하는 일을 하며 살아가는 모습으로 바뀔 수 있었다.

영화 〈인터스텔라〉 중에, 딸 머피가 자기 이름이 '머피의 법칙'을 연상케 해서 싫다고 하는 장면이 있다. 우리가 아는 머피의 법칙은, 안 좋은 일이 연속적으로 일어날 때 붙이는 법칙이니까 그럴 만도 하다. 하지만 아빠인 쿠퍼의 정의는 다르다. 그에게 머피의 법칙이란, '일어날 법한 일은 반드시 일어난다'라는 것이었다.

우리가 살아가고 있는 세상은 인과의 법칙에 따라 모든 것이 유기적으로 영향을 주고받는다. 안 좋은 일이 우연히 이유도 없이 연속해서 일어나는 것이 아니라, 각각의 비슷한 사건들의 반복 속에, 그것이 일어날 확률이 증가하면서 상황을 만드는 것이다.

우리에게는 미래를 믿고 상상하는 마음의 힘이 있다. 그에 맞는 노력과 행동을 현재에 거듭해감으로써 그와 닮은 것, 즉 미래의 '일어날 법한 일'을 끌어오도록 할 수 있다.

어느 날 갑자기 찾아오는 실패가 없듯이, 성공도 어느 날 갑자기 찾아오지 않는다. 그것을 목표로 반복하는 행동 속에 그것들이 너무나 자연스러운 나머지, 마치 원래 나를 위한 것처럼 되어 있을 뿐이다. 그러다 어느 날 사람들의 눈에 갑자기 발견되는 것이다.

이미 이루어진 미래의 내 모습을 상상하며 내 인생의 각본을 써보자. 내 머리와 가슴이 그것이 실현되도록 하는 계획을 세우고 방법을 찾아줄 것이다. 그에 따라 자연스럽게 내 하루가 달라지고 내 삶이 달라진다. 과거가 아닌, 미래의 나를 믿고 하나하나 도전하는 삶을 살아가다 보면 각본 그대로 빛나는 내 삶이 찾아온다. 내게 일어나야 마땅한, 일어날 법한 일이 일어나게 되는 것이다.

비주얼라이제이션 –
이루고 싶은 것을 끈기 있게 연상하라

미국에 있을 때 하루는 지인 부부의 집에 놀러 가게 되었다. 아파트에 도착하자, 거실 한쪽을 가득 메운 여러 장의 사진이 눈에 띄었다. 여행 사진인가 하고 자세히 들여다봤더니 아니었다. 낯익은 배우들도 여러 명 있고 인테리어 사진과 소품 사진, 집 전경 사진도 여러 장이었다. 궁금해하던 찰나, 지인이 신이 나서 말했다.

"코는 이렇게, 눈은 이렇게, 귀는 이렇게 태어날 거야, 예쁘지?"

그제야 나는 배우 사진이 한 장이 아니고 여러 장인 이유를 알고 크게 소리 내어 웃었다. 향후 태어날 아기가 이런 이목구비를 가졌으면 좋겠다고 조목조목 원하는 사진을 붙여놓은 것이었다.

"아기 인물은 걱정 안 해도 되겠어요" 했더니, "어. 조합이 완전히 끝내줘. 우리 집에서 인물이 제일 좋아"라고 하는 것이었다. 유쾌한 그녀의 대답에 나도 같이 웃으며 "근데 인테리어 사진들은 뭐예요?" 하니 "우리 집"이라고 했다. "우와, 벌써 집을 구했어요?" 하고 놀라는 나에게, "아니, 곧 나타날 거야. 이사하면 놀러와" 하는 것이었다. 하도 목소리가 확신에 찬 나머지 나도 모르게, 사진 속 멋진 집에서 예쁜 아이를 키우고 있는 지인의 모습이 상상되었다.

그날 내가 그 집에서 받았던 강렬한 인상은 아주 오래 기억에 남았다. 저렇게까지 구체적으로 바라는 바를 이미지화한다는 것, 그리고 이미 실현된 경험담을 말하듯 확고한 믿음을 갖고 이야기하는 것을 보며 '상상은 저렇게 하는 거구나!'라고 깨닫는 계기가 되었다.

생각은 강력한 에너지다. 생각은 눈에는 보이지 않으나 특정한 진동을 가진 물리적 힘이라고 이야기한다. 나폴레온 힐(Napoleon Hill)은《생각하라 그리고 부자가 되어라》에서 "성공을 생각하는 사람에게는 성공이 찾아오고, 실패를 생각하는 사람에게는 실패가 찾아온다"라고 말했다. 생각으로 모든 것이 결정된다.

가장 중요한 것은 생각을 바꾸는 것에서 시작된다. 무언가를 바랄 때 그것을 단순히 소망하는 것과 진짜 얻어내리라고 믿는 것과는 차이가 있다. 원하는 것만 생각하고, 자신이 이루어내겠다는 결심을 한다. 현재 상황이 그것과 괴리가 있더라도 반드시 이루어진다고 믿어야 한다. 어떤 것에도 흔들리지 않는 마음을 정해야, 그다음 목표 설정과 실행으로 이어질 수 있다. 열망하는 것이 반드시 이루어낼 수 있는 것임을 상상하고 믿어야 한다. 열망이 있다면 목표를 달성하는 능력이 향상된다. 다가오는 기회를 순간적으로 포착하고, 신속하게 결정을 내릴 수 있기 때문이다. 생각을 지배하는 사람이 세상을 지배하는 사람이 될 수 있다.

관건은 '자신이 열망하는 것을 어떻게 머릿속에서 끈기 있게 연상하느냐'이다. 목표를 위해 노력한다고 하면서도 때로는 목표 자체를 잊어버릴 때가 많다. 그 때문에 현실 속에서 목표를 계속 자각할 수 있는 방법이 필요하다. '눈에서 멀어지면 마음에서도 멀어진다'라는 말에 답이 있다. 마음에서 멀어지지 않도록 눈에 보이는 장치를 해두면 된다.

눈과 마음에서 내 열망이 사라지지 않도록 비주얼라이제이션, 즉 시각화를 하는 것이다. 미래에 어떤 일을 하며 어떤 집에 살고, 얼마만큼의 수입을 올리며 어떤 모습으로 살아가고 싶은지 상상한다. 이때 상상은 구체적이어야 한다. 과녁을 맞히는데 명확한 지점이 없다면 목표가 이루어졌는지, 아닌지 판단이 어렵다. 객관적으로 그것을 이루었다는 근거를 대기 힘들기 때문이다. 성공하기를 바란다면 그 성공이 어떤 모습인지, 원하는 집이 있다면 그 집의 형태와 구조까지 명확해야 한다. 바라는 직업이 있다면 그 직업의 모습, 수입, 근무 조건까지 구체적으로 상상하는 것이다. 그런 다음 그것을 종이에 쓰거나, 이미지로 찾거나, 직접 그림으로 그려서 붙여놓고 어디서든 볼 수 있게 해야 한다. 컴퓨터 모니터와 핸드폰 배경화면으로 설정하는 것도 방법이다.

나는 신혼 때 남편과 함께 커다란 세계지도 위에 각자 원하는 모습,

갖고 싶은 것, 함께 이루고 싶은 것들의 이미지를 붙여 비전 보드를 만들었다. 집을 이사해도 비전 보드는 늘 우리와 함께 다녔다. 이루어진 것에는 깃발을 표시해 시각화했다. 또한 내가 바라는 것들을 종이 한 장에 전부 그려서 정성껏 색칠한 다음, 그것을 사진으로 찍어서 핸드폰 배경화면에도 넣어두었다. 카카오톡에 있는 멀티프로필 기능도 활용했다. 내가 되고 싶은 나의 모습을 나만 보는 프로필에 올려두고 자주 보았다. 그뿐만 아니라 핸드폰 사진갤러리에도 비전 보드 폴더를 따로 만들어서 꿈이 이루어진 이미지로 가득 채웠다.

이때 중요한 것은 시각화할 때 '이미 이루어졌다', '원하는 모습이 되었다'라는 감정을 느끼는 것이다. 아직 나는 아닌데 언젠가는 '저렇게 되면 좋겠다', '저렇게 되고 싶다'가 아니라, '나는 이렇게 되었다. 내가 원하는 이 모습이 되었다'라고 느끼는 것이다. 사진을 볼 때마다 이루어졌다고 생각하고, 거기에 감사한 마음이 절로 들 때까지 이 느낌을 계속한다. 이루어지는 것을 봐가며 결과를 보고 나중에 감사하는 것이 아니다. 이미 이룬 것에 감사할 때, 정말로 감사할 수밖에 없는 일을 끌고 오게 된다. 그런 확신이 생겨나서 원하는 모습이 정말로 되었다고 느낄 때, 우리 잠재의식은 비로소 분주하게 움직이기 시작한다. 우리가 생각지도 못한 힘을 발휘하는 것이다.

그런 의미에서 '마음에서 멀어지면 눈에서 멀어진다'라는 말도 맞는 말이다. 마음에서 열망이나 목표가 사라지면, 변화는 당연히 눈에서 멀어진다. 아무 일이 일어나지 않기 때문이다. 하지만 자신의 인생을 바꾸겠다고 마음을 정한 사람은 이미 다른 사람이 되어 살아가기에 이전과 같은 인생이 아니다. 그래서 마음의 변화는 눈에 보이는 변화로 이어진다.

나는 운이 좋게도 내가 중학생일 때, 이다음에 크면 되고 싶은 모습을 명확하게 시각화할 수 있었다. 내가 꿈꾸는 일을 직접 하면서 활약하고 있는 여성의 인터뷰를 눈으로 보게 된 것이다. 바로 서점으로 가서 그 여성 교수가 쓴 자서전 책을 샀다. 책 안에는 세계를 무대로 일하는 그녀의 모습이 담긴 사진들이 많이 있었다. 나는 그 사진들을 보면서 나도 그녀처럼 국제인이 되어 활약할 날을 꿈꿨다. 열망하는 목적이 생겼기 때문에 그 꿈을 향해 공부하는 것이 즐거웠다. 나는 미리 내가 가고 싶은 대학교에 가보기도 했다. 영어영문학과를 가는 게 목표였기 때문에 드넓은 캠퍼스를 가로질러 인문대학 건물 안에 직접 들어가 보기도 했다. '여기 와서 공부하게 되겠구나' 했던 중학생의 나는, 고등학교 3년을 거친 후 정확하게 그 건물에 앉아서 수업을 듣는 영문과 학생이 될 수 있었다.

원하는 것이 떠오를 때는 반드시 그 욕망을 붙들어야 한다. 욕망이 생겼다는 것은, 그것을 가질 수 있다는 신호이기도 한 까닭이다. 그 욕망이 생각에서 떠나가지 않도록 노력하면서 원하는 모습에 집중해서 살아가면 된다. 그러면 우리 잠재의식은 신기하게도 욕망이 실현되었다는 결과에 맞는 계획들을 만들어내고, 그에 맞는 행동을 하게 한다. 스스로에게 어떤 말을 반복하면 그 말이 맞든 아니든 믿게 되고, 어떤 생각을 반복해서 정신을 온통 그 생각으로만 채우면 실제 그 생각대로 된다.

　자신의 분야에서 성공한 사람 대부분은 자신이 바라는 것을 어떻게 하면 얻을 수 있는지 생각하는 데 많은 시간을 보낸다. '될까?', '안 될까?' 고민만 하다가 시간을 낭비하지 않는다. 이미 자신은 할 수 있다는 믿음이 전제되어 있기에 그것을 이룰 방법만 늘 생각한다. 그래서 더 빠르게, 더 크게 성공할 수밖에 없는 것이다. 자신을 믿지 않고 인생에 목표가 없다면 방황하는 인생을 살게 된다. 목표를 이루는 데 가장 큰 장애물은 그 목표의 크기가 아니다. 정말 내가 그것을 원하는가, 아닌가. 흔들림 없는 열망을 가지고 있는가, 없는가다.

　목표를 이루어가는 길은 평지만 있는 것은 아니다. 생각지도 못한 굴곡을 만나기도 한다. 그럴 때도, 게으름이나 싫증을 느끼는 것이 아니라 굳건히 그 길을 계속 갈 수 있는지의 여부가 성패를 좌우한다. 자신이 진짜 원하는 것이 무엇인지 명확하게 알아야만 하는 이유다. 무슨 일이 있더라도 이루고 싶은 목표가 있다면, 무엇이든 이룰 수 있다는 스스로에 대한 믿음을 갖고, 이미지로 시각화하며 노력해가면 된다. 이루어졌다는 느낌이 자연스럽게 느껴질 때까지 시각화를 반복하는 것이다. 그렇게 목표를 현실화하기 위해 꿋꿋하게 나아갈 때, 자신이 이미 되었다고 인식한 그 모습으로 되어 있는 자신을 만나게 된다.

　나는 이 방식으로 내가 원하는 직업을 찾았고, 나의 미래 배우자를 만났으며, 내가 꿈꾸었던 이상적인 집을 찾을 수 있었다. 앞으로도 나는 계속해서 시각화를 통해 내가 꿈꾸는 인생을 살아갈 것이다. 나는 나를 믿고, 내가 하고 싶은 것이나 이루고 싶은 것은 무엇이든 가능하다고 생각한다. 목표를 어떻게 이룰까에 대한 고민은 그것을 이룰 수 있다고 믿는 필사의 사람에게서 나온다.

최근 지난 몇 년 세월 동안 더 많이 성취하고 더 행복해졌다면, 그것은 우연히 일어난 게 아니다. 그것을 원하고, 늘 생각하며 노력했기에 바뀐 것이다. 반대로 삶이 바뀐 게 없고 오히려 더 힘들어졌다면, 그것도 우연은 아니다. 인생이 지금보다 더 나은 모습이기를 바란다면, 지금, 이 순간에 떠오르는 욕망을 붙들자. 그리고 시각화를 통해 그 생각을 머릿속에 끊임없이 붙들어놓자. 인생이 바뀌는 것을 목격할 것이다.

절박함이야말로
사람을 키우는 자양분이다

사람들 대부분은 지금 자신이 '무엇'을 하고 있는지 알고 있다. 이보다 상대적으로 적은 수의 사람들이 그것을 '어떻게' 하는지 알고 있다. 하지만 오직 극소수만이 그것을 '왜 해야 하는지' 이유를 알고 있다. 우리는 자신이 하려는 일을 '왜 하는가'를 알 때 가슴이 뛴다. 그럴 때 진짜의 열정과 행동을 끌어낼 수 있다.

무언가를 이루어내는 사람들은 '지금 내가 이 일을 왜 하는지', '내가 하는 일은 무엇을 위한 것인지' 하는 질문에 곧바로 답할 수 있는 사람이다.

《나는 왜 이 일을 하는가》의 사이먼 사이넥(Simon Sinek)은 말한다.

"위대한 리더는 결과가 아니라 이유를 설득시킨다. '왜(why)'에서 시작해서, '어떻게(how)' 이룰지 고민한 다음, 결과적으로 '무엇(what)'을 할지 결정하는 것이다. 평범한 리더는 정확하게 그 반대로 한다."

애플이 독보적인 기업이 된 이유, 마틴 루터 킹(Martin Luther King) 박사가 수많은 사람들의 마음을 움직일 수 있었던 이유, 돈도 인맥도 없는 라이트(Wright) 형제가 비행기를 만들 수 있었던 이유에는 모두 '왜(Why)'가 숨겨져 있었다. 그들은 모두 그 일을 이루기 위한 흔들림 없는 목적, 동기, 사명에서 출발했기 때문에 누구도 흉내 낼 수 없는 업적을 이룰 수 있었다.

내가 미국 대학 입학을 준비하기 위해, 다니고 있던 대학교를 휴학했을 때였다. 1학기를 끝낸 시점이라 앞으로 6개월이라는 시간이 남아 있었다. 그 기간 안에 나는 최대한 빨리 유학 준비를 끝내야겠다고 생각했다. 무엇이든 한다고 마음먹었을 때 빠르게 해치우는 게 내 신조였다. 동력을 상실하기 전에 집중해서 노력하는 편이 결과도 더 좋았기 때문이다. 시간을 더 길게 잡으면 여유야 있겠지만, 그러면 시험을 뒤에 치르게 되고, 그 말은 입학 시기를 1년 놓친다는 의미였다. 나는 어떻게든 그해에 승부를 내야겠다고 결심했다.

미국 대학 입학을 위해 준비해야 하는 시험은 미국의 수능인 SAT와 영어 자격시험인 토플이었다. 시험 날짜까지 남은 일수를 역으로 계산한 뒤 공부해야 할 부분들을 대입해보니, 매일 해야 하는 공부량이 만만치가 않았다. 게다가 나는 내 힘으로 유학자금을 모으고자 네다섯 개의 과외를 병행하고 있을 때였다. 이동하는 시간도 전부 공부에 할애하며 모든 초점을 시험 공부에 맞췄다. 아침 7시부터 저녁 7시까지 도서관에서 오롯이 공부에 매달리고 저녁 과외를 한 후, 늦은 새벽 시간까지 공부를 이어가는 나날이었다.

그때는 자습 개념으로 스스로 책을 보고 하는 공부였기 때문에 지켜보는 관리 감독도 없었다. 오직 내가 내 삶의 매니저이자 감독관이었다. 온종일 정해진 스케줄대로 타협 없이 공부에 매진했다. 그날 끝내야 할 공부를 마칠 때까지는 잠도 자지 않았다. 밤 몇 시에 잠이 들었든, 다음 날 어김없이 같은 시각 6시에 일어났다. 순간의 꾸물거림도 없이 아침 7시면 도서관에 도착해서 다시 공부를 시작했다. 그때는 어떻게 그렇게 살았을까 싶을 정도로, 잠을 자는 것인지, 밥을 먹는 것인지 오로지 모든 시간을 공부에만 몰입한 채 채워갔다.

솔직히 처음 시작할 때 시험 공부가 쉬울 거라고는 기대하지 않았다. 하지만 예상했음에도, 시험 공부는 생각했던 것보다 훨씬 어려웠다. 특히 토플 시험은 상상 초월이었다. 일상에서는 전혀 들어본 적도 없는 외계어가 대부분이었다. 토플 시험 자체가 영어를 모국어로 하지 않는 나 같은 외국인이, 영어권 대학에서 수학할 수 있는지를 평가하는 시험이다 보니, 문제의 지문들이 죄다 대학교 강의에 나오는 수준이었다. 너무나도 방대한 학술 내용과 학술 용어들이 시작부터 숨을 턱턱 막히게 했다. 사전으로 모르는 영어단어의 뜻을 찾아놓고 나면, 찾아놓은 그 한국어의 의미가 또 이해가 안 되었다. 그 정도로 생소한 단어들이 너무 많았다. 초등학생이 대학원 공부를 하는 기분이었다.

전혀 이해되지 않는 학술 지문을 해석하겠다며 붙들고 있다 보면, 어느 날은 너무 화가 나서 도서관 열람실 밖으로 뛰쳐나가기도 했다. 문자 그대로 '눈앞이 캄캄해진다'라는 의미를 알 것 같았다. 이제까지 그래도 영어를 공부한다고 했는데, 이렇게까지 어려울 수가 있을까 싶었다. 하도 열이 나고 분이 안 풀려서 캠퍼스를 미친 듯이 뛴 적도 있었다.

'진짜 이런 시험을 통과해야 미국에서 공부를 할 수 있다는 말인가?' 하염없이 좌절도 했다가, '그래, 이렇게 어려운 것을 넘기고 나면 실제로 가서 배울 때는 수월하겠지!' 하고 다시 마음을 다잡기도 했다.

그 후 하늘을 보며 크게 심호흡을 하고는, 다시 서둘러 자리로 돌아가서 공부를 이어갔다.

그때 밤이고 낮이고 나를 반복해서 책상으로 이끌어준 것은, '왜 공부하는가'라는 강력한 동기 때문이었다. 아마 그게 없었다면 열두 번도 넘게 포기했을 것이다. 나는 더 넓은 세상에서 배워 사회에 선한 영향력을 끼치는 사람이 되고 싶었다. 그것을 위해 지성을 쌓아야 했고 그를 위한 배움이 필요했다. 그런 '이유(why)' 때문에 미국에서 배움의 기회를 얻는 것을 '방법(how)'으로 선택했고, 그 한계를 없애려고 '무엇'인 영어 공부(what)를 선택한 것이었다. 내가 공부를 포기하지 말아야 할 이유, 힘들어도 해내야 할 강력한 목적이 어떻게든 나를 책상에 다시 앉게 했다. 마음이 불편할 때도, 힘들 때도, 좌절감에 괴로울 때도 있었지만 절대로 멈추지 않았다. 내가 스스로 선택한 이 고비를 반드시 넘고야 만다는 각오로 이를 악물었다.

한참 진도가 안 나가서 힘들 때 '누가 공부 좀 대신해주면 좋겠다'라고 생각하다가 예전에 들었던 이야기가 생각났다. 어느 세일즈맨이 100명에게 영업을 달성하는 게 목표였는데, 아무리 노력해도 10명밖에 안 되었다. 고수에게 찾아가서 '어떻게 하면 100번째 사람을 찾을 수 있느냐'고 물었다. 그때 고수는 "어서 가서 열한 번째 사람을 찾으면 된다"라고 말했다.

공부도 마찬가지였다. 지름길이나 왕도가 따로 없었다. 내가 아무리 책 한 권을 다 공부하는 게 목표라고 해도 그러려면 천 근보다 무겁게 느껴지는 눈앞의 책 한 장을 넘겨야 했다. 그 한 장, 한 장이 쌓여야 한 권이 되는 것이었다. 요행을 바라며 편하게 가는 방법 같은 것은 없었다. 등산하듯, 한 발, 또 한 발 꿋꿋하게 오르고 또 오를 수밖에 없는 것이었다.

더군다나 내게는 천년만년 시간이 많이 있는 것도 아니었다. 정해진 시간 안에 등산을 마치려면 어떻게든 꺼지려는 자신의 마음을 끄집어 올려서 나아가는 수밖에 없었다. 산의 정상을 앞둔 마지막 오르막길이라고 생각하며 한 발, 한 발 내디뎌야 했다. 그게 아무리 힘들어도 그래야만 내 것이 되었기 때문이다. 그렇게 산에 오르면 정상에서만 느낄 수 있는 성취도 물론 내 것이지만, 거기까지 오르면서 튼튼해진 몸과 강하게 단련된 마음도 오롯이 내 재산이 될 수 있는 것이었다.

"꿈을 밀고 나가는 힘은 이성이 아니라 희망이며, 두뇌가 아니라 심장이다."

도스토옙스키(Dostoevsky)의 글을 가슴에 몇 번이고 각인시킨 채, 나는 그날을 위해 인내하며 도전하고 또 도전했다.

그렇게 일분일초도 아끼면서 치열하게 공부한 시간이 쌓이자, 어느 순간 좌절했던 마음들이 점점 성취감으로 바뀌었다. 그 많던 괴로움을 어느새 즐길 수 있을 정도의 여유로 변했다. 그리고 그것은 그동안 겪어보지 못한, 또 다른 차원의 행복이라는 것을 알게 되었다. '공부가 이렇게 재미있는 것이었구나!' 느끼게 되면서, 몸은 고되어도 그 힘으로 마지막까지 전력을 다할 수 있는 원동력이 되어주었다.

반년 동안의 지독한 노력 끝에 마침내 나는 SAT 시험과 토플 시험을 치르게 되었다. 최선을 다했던 결과는 둘 다, 입학에 필요한 합격선 이상 점수를 얻을 수 있었다. 다시 돌아가라면 절대로 못 돌아갈 것 같은 그 치열했던 나 자신과의 싸움을 통해, 나는 많은 것들을 얻을 수 있었다. 특히 사람이 마음을 단단히 먹고 포기만 하지 않는다면, 어떠한 것도 이겨낼 수 있다는 값진 깨달음을 얻었다.

절박한 마음, '간절함'은 하늘도 감동시킨다. 꿈이 있는 사람에게 '간절함'은 다른 무엇도 이겨낼 수 있는 강한 무기가 되어준다. 비록 발을 딛고 서 있는 곳이 꽉 막힌 동굴처럼 느껴지더라도, 조금만 더 나아가면 그 너머의 빛을 볼 수 있다는 믿음, 그것은 간절함에서 나오는 것이었다. 두려움이 있을 때 우리의 내면에서는 약한 소리가 들려온다. 또 마음이 약할 때는 주위의 부정적인 소리가 더 크게 들린다. 하지만, 그보다 내면의 간절함이 더 크면, 모든 것을 뒤로한 채 당당하게 앞을 향해 나아갈 수 있다. 저항마저도 오히려 목표를 향해 나아가는 힘으로 전환할 수 있다.

우리가 무엇을 하려고 하기 전, 어떤 목적을 가지고 그것을 하느냐는 우리의 의식에 깊은 영향을 미친다. 어떤 일을 하다가 흥미를 잃게 되거나 그만두게 된다면, 굳이 그것을 할 만한 강력한 동기(why)가 없어서일 수도 있다. 어떤 일이 있더라도, 죽어서라도 이루고 싶은 간절한 꿈이 있다면 해내지 못할 일이란 없다. 그것을 진정으로 원한다면 이룰 때까지 포기하지 않을 것이고, 그러면 어떤 방법으로든 길은 열리기 때문이다. 절박함이야말로 사람을 키우는 자양분이다.

과거로 돌아가기 아까운
나를 만들어라

우연히 하루아침에 성장하는 사람은 없다. 언뜻 운이 좋아 쉽게 이룬 성공처럼 보여도 안을 들여다보면 그것을 이루어낸 사람의 땀과 노력, 도전의 흔적들이 묻어 있기 마련이다. 살면서 우리는 누구나 예외 없이 어려움을 겪고, 시련을 극복하며 인생을 살아가고 있다.

중국의 모소 대나무는 씨앗이 뿌려진 후 4년 동안 땅속에 뿌리만 키우기로 유명하다. 4년 동안은 겨우 3cm 정도만 자라다가 5년이 되었을 때 단번에 용솟음치듯이 급성장을 하는데, 하루 동안 갑자기 60cm가 자라기도 한다. 두 달이면 무려 15m나 자라서 울창한 대나무 숲을 만들어낸다. 이렇게 빠르게 수십 미터까지 뻗어 올라갈 수 있는 이유는 4년 동안 땅속 깊이 뻗은 뿌리 때문이다. 위로 자라기 전에 아래로 먼저 자랐으니 실은 두 달이 아니라 거의 5년 만에 그만큼 자란 것이다.

대나무는 눈에 보이지 않지만, 더 깊이 뿌리 내리기 위한 성장통을 겪으며, 솟구쳐 오를 힘을 축적한다. 또 중간중간 만들어놓은 마디 덕분에 아무리 높은 키에도 쉽게 바람에 부러지지 않는다.

우리 인생도 마찬가지다. 단단하게 뿌리를 내린 인생, 시련에도 흔들리지 않는 마디가 있는 인생은 때와 더불어 성장할 수 있고, 더 높이 솟아오를 수 있다.

고등학교 때 서진규 작가의 《나는 희망의 증거가 되고 싶다》를 읽고 큰 감명을 받았다. "꿈은 이루어지기 전까지는 꿈꾸는 사람을 가혹하게 다룬다. 꿈을 꾼다는 것은 죽을 각오를 한다는 것이다. 누군가에게, 오직 한 사람이어도 좋다. 나는 희망의 증거가 되고 싶다"라는 저자의 말은 이후 내 삶에도 큰 영향을 주었다.

그 무렵 나는 일기장에 세상을 움직이게 하는 근원적 힘에 대해서 고민하는 글을 많이 적었다. '자연을 둘러보면 끝도 없이 살아 움직이는 저 힘은 어디서 비롯된 것인가. 식물은 어떻게 자라는가. 생명은 어디서 탄생하며 죽으면 어디로 가는가.' 그럴 때면 삶이 참 위대하게 느껴졌다. 그때의 고민은 '짧지만 소중한 이 인생을 어디다 쓸 것인가'로 이어졌다.

나는 누군가에게 힘이 되는 인생, 용기를 주는 인생을 살다 가고 싶다고 생각했다. 일기에는 또 이런 글도 적었다.

'세상 일은 언제나 변한다. 어떤 것도 멈춰 있지 않다. 무언가를 이루었다고 영원히 끝은 아니다. 언제나 또 다른 고민과 문제는 있다. 당황스러운 것은 당연하지만 내면의 의식이 뿌리를 깊이 내리고 있으면 그렇게 크게 흔들리지 않는다. 인생에는 고비마다 많은 일이 있고, 그 가운데서 우리는 기쁨과 슬픔을 오가기도 하지만 늘 그 순간은 지나간다. 어느 때 멈춰 서서 그때를 돌아보며 늘 오늘을 다시 살아가고 있다. 그러니 어제 일은 어제로 끝내고 이제 오늘을 살아야 한다.'

돌이켜 보면 나는 23살의 나이에, 집이라는 안전지대를 벗어나 처음으로 미국으로 갔을 때, 그때가 내 인생이라는 대나무의 씨앗을 심었던 때 같다. 모든 것이 익숙한 삶에서 벗어나 아예 처음부터 다시 시작해야 했던 그때의 내 모습은, 지금 생각해도 참 안쓰러웠다.

미국에 가기 전 나는, 많은 시련들을 겪으며 내가 굉장히 강해졌다고 생각했다. 그래서 아마 홀로 미국에 갈 용기도 낼 수 있었던 것 같다. 하지만 그것은 어디까지나 우리나라, 우리 가족이라는 큰 울타리 밑에서 겪는, 아직은 작은 문제였을 뿐이었다. 나는 그동안 내가 얼마나 많은 관계로부터 지킴을 받고 살았는지, 그 속에서 내 존재를 확인할 수 있다는 게 얼마나 중요한 의미인지를 한국을 떠나 본 뒤에야 깨닫게 되었다.

씨실과 날실로 촘촘하게 이어져 있는 관계로부터 나 홀로 떨어져 나오고 나니, 나는 나를 어떻게 정의해야 할지조차 막막했다. 미국에 도착했을 때, '나는 지금, 이 순간, 이곳의 누구에게 의미 있는 사람인가?'라는 질문을 했고, 답은 '아무도 없다'였다. 미국 공항에 홀로 내려 길을 찾지 못하고 있을 때, 나는 그 넓은 땅덩어리에서 내가 길을 잃든, 집을 찾아오든 말든 상관하는 사람이 단 1명도 없다는 현실을 마주하며 혼란스러웠다. '아, 내가 여기서 설사 잘못되어도 슬퍼할 사람은 없겠구나'라는, 내 존재의 미약함, 그리고 허무함이 순간적으로 나를 휩쓸고 갔다.

그렇게 아무도 반기는 이 없는 '셀프 입국'을 하고, 이리저리 이민 가방을 들고 헤맨 끝에 어렵게 공중전화를 찾았다. 달랑 주소만 있는 미국 하숙집으로 가기 위해 한인 콜택시를 부를 참이었다. 겨우 동전을 바꿔 공중전화를 집어 들었는데, 어떻게 거는 줄 몰라 또 한참이 걸렸다. '왜 우리나라와 다른 것인가.' 가뜩이나 멘탈이 흔들린 탓에 어디다 물어볼 엄두도 내지 못했다.

어찌어찌 어렵게 도착한 하숙집에서 또 한 번 찾아온 충격은 나에게 내줄 방이 없다는 것이었다. 나는 미리 서면 계약 같은 것을 맺고 온 게 아니었으니, 마지막 방을 지켜주시지 않은 아주머니 탓만 할 수도 없었다. 오갈 데 없는 내 처지를 아신 아주머니가 다행히 본인 방을 내주셔서 노숙자 신세는 면했다. 방이 나올 때까지 아주머니는 거실에서 주무셨는데, 나는 그게 그렇게 고마우면서도, 한편으로는 두 달 치 월세 보증금과 한 달 치 월세를 한꺼번에 받으시는 아주머니가 참 야속하게 느껴지기도 했다. 하늘 아래 내 몸 누일 공간을 위해 돈을 내야 했던 것은 그때가 처음이었다. 순진하게 '한국인의 정' 같은 것을 기대한 탓일까. 보증금은 예상도 못한 터라 뭔가 되게 억울하기도 하고 가슴이 서늘해지기도 하고, 묘한 기분을 떨칠 수가 없었다. 부모님 밑에서 아무 걱정 없이 살았던 때가 갑자기 너무나 그리웠다.

방값에 돈을 거의 다 써버린 탓에 자금 계획이 꼬여버렸다. 월급날까지 휴대전화 개통은커녕 점심도 사 먹지 못하고 여러모로 불편하게 지내야 했다. 하숙집에서 그나마 저녁밥이라도 주었으니 천만다행이었다. 하지만 모든 것이 내가 불러일으킨 도전이었다. 아무도 미국에 가라고 떠민 사람은 한 사람도 없었다. 거기서 겪은 경제적 어려움, 이후 인간관계의 괴로움, 교통사고로 인한 통증과 긴긴 후유증, 유독 내게만 어려웠던 운전면허 취득, 거기다 운전미숙으로 수없이 길을 잃고 헤매던 일, 나열하자면 정말 끝도 없었다. 부족해도 이렇게 부족할 수가 없었다.

가슴에 그리움과 혼자 견뎌낸 서러움, 놓아버리면 다 끝날 것 같은 긴장감까지, 타지에서 혼자라서 무너지면 안 되니까 홀로 어떻게든 붙들고 온 모든 것들로 인해 가슴에 멍이 많이 들었다. 그런 시간을 4년이나 보냈다. 이제는 잘 마무리하고 해피엔딩으로 다음 단계로 넘어가고 싶다는 열망이 생겨났다. 그 마음으로 이를 악물고 도전한 결과, 나중에 한국으로 돌아올 때는 아무런 후회도, 여한도 없었다. 아쉬움 때문이 아니라 잘 견뎌낸 스스로가 대견스러워서 그 때문에도 많이 울었다.

모든 것이 새롭게 내 삶의 기준이 되어준 미국 생활이었다. 그때의 삶이 내 가슴속에서 무언의 기준이 되어 언제나 물어왔다. 그때보다 못 견디겠냐고. 그때 생각하면 얼마나 꿈꾸던 오늘이냐고. 그럼 일순간에 감사한 마음이 가슴 가득 채워졌다.

나는 하나지만 거울은 밖에 수만 개가 있다. 내가 안 바뀐 채 있으면 수만 개의 거울을 바꿔서 나를 쳐다봐도 나는 그대로다. 거울 탓이 아니다. 거울은 나를 비춰주고 있을 뿐이니까. 거울에 비춘 내 모습을 바꾸고 싶다면 내가 바뀌어야 한다. 거울에서 도망간다고 언제까지나 도망갈 곳이 있는 것도 아니다. 내가 나를 부인하고 벗어나는 게 다가 아니라 그것에 맞서서 나를 바꿔야 한다. 그게 내가 미국 생활에서 얻은 가장 큰 교훈이었다.

더 이상 그 거울을 보는 게 힘들지 않고 거울에 서고 싶고 사랑스럽다고 느낄 수 있는 것, 그것은 거짓말이 불가능한 일이었다. 바뀌지 않았다는 것은 본인이 가장 잘 아는 것일 테니 말이다. 거울 앞에서 도망가지 않고 불편하지 않고 자유로운 마음. 그것은 수많은 거울을 어떻게할까 하는 고민을 멈추고 당당하고 빛나는 나 자신이 되면 끝나는 일이었다.

인간관계에서도 표면은 얼마든지 꾸밀 수 있지만, 내면도 건강한 관계냐 하는 것이 중요했다. 내가 주도하느냐, 아니면 상대가 주도하고 내가 끌려다니느냐는 평생 물어야 할 과제임을 알았다. 상처받지 않는, 어떤 상황에서도 나를 학대하지 않는, 그것이 내가 미국에서 몸으로 체득하며 깨달아야 하는 명제였다. 그제야 나는 일부러 내가 그런 환경을 불러일으켰음을 알아차릴 수 있었다. 대나무가 때가 되어 눈부신 성장을 이루듯, 나 또한 때를 기다리며 뿌리를 내리고 인내한 끝에 마침내 솟아오르게 되었음을 느꼈다. 그리고 나는 알게 되었다. 그동안의 수많은 시련과 고통이 있었기에, 그것에 지지 않고 이겨낸 시간이 있었기에 과거로 돌아가기 아까운 나를 만들 수 있었음을.

07

내가 바라고 원하는 모두를
가질 수 있다

현재를 살아가는 많은 사람이 인생에서 자신이 무엇을 원하는지 정확하게 알지 못한 채 살아간다. 설사 원하는 것이 있어도 대부분 현실 속에서 그것을 시도하지 않고 살아간다. 가끔 사람들이 말하는 '그냥 현재의 삶을 즐기자'라는 의미가, 뭔가를 애써서 노력하기보다는 되는 대로 살자는 뜻이 되어버린 게 아닌가 싶을 때가 있다.

자신의 삶을 진짜 '즐기며' 살아가려면 자신에게 계속 질문하고, 원하는 인생을 살아가려는 노력이 필요하다. 그냥 주어진 현실에서 열심히만 사는 것이 능사는 아니다. 아무런 목표 없이 편하게만 사는 인생이 다가 아니다. 자신이 진정으로 바라는 것을 열심히 성취해가는 과정에서, 우리는 다양한 경험을 하게 된다. 경험을 통해서 새로운 지혜와 인생의 깨달음을 얻을 수 있다. 그럴 때, 자기 자신뿐만 아니라 삶 자체가 확장되고 더 커지며 훨씬 나은 삶을 살아갈 수 있다.

나는 내가 원하는 것이 무엇인지, 어떤 삶을 살고 싶은지 글로 써보면서 좀 더 객관적으로 나를 볼 수 있게 되었다. 글로써 나 자신과 대화를 나누다 보면, 인생의 많은 선택지 중에 나에게 맞는 우선순위를 정할 수 있었다. 남이 아닌 내가 원하는 것을 선택하고, 그 선택에 집중하는 삶을 살다 보면 생각지도 못한 기회가 만들어졌다. 그런 기회들이 모여 지금의 내 삶이 되었고, 그것은 내가 생각하던 것 이상으로 설레는 것이었다.

답은 언제나 내가 주체가 되어 살아가느냐, 마느냐에 있었다. 단지 주어지는 환경에 맞춰 사는 삶이 아니었다. 내가 끌고 가는 삶일 때만 나를 늘 열정에 넘치게 했다. 나의 선택일 때에야 내가 한눈팔지 않고 일직선으로 달려갈 힘이 솟아 나왔다. 내가 내 삶의 목표를 정하고 그를 위해 노력하는 시간이 쌓일수록, 성장이라는 멋진 열매가 내 삶을 더 풍성하게 만들어주었다.

답은 항상 자신의 안에 있었다. 과거를 돌아보는 일기가 아니라, 미래를 바라보는 꿈과 목표로 인생을 채워가는 순간, 삶이 완전히 뒤집히기 시작했다. 늘 똑같은 하루가 아니라 성장하고 나아지는 특별한 오늘이 되었다. 내가 바라는 것, 꿈꾸는 것을 상상할 수 있을 때, 심장이 뛰었다. 가슴이 시키는 삶을 살아갈 때 더할 나위 없는 충실감이 나를 가득 채워주었다. 진짜 행복은 바로 거기에 있었다.

자신이 인생에서 무언가를 바라고, 바꾸고 싶은 게 있다면 그것을 '원해야' 한다. 실로 무언가를 원한다는 것은 더 큰 인생을 살아갈 수 있게 해주는 원동력이 된다. 그 출발점부터 삶이 크게 달라질 수 있다. 우리는 무언가를 원할 때 현재 의식을 뛰어넘어 자신 안의 무한한 잠재력을 일깨울 수 있다. 그 순간, 원하는 모든 것을 이루기 위한 게임이 시작된다.

미래의 꿈꾸는 모습이 된 자신은 지금 어떤 선택을 하고, 어떻게 행동으로 옮길 것인가? 언제나 미래를 내다보며 현재를 대하면 인생의 많은 고뇌가 해결되었다. 변명과 핑계가 줄어들고 나중에 해나갈 일들을 지금 하나씩 실천하기 시작했다. 목표를 하나씩 완수해 나갈 때마다 뿌듯하고, 감사했다. 안 되는 일은 없다는 것을 스스로 느끼게 되었다. 하고 싶은 게 있다면, 나중에 언젠가는 해보고 싶다면 지금 그것을 해보는 것만으로도 새로운 기회의 문이 계속해서 열린다.

네빌 고다드(Neville Goddard)는 《상상의 힘》에서 말했다.

"내가 경험하는 모든 것이 내 믿음의 산물이라는 사실, 내가 이 거미줄 같이 얽히고설킨 환경의 중심이라는 사실, 내가 변하면 외부 세계도 변한다는 사실을 안다는 것은 참 다행인 일입니다."

우리는 똑같은 하나의 세상을 살면서 각자가 만들어낸 다른 세상을 살아가고 있다. '어떤 인생을 살아가는가'는, '어떻게 인생을 바라보는가'로 정해진다.

우리가 하는 생각의 힘은 실로 강력하다. 자신이 지금 처해 있는 환경은 과거 생각의 결과물이다. 내면의 의식은 외부 세상으로 드러나기 마련이기 때문이다. 그리고 지금 하는 생각이 다가오는 자신의 미래를 만들게 된다.

자신이 하는 생각이 부유하면 모든 것이 가능하다는 관점에서 세상을 바라보게 된다. 반대로 생각이 가난한 사람 역시 자신이 생각이 머문 모습 그대로 살아가며, 결핍의 관점에서 세상을 만들어간다. 자신이 생각하는 대로 만든 세상에서 살아가게 되는 것이다.

삶을 바꾸고 싶다면 제일 먼저 자기 생각을 바꿔야 한다. 내가 원하는 것은 무엇이든 이룰 수 있고, 나는 무엇이든 할 수 있다는 생각은 실로 그렇게 되게 하는 힘이 있다. 자기 내면의 의식이 달라지면 외부 세계도 달라진다. 자신의 삶이 기적이라는 관점에서 생각하면 머지않아 단단한 현실로 굳어질 것이다.

내가 고3이었던 2001년, 나는 그동안 내가 꿈꿨던 회사의 개소를 알리는 뉴스를 보게 되었다. 강력한 자석에 이끌린 듯 나는 그 회사를 보러 무작정 찾아가게 되었다. 한참을 둘러본 후 버스를 타고 집으로 돌아오면서, '10년 후 반드시 여기서 일하리라'라고 생생하게 그날의 내 모습을 꿈꾸었다.

그 후 다양한 도전에 나를 내맡기면서 나는 더 강해지고 성장했다. 그 과정에서 나는 크게 바뀌었으며, 내 경험이 늘어나는 만큼 더 단단해질 수 있었다. 아직 보이지 않더라도 반드시 꿈을 위한 길이 열린다는 것을 확신했다. 그렇게 나는 내 잠재의식 깊이 그 목표를 심어둔 채 꾸준히 나의 길을 나아갔다.

그리고 2011년, 내가 마침내 4년간의 미국 생활을 정리할 무렵, 그 회사의 채용공고를 보게 되었다. 입사 지원을 하고, 면접을 거치는 과정이 모두 이미 해본 일처럼 편안하게 느껴졌다. 전혀 낯설지 않고 너무 즐거워서, 하고 싶은 놀이를 하는 기분이었다. 마치 이미 내가 그 회사의 일원이 되어 행동하는 것처럼 모든 것이 자연스럽게 느껴지기도 했다. 그런 내 마음은 그대로 면접 때도 전해졌고, 결국 최종 합격자 명단에 이름을 올릴 수 있었다. 정확하게 딱 10년 만이었다. 내가 상상하며 꿈꿔온 이미지 그대로였다. 나는 그때 내가 뽑혀서 행복한 게 아니었다. 나는 그전에 이미 완전한 행복 상태에 있었다. 나는 내가 행복해서 뽑혔다는 확신이 들었다. 한순간도 꿈에서 멀어지지 않고 그 꿈을 향해 나아가는 사람은 그 꿈을 닮는다고 했다. 나는 준비된 사람이라는 확신, 그것은 내가 꿈을 이룬 듯 매 순간을 그날처럼 살아낸 결과임을 알게 되었다.

소망하는 것을 구체적으로 생각하면 그것이 현실이 되어 나타난다. 생각과 일치되는 말과 행동을 하게 되기 때문이다. 구체적으로 바라는 소망을 적고, 그것을 반복해서 보고 떠올리면 자신의 잠재의식에 새겨지게 된다. 잠재의식에 새겨진 소망은 반드시 이루어진다. 대신 모호하거나 애매한 꿈이 아니라 구체적이어야 한다. 그래야 실제로 이루어졌을 때의 느낌을 상상할 수 있고 그 소망을 현실에 실현시킬 수 있다.

성공자들은 분명한 꿈과 목표를 가지고 살아간다. 꿈과 목표가 분명하지 않다면 아직 원하는 것을 잘 모르거나, 결정을 내리지 못한 것이다. 무엇과도 바꿀 수 없는 자신만의 꿈과 목표는 어느 순간에라도 잊히지 않는다. 그러면 자신도 모르는 사이 잠재의식에 새겨진 그 목표를 향해 나아가게 되며, 어느 순간 현실에 나타나는 것을 목격하게 된다. 무언가를 바라고, 그 방향을 향해 꾸준히 나아가면 반드시 그곳에 도착하게 된다. 가다가 그만두지만 않는다면 그것을 막을 수 있는 것은 아무것도 없다.

꿈을 향해 나아가는 과정과 달리, 꿈꾸었던 인생으로 되는 것은 마치 한 번에 판이 뒤집히는 것과 같다. 나는 내 인생의 배우자도 똑같은 방법으로 만나게 되었다. 내가 원하는 사람을 만나 함께 행복하게 사는 이미지를 연상해온 그대로 꿈이 이루어졌다. 가치관이 맞는 사람, 함께 나아갈 목표가 있는 사람, 지금보다 앞으로가 더 기대되는 사람이 내 옆에 약속이나 한 듯 나타났고, 나는 그 느낌을 놓치지 않고 붙들 수 있었다. 상상과 생각의 힘은 내가 아는 것보다 훨씬 힘이 셌다. 나는 점점 인생이 나를 중심으로 춤을 추는 것 같이 느껴졌다.

생각하고 꿈꾸고, 그것을 향해 나아가는 도전의 시간이 쌓여서 운과 기회를 만든다는 것을 몸소 배웠다. 다양한 도전으로 나는 크게 바뀌었으며, 예전과 비교할 수 없는 삶을 살 수 있게 되었다. 그리고 나는 미래의 내 모습을 생각하며 앞으로도 도전을 멈추지 않을 것이다. 나의 진짜 롤모델은 미래에 사는 내 모습이기 때문이다. 도전을 해야 운도 찾아온다. 도전하는 동안 여기저기 가보는 길이 다른 누군가에게는 소중한 이정표가 된다. 기대하지 못했던 일들이 펼쳐지고 새로운 세상이 열리는 것을 보게 된다. 살면서 우리는, 자신이 원하고 원하는 모두를 가질 수 있다.

PART **03**

40대, 가장 먼저
나 자신에게 투자하자

01

하루 안에 일생이 담겨 있다

워킹맘의 하루는 참 바쁘다. 식구들 건사하랴, 육아하며 직장에서 일도 하랴, 하루 24시간도 충분치 않다. 아침에 눈을 떠서 잠들 때까지 소화하는 일들의 개수를 세어보면 아마 극한직업 대열에 어렵지 않게 들 것이다. 쏟아지는 역할들 속에서 끝까지 살아남으려면, 중심의 엄마가 반드시 강건해야 한다. 엄마들이 먼저 자신의 몸과 마음을 돌보는 것은, 학교로 치면 선택과목이라기보다는 가장 중요한 필수 전공과목에 해당한다고 할 수 있다.

나의 하루는 새벽 5시에 시작된다. 눈을 뜨면 몸이 먼저 헬스장으로 가고 있다. 정신이 그 과정에 끼어들 새도 없이 이미 몸은 러닝머신 위에서 기지개를 켜며 하루를 연다. 습관의 힘은 세상 그 무엇보다 세다. 1시간을 걸으면서 독서와 명상, 아침 일기를 쓰는 일이 몇 년째 변함없는 내 모닝 루틴이다.

나는 러닝머신 위에서 부지런히 다리를 움직이며 잠깐 눈을 감고 생각을 정리한다. 이어서 휴대전화로 성공자들의 책을 읽는다. 그다음, 생각나는 감사한 것들을 부지런히 일기에 담는다. 걸으랴, 책 보랴, 글 쓰랴 바쁠 것 같지만, 나에게는 그저 숨을 쉬듯 편안한 일들이다. 모든 과정이 자연스럽게 호흡하듯 흘러간다. 마지막으로 하루의 계획까지 세우고 나면 1시간이 지나간다. 나는 감사한 마음으로 러닝머신에서 내려온다. 헬스장을 나설 때의 나는 어느새 콧노래를 흥얼거릴 정도로 활력에 넘쳐 있다.

이런 나만의 아침 시간을 보내고 시작하느냐, 그렇지 않으냐로 하루가 정말 다르게 펼쳐진다. 불가피한 이유로 아침 루틴을 못 한 날은 온종일 찝찝한 마음을 떨칠 수 없다. '운동해야 하는데, 책을 읽어야 하는데' 하는 생각이 그 행동을 할 때까지 머릿속을 맴돌았다. 무엇을 해도 아직 '진짜 할 일'을 안 했다는 생각에 내내 상쾌하지 않았다.

분주하게 쫓기는 마음으로 하루를 시작하면 그날은 종일 무언가에 쫓기다 끝나는 날이 되었다. 밤이 되어서 돌아보면 하루를 어떻게 보낸 것인지 마음이 심란했다. 그때 나는 이왕이면, 매일 내가 나를 칭찬할 수 있는 '별점 다섯 개의 하루'를 보내야겠다고 다짐했다.

그 이후 무슨 일이 있어도 나를 위한 시간을 제일 먼저 가진 후 하루를 출발한다. 엄마, 아내, 회사원이라는 역할의 무대에 본격적으로 오르기 전, 무엇과도 바꿀 수 없는 나만의 충전 시간이다. 내가 가장 하고 싶은 일들을 이미 해놓고 하루를 시작하니 마음에는 에너지와 여유가 넘쳐났다. "안 그래도 시간이 부족한데 그렇게 살면 안 피곤하냐?"라고 물어보는 사람이 있었다. 나는 "내가 흥이 안 나는데 어떻게 나머지 일들을 다 해낼 수 있냐?"라고 오히려 반문했다. 밤에 잠만 잔다고 충전이 되는 게 아니다. 몸에도 에너지가 필요하지만, 나의 정신도 의식도 충전이 필요하다. 그 힘이 충만해야 내 앞의 일들도 하나하나 해나갈 수 있다. 길지 않아도 좋다. 내가 좋아하는 일을 하나라도 할 때 나를 채우는 일도 가능하다.

한번은 회사에서 전체 직원들의 걸음 수를 모아 600만 보가 모이면 기부하는 캠페인에 참여하게 되었다. 휴대전화의 걷기 앱을 통해 최고로 많이 걸은 사람의 아이디가 노출되고, 나중에 가장 많이 걸은 직원에게는 시상도 해주는 형식이었다. 젊은 직원들을 중심으로 너 나 할 것 없이 열정적인 걷기 도전이 시작되었다. 2주간의 도전이 끝난 뒤, 의외의 인물이 걷기왕에 선정되었다. 발표된 결과를 보고 다들, 도대체 언제 어디를 그렇게 걸었냐며 놀라워했다. 걷기왕은 다름 아닌 바로 나였다. 나중에 회사 홍보실에서 인터뷰를 요청했다. 별다른 비결은 없었지만, 이유는 단 하나였다. 나는 비가 오나 눈이 오나 새벽 5시면 일어났고, 걸었기 때문이다. 정말 태풍이 몰아친 날에도 변함없이, 나는 아파트 헬스장의 불을 켜고 들어가서 묵묵하게 걸었다.

처음에는 걷는 것 자체보다는 책을 읽고 생각하는 혼자만의 시간이 필요해서 운동도 할 겸 걸었다. 그런데 걸으면 걸을수록 걷는 것에는 장점이 정말 많다는 것을 알았다. 시간이 많다면 종일 걸어 다니고 싶을 만큼 푹 빠졌다. 걸음 수는 수치화가 가능하다는 점이 특히 매력적이었다. 명확하게 1만 보, 2만 보 같은 목표를 세울 수 있으니 확실하게 동기부여가 되었다. 복잡한 장비 없이 휴대전화만 있으면 자동으로 걸음이 측정되고 기록되는 것도 너무 편리했다. 나처럼 목표지향적인 삶을 좋아하는 사람에게 안성맞춤 운동이었다. 목표 대비 내가 걷는 걸음 수가 눈에 보이니까 달성할 때마다 따라오는 성취감은 달콤함, 그 자체였다.

아침에 나만의 루틴을 1순위로 완수하고 나면 기분이 그렇게 좋을 수가 없었다. 아이들을 준비시켜 제때 등원시키려면 엄마의 넘치는 에너지는 필수였다. 내가 무언가에 쫓기지 않고 마음이 즐거우면 닦달하지 않고도 아이들과 끝까지 잘 헤어질 수 있었다. 그러고 나면 나도 출근을 한다. 이미 많은 일을 하고 난 이후지만, 본격적인 하루는 이제 시작이다. 나는 회사에 도착하면 제일 먼저 그날 할 일을 체크한다. 오늘 할 일은 바로 전날 퇴근하며 세워놓고 간 계획이다.

나는 회사에서 계획을 짜는 나와, 그것을 실행하는 나를 철저히 분리시킨다. 나에게는 나의 하루와 한 주 계획을 짜주는 사장님 같은 내가 있다. 계획이 세워지고 나면 직원 같은 내가 그것을 묵묵히 실행한다. 그러면 그날의 기분이나 상황에 따라 일을 미루거나 놓치거나 할 일이 없다. 기획실에서 5년을 근무하면서 몸으로 익힌 노하우라면 노하우가 무조건 시간을 아껴주는 이 방법이었다.

기획실에 있으면 외부에서, 특히 위에서 떨어지는 업무가 매일 '반드시'라고 할 만큼 기습적으로 생겨났다. 그러면 원래 하려던 업무가 자연스럽게 뒤로 밀리게 된다. 평소라면 야근을 하겠지만, 그때 나는 유치원 차량 도착 시간에 맞춰 아이를 데리러 가야 했다. 늦지 않기 위해 일을 싸 들고 집에 가는 날도 많았다. 아이가 어릴 때는 그마저 내 마음같지 않았다.

그 이후 나는 그런 일들을 방지하기 위해, 체크리스트를 지워나가며 내가 해야 할 일들을 일찌감치 오전 중에 처리하는 습관을 들였다. 어떤 급한 업무가 불시에 떨어져도 그것을 쳐낼 수 있도록 늘 우선순위를 염두에 두고 일을 했다. 참 신기하게도, 내게 4시간 밖에 없다고 생각하면 8시간에 하던 일도 어떻게든 끝마치게 되었다.

오프라 윈프리는 말했다.

"자신에게 딱 맞는 일을 하면 스스로 잘하고 있다는 느낌이 들 것입니다. 그 일로 벌어들이는 돈이 얼마가 되었든, 여러분에게는 하루하루가 보너스일 거예요. 정말로 날아오르고 싶다면 여러분의 모든 능력을 열정에 투자하세요. 소명을 감사히 받으세요. 누구에게나 소명이 있습니다. 자신의 마음을 믿으세요. 그러면 성공은 찾아서 올 것입니다."

사람들에게는 매일 하루라는 시간이 주어진다. 그중에는 하루를 소중히 여기며 열심히 살아가는 사람도 있지만, 그저 푼돈처럼 대수롭지 않게 여기는 사람들도 있다. 목돈은 부러워하고 나중의 먼 미래는 고민하면서, 푼돈은 낭비하고 하루는 대충 보내는 것이다. 푼돈과 하루는 막 써버려도 당장은 티가 안 나기 때문이다.

하지만 목돈은 언제나 푼돈이 모여야 만들어진다. 우리의 인생이라는 전체 그림도 하루가 쌓여서 만들어지는 것이다. 오늘이라는 하루의 시간은 절대 작지 않다. 내가 원하는 미래라고 해도 그 출발은 오늘 하루에 있다.

내 삶에 원하는 게 있으면, 나는 그 일을 나의 하루에 어떻게든 담으려는 노력을 먼저 한다. 그를 위해 덜어내야 할 게 있으면 과감히 덜어내고 재배치한다. 나의 하루 안에 넣어봐야 나와 어울리는지, 진짜 내가 좋아하는 것인지를 알 수 있다. 예를 들면, 취득하고 싶은 자격증을 위해 하루 안에 공부를 넣어보는 것, 건강을 챙기기 위해 새벽에 수영을 넣어보는 것, 재테크를 배우기 위해 온라인 수업을 넣어보는 것 등이다.

내 하루를 쪼개서 하고 싶은 것들을 넣고 살아보면 내 하루 안에 진짜 내가 원하는 것들이 다 녹여져 있다. 그런 하루들이 쌓이면 결국 내가 원하는 인생이 만들어진다. 벼락치기로 얻어진 것은 진짜 자신의 삶이라고 할 수 없다. 날마다 꾸준히 저축해서 적금 만기일에 목돈을 타본 사람은 푼돈은 푼돈이 아니고, 하루는 그냥 하루가 아니라는 것을 알 것이다. 그 어떤 것도 이 세상에서 갑자기 이루어지는 것은 없다. 하루 안에 일생이 담겨 있다.

40대, 가장 먼저
나 자신에게 투자하자

40대는 본격적으로 자신의 인생을 살아야 할 시작점이다. 20대, 30대까지는 사회가 바라는 틀에 맞춰 살아왔다면, 이제 그 힘의 방향을 자신을 위한 배움과 성장으로 전환해야 할 시간이다. 그전까지 자신이 어떤 환경에서 어떤 입지를 만들어왔든 간에, 40대부터는 학교나 회사가 아닌 자신의 힘으로 진짜 자기 삶을 만들어가야 할 때다.

1년 후, 5년 후, 혹은 10년 후 자신이 어떤 모습이기를 바라는가? 어떤 사람이 되어서, 무엇을 목표로 앞으로 살아가기를 바라는가? 인생이 건네는 이 질문에 답할 준비를 해야 할 때가 40대다.

자신이 진정으로 바라는 것을 찾고 그것을 끊임없이 추구한다면, 잠재의식에도 새겨지게 된다. 그리고 이 잠재의식은, 꿈을 향한 배움에 최대한의 에너지를 쏟으며 살아갈 때 어느 순간 힘을 발현한다. 자신도 놀랄 정도의 발상이 떠오르고 기회라는 것이 찾아온다. 소망이 기회를 만날 때 인생은 훨씬 더 풍요로워지고, 그토록 바라던 자신의 모습이 될 수 있다.

누구나 더 나아지고 싶다고 생각하지만, 막상 무언가를 배울 기회가 있어도 '시간이 생기면 해봐야지', '지금은 바쁘니까 지나고 나면 해야지' 하고 실행을 뒤로 미룬다. 공부하고 싶은 마음은 있지만, 실은 공부가 우선순위는 아니다. 하지만 이런 식으로는 아무리 시간이 흘러도 시작할 수 없다. 하고 싶은 일이 있을 때는, 그 일을 지금 당장 해야 한다. 모두에게 시작이 어렵다는 여건은 똑같다. 자기 삶의 우선순위를 배움에 두고, 그다음으로 할 수 있는 방법을 하나씩 찾아가면 된다. '어떻게든 시작하자'라는 생각을 하고, 그다음은 '어떻게 할 수 있을까?'를 고민하면 된다.

배움을 최우선에 두어야 하는 이유는 우리에게 배움은 늘 우선순위가 아니기 때문이다. 억지로라도 우선순위 맨 위에 배움을 두지 않으면, 일상은 늘 평소의 일을 중심으로만 돌아갈 뿐, 변화를 주기 어렵다. 자기 인생에 발전을 원하고 변화를 바란다면, 무슨 수를 써서라도 발전하고 변화할 수 있는 시간과 기회를 자신에게 만들어주어야 한다.

시간이 없다고 하지만 우리에게 주어진 하루는 사용하기에 따라 48시간 이상으로 만들 수도 있다. 그만큼 효율을 높이면 된다. 시간을 미루는 습관이 있었다면, 그 습관을 버리는 순간 시간을 늘리는 게 된다.

'10분만 있다 해야지', '주말이 오면 해야지' 하는 식으로 생각하는 사람이 의외로 많다. 늑장 부리는 그 순간부터 시간은 버려진다. 게다가 실상은 10분이 지나고, 주말이 찾아와도 시작하지 않는 경우가 대부분이다. 이렇게 시간을 미루는 습관은 계속 반복된다. 과감히 미루는 습관을 끊어내고 지금 당장 무언가를 시작하는 것만으로도 시간의 효율은 엄청나게 늘어난다. 한정된 시간의 가치를 조금씩 높여나가면 시간을 극대화할 수 있다.

지금 세상은 마음만 먹으면 이동할 때는 물론이고, 집에 누워서도 원하는 강의를 들을 수 있는 시대다. 공부할 여건이 안 되어서, 시간이 없어서, 멀어서 공부할 수 없다는 핑계가 더 이상 통하지 않는 세상이 되었다. 마음만 있다면 어느 때라도 배움의 욕구를 채울 수 있는 환경이다. 언제 어디서든 배움을 실천하는 습관이 쌓이면 큰 차이가 생긴다. 인생이란 순간이 쌓이고 쌓여서 만들어진다. 지금, 이 순간도 이미 과거가 되어버린다. 변화된 내일을 바란다면, 지금, 이 순간 자신을 위한 배움의 시간을 차곡차곡 쌓아 올려야 한다.

배움은 최고의 투자다. 다른 투자들과 다르게 배움에 투자하는 것은 절대로 손실을 끼치는 일이 없다. 배움의 결과는 확실하게 자기 것이 된다. 거기에다 경험을 거듭 쌓음으로써 점점 더 배움의 결과는 가치가 있어진다. 자산을 늘리는 것 이상으로 중요한 것이 자신에게 투자하는 것이다. 40대에 1살이라도 더 젊을수록 자신에게 투자하는 것이 큰 수확을 얻을 수 있다.

몇 년 전, 나는 국제영어교사 자격 취득을 위한 12주 과정에 참여했다. 미국 대학교와 연계된 커리큘럼에 수업도 100% 원어민 교수들이 진행하는 코스였기 때문에 비용이 꽤 비쌌다. 온라인으로 더 저렴하게 한국인이 진행하는 과정도 있기는 했지만, 가능하면 제대로 배우고 싶다는 의욕이 생겼다. 나는 마음을 크게 먹고 모교에서 오프라인으로 하는 12주 코스에 등록했다.

학교에서 공고하기로는 정원 16명의 과정이었는데, 코로나 시기에다 비싼 금액 때문인지 실제 모인 수강생은 나를 포함해서 8명이었다. 나는 비교적 젊은 30대에 속했고, 대개 40대 후반이나 50대 여성으로 모두가 영어교육이라는 현업에 있는 교육자들이었다. 원어민 교수는 수업을 이끌어가는 역할을 했고, 수업의 큰 비중은 수강생들의 토론과 발표가 차지했다.

그런데 그 토론 시간이 정말 좋았다. 무엇보다 구성원들이 대부분 20년 이상 영어교육에 몸담아 온 베테랑들이었다. 고등학교 영어교사부터 영어유치원 원장, 국립대학의 영어 교수도 있었다. 나를 제외한 모든 분이 그 분야에서는 더 이상의 배움이 필요 없을 것 같은 전문가였다. 하지만 그분들에게 공통으로 보이는 영어교육에 대한 진심과 식지 않는 열정 덕분에 나는 코스 내내 굉장히 큰 자극을 받았다.

이분들은 교육자로서도 훌륭할 뿐만 아니라 모두 인간적인 카리스마를 가지고 있었다. 어느 분야에서든 고수, 전문가라고 하는 위치에 오른 사람들은 범접할 수 없는 힘이 느껴진다. 나는 참가자 중 어리기도 했고 영어를 좋아했지만, 교육자는 아니었다. 회사원이면서 어린 두 딸을 키우다 우연히 영어교육에 관심이 생긴 '생초보'였다. 영어교육자로 평생을 살아온 그분들 입장에서는 매우 이질적인 나를 모두 신기하게 여기며 많이 챙겨주셨다. 나 또한 모두 나보다 나이도 위에다 이미 내가 원하는 것을 이루어낸 그분들에게 하나라도 더 배운다는 마음으로 적극적으로 참여했다.

국립대학에서 20년 가까이 영어 교수로 계신 분이 나에게 이런 말을 해주었다.

"지금처럼 멈추지 말고 계속 공부를 해봐요. 50살 넘어서까지 공부를 지속하는 사람은 많이 없으니 50살까지 공부하면 엄청나게 앞서 있을 거예요."

그 말은 오래 내 기억에 남았다. 더군다나 교수님인데도 이런 과정에 참여한다는 사실이 큰 자극이 되었다. 들어보니 평일에는 학생들을 가르치고, 주말이면 원어민과 토론할 수 있는 이런 강좌를 찾아 정기적으로 참여하신다고 했다. 수업이 열리는 곳과 교수님이 사시는 곳은 아예 도시도 다르고, 오는 데만 3시간 운전 거리였는데도 기꺼이 즐겁게 참여하시는 것이었다. 9시 수업에 단 한 번도 늦지 않은 것은 물론, 수업 과제 제출도 언제나 1등으로 하시는 열정을 보여주시고, 그렇게 열심히 하신 덕에 과제에서 좋은 점수를 받았을 때는 마치 아이처럼 엄청나게 기뻐하셨다.

강의 코스에는 토론뿐만 아니라 매 수업 전 각자 준비한 프레젠테이션 발표 시간도 있었다. 나는 이 시간을 통해서 많은 자극을 받았다. 현업의 교육자들이니만큼, 영어프레젠테이션 하나를 하더라도 기가 막히게 잘했다. 이미 밖에서는 선생님, 교수님이라고 불리는 분들이니 그 완성도가 훌륭함을 넘어 감동적이기까지 했다.

서로가 서로에게 좋은 자극제가 되어준 것은 물론, 발표 때마다 열정적으로 피드백을 나누는 모습이 인상 깊었다. 더 나은 우리나라 영어교육을 위해 진심으로 고민하며, 중지를 모아가는 그분들의 모습을 보면서, 나는 배움과 교육에 진심인 저런 분들이 현장에 있는 한, 우리나라 교육은 나아질 거라는 희망을 봤다. 한 주, 한 주 과정이 끝나가는 게 아쉬울 만큼 내게 많은 공부가 된 시간이었다.

사람은 누구와 관계를 맺느냐로 그 영향을 강하게 받는다. 자신이 바라는 배움을 위해 용감하게 밖으로 나가보면, 현재 자신이 있는 수준에서 몇 단계는 탁월한 수준의 사람들과 교류할 수 있다. 그리고 자신보다 배움의 수준이 더 높은 사람들과 어울리면, 자연스럽게 자신도 그 사람들의 수준으로 성장할 수 있다. 배움에 투자하면 할수록 반드시 수익이 돌아오는 구조, 이것이 바로 배움의 묘미다. 그러니 배우고 싶은 것, 가보고 싶은 강의가 있으면 무슨 수를 써서라도 가봐야 한다. 어떤 배움이 자신을 이유 없이 끌어당긴다면 거기에는 분명 자신에게 필요한 무언가가 있을 것이다. 시간이 없다면 시간을 사서라도, 돈이 없다면 은행에 빌려서라도, 그곳에 무엇이 존재하는지를 꼭 확인해보기를 바란다.

인간은 습관의 동물이다. 처음 시작이 힘들지, 일단 발을 들이고 시작하면 매일 그것을 계속함으로써 큰 배움이 자연적으로 달성되어간다. 매일 하나라도 좋으니 반드시 배움을 습관화하는 것이 중요하다. 그렇게 배움의 목표를 세우고 노력해서 결과가 따라오면 무엇과도 바꿀 수 없는 기쁨을 얻을 수 있다. 힘들었던 노력의 기억은 목표를 달성한 그 순간 모두 보람 있었던 시간으로 바뀌고, 거기서 느낀 배움의 기쁨은 또다시 자신을 다음 단계로 나아가도록 분기(奮起)시킨다. 이러한 경험이 축적되면 결국 누가 뭐라고 해도 꿈을 이루는 자신이 된다. 그러니 40대, 가장 먼저 나 자신에게 투자하자.

내가 바라던
그 사람이 되는 법

세상에는 자신이 생각한 바를 이루고 풍요를 누리며 살아가는 사람이 있는가 하면, 삶에 쫓기듯 풍요로부터 멀어진 채 살아가는 사람도 있다. 둘 다 똑같은 세상에서, 같은 법칙에 따라 살아간다는 것에는 차이가 없다. 법칙은 바로, 사람은 '자신이 생각한 대로' 살아가게 된다는 것이다. 풍요로운 인생을 꿈꾸며, 풍요로운 생각으로 살아가는 사람은 그 생각대로 된다. '내가 그렇지 뭐' 하고 의심과 패배감으로 매사를 바라보고 생각하는 사람도 그 생각대로 살게 된다. 지금 자신이 처한 현실은 이제까지의 생각이 만들어낸 결과 그대로다.

물은 가만히 있으면 항상 낮은 곳으로 흘러가듯, 우리의 의식도 가만히 두면 낮은 곳으로 흐르려는 속성이 있다. 풍요로운 인생을 바란다면 풍요로운 생각, 풍요로운 인생 계획을 그리기 위해 노력해야 한다.

예전에 미국의 에이브러햄 링컨(Abraham Lincoln) 대통령은 이런 질문을 받았다.

"당신은 교육도 제대로 못 받은 농촌 출신이면서 어떻게 변호사가 되고, 미국 대통령까지 될 수 있었습니까?"

이에 링컨은 대답했다.

"내가 마음먹은 날, 이미 절반은 이루어진 것입니다."

우리가 하는 생각을 바꾸면 자신감이 생기고, 행동이 달라진다. 행동이 달라지면 그에 맞는 결과가 현실로 나타난다. 생각을 바꾸면 인생을 바꿀 수 있다.

지금처럼 빠르게 변화하는 세상을 살아가려면 자신의 가치를 올려주는 배움이 필수다. 학교를 졸업한 이후 공부와는 담을 쌓고 사는 사람이 많다. 하지만 이는 자신의 가능성을 꽃피울 기회를 없애는 안타까운 일이다. 어른이 되어서 하는 공부는 의무가 아니라 권리다. 지금 하는 자신의 업무와 관련한 것부터 자신이 관심을 둔 것을 주체적으로 배움으로써, 스스로 자신의 성장을 체감하는 것만큼 기분 좋은 일은 없다. 그러면 누가 시키지 않아도 배움이 정말 즐거워진다. 나날이 발전하는 자신에게서 무한한 가능성을 발견하게 되어 배움이라는 과정 자체를 좋아하게 된다. 배움을 통해 자신의 그릇을 키워가는 노력이 거듭되면 자신이 평상시 느껴왔던 자신에 대한 생각이 바뀐다.

얼마 전, 회사에서 정기적으로 여는 특강에 모모스커피의 전주연 대표를 강연자로 초청했다. 30대 젊은 여성 대표인 그녀는 취업준비생 시절, 진로를 찾지 못해 방황하던 중 우연히 커피숍 아르바이트를 시작하면서 바리스타 길을 걷게 되었다. 그로부터 10년이 흐른 뒤 2019년, 그는 보스턴에서 열린 월드 바리스타 챔피언십의 한국인 최초 우승자가 되어 세상을 깜짝 놀라게 했다. 55개국을 대표하는 국가대표 바리스타를 제치고 1위를 차지한 것이다. '세계 커피 시장을 움직이는 바리스타가 되고 싶다'라는 꿈 하나로 칠전팔기(七顚八起)를 넘어 아홉 번 만에 도전해서 이루어낸 우승이었다.

국가대표로 선발된 그는 챔피언십에서 보여줄 기량을 갈고닦는 한편, 커피 원산지의 특징을 가장 잘 살릴 수 있는 그만의 방식을 끊임없이 연구했다. 커피의 단맛을 화학적으로 풀어내기 위해 관련 논문까지 파고들며 치열하게 공부했다. 결선 대회에서 심사위원들과 일일이 눈을 맞추며 설명하기 위해 영어 공부에도 칼을 갈며 도전했다.

전 세계에 한국에 대해서 알리고, 한국에도 이런 선수가 있다는 것을 어필하고 싶었던 그의 눈물겨운 노력은 결국 적중했다. 그의 우승으로 한국은 전 세계 스페셜티 커피업계의 중심에 서게 되었다. 우승 후에도 그녀는 한국의 농업기술을 커피 농가에 접목시켜 더 좋은 스페셜티 커피를 만들겠다는 목표로, 전 세계 커피 산지를 다니며 배움을 이어가고 있다.

강연가로 초청하기 위해 처음 전화 통화할 때부터, '이 열정은 대체 뭐지?' 싶어서 빨리 만나보고 싶었던 그녀였다. 강연에서 직접 본 그녀는 '작은 거인'이라는 별명에 딱 맞는, 열정 그 자체였다. 아담한 체구를 뛰어넘는 당당함과 남다른 철학으로 무장한 그녀의 자신감은 오랫동안 내 가슴을 심하게 요동치게 했다. 더구나 얼마 전 아이가 태어나 육아를 병행하며 꿈을 향해 나아가는 워킹맘이라는 점에서도 더없이 큰 동기부여가 되었다.

중간에 여러 어려움이 있었지만, 그녀가 성공한 비결은 하나, '그만두지 않아서'였다. 가족은 물론, 주변 누구도 알아주는 이 없이 혼자 하는 도전이었지만, 한 번도 멈추지 않았다. 만약 힘들다는 이유로 중간에 멈췄더라면, 지금처럼 전문가의 경지에 올라 많은 이들에게 선한 영향력을 끼치며 살아가는 그녀는 없었을 것이다.

어떤 분야든 열과 성을 다해서 배움을 지속해가다 보면 자연스럽게 가장 높은 자리로 이어지게 된다. 우선 한 가지에 집중해서 자기 관심 분야의 능력을 높여가면 거기에서 점점 더 넓은 분야로 공부가 확장된다. 이는 곧 기회의 확장으로 이어진다. 일단 시작해서 배움을 관철하면 그 자체가 자신만의 브랜드로 자리매김할 수 있다. 따라서 일단 무엇이든 시작하는 게 가장 중요하다. 하면서 자신감과 확신이 생기고, 이는 성공할 수밖에 없는 잠재의식을 구축하게 되기 때문이다. 이루고 싶은 자신만의 비전을 가지고 지금 무언가를 지속해서 꾸준히 하는 것이 있다면, 그것이 바로 자신만의 콘텐츠가 된다. 자신이 할 수 있는 것을 찾는 것, 그리고 지속하는 것. 그것이 언젠가 내가 좋아하는 분야가 내가 잘하는 분야로 되는 방법이다.

2007년, 내가 미국에 인턴으로 가기 위해 대사관으로 비자 인터뷰를 갔을 때였다. 서류를 전부 대사관에 들고 가서 심사를 통과해야 비자를 받고 출국할 수 있었다. 어쩌면 내 미국행을 결정짓는 마지막 관문이라고 할 수 있었다. 너무 긴장한 탓인지, 내 차례가 되어 앞으로 오라는 외국인 심사관의 말을 미처 듣지 못했다. 여러 번 나를 호출한 뒤에야 심사관 앞에 서게 되었고, 이미 분위기가 심상치 않았다.

뭔가 큰 잘못이라도 저지른 듯한 기분에 시작부터 불안감이 엄습했다. 창구 앞에 서서 심사관이 내 서류를 검토하는 그 잠깐의 기다림이 몇 년의 세월 같았다. 죄인이 되어 법정에서 선고를 기다리는 사람같이 느껴졌다. 내 운명이 그 심사관에게 달렸다는 생각에 잘 해내야겠다고 생각하면서도 질문마다 머리가 새하얘져 횡설수설만 하다가 끝이 났다.

그렇게 형편없는 인터뷰가 끝나고 나는 거의 넋이 나간 상태였다. 정말 다행히도 비자를 발급받을 수는 있었다. 그때 한참 동안 그 비자를 바라보면서, '한 번 더 이 자리에 서게 되는 날에는 오늘같이 부끄러운 모습은 아닐 테다. 반드시 달라진 모습으로 오겠다'라고 다짐했다.

그로부터 매일 집중해서 영어에 파고들었다. 정복해야 할 분명한 이유가 생긴 것이다. 어떻게든 빨리 현지 영어에 적응하기 위해 나는 모든 방법을 동원해서 실력을 늘리고자 노력했다. 그러는 와중에 기회가 찾아왔다. 미국의 사장님이 유대인이었는데, 나에게 한국어를 좀 가르쳐달라고 하는 것이었다. 의뢰인 중에 한국인이 많으니 일상 회화를 배우고 싶다는 것이었다. 사장님과 일대일 수업이라니 잠시 부담은 되었지만 이내 나는 하겠다고 했다. 대사관 직원 앞에서 당당하고 싶었고, 이것이 기회라고 생각했다. 다음 날부터 나는 출근 전 30분 동안 사장님에게 영어로 한국어를 가르쳐주게 되었다. 어떻게든 이해하기 쉽게 설명하기 위해 연구하다 보니, 영어 실력이 일취월장하게 되었다.

처음에는 그 회사에서 당연히 내가 제일 영어를 못하는 초보 인턴이었기 때문에 실력이 향상되는 시간 동안 견디는 게 힘들었다. 자존심때문에 전화도 큰 소리로 받지 못했다. 하지만 그 시기를 버티고 노력을 지속한 결과, 드디어 나에게 결전의 '그날'이 찾아오게 되었다.

3년이 지날 무렵, 치료차 한국을 가게 되어 서울 대사관을 다시 가야했기 때문이다. 나는 미국에 갈 때 1년짜리 인턴비자를 받았기 때문에 한국을 방문하고 미국으로 다시 돌아가려면 취업비자를 새로 받아야했다. 비자가 거절되면 미국 회사로 돌아가지 못하는 상황이 되기 때문에 반드시 통과해야 했다. 모든 서류를 챙겨 들고 대사관 외국인 직원 앞으로 걸어갔다. 나는 3년 전의 내가 아니었다. 어떤 질문에라도 대답할 수 있을 것 같은 기세가 넘쳐났다. 내가 무슨 말을 하는지 정확하게아는 채로, 나는 온갖 농담과 미소를 섞어가며 여유롭게 인터뷰를 마쳤다. 만세를 부르고 싶은 것을 꾹꾹 참으면서 비자를 손에 들었다. 그날대사관을 나설 때의 그 쾌감은 두고두고 잊히지 않았다.

자신이 미래에 바라는 모습이 있다면, 그 바라는 모습이 되기 위한 첫걸음을 지금 떼야 한다. 어떤 일이 일어나길 원한다면, 오늘 바로 그 원인이 되는 사건을 일으켜야 한다. 맛있는 열매를 원한다면, 오늘 그 열매가 맺히는 나무를 심어야 한다. 내가 바라던 그 사람이 되는 법은 그것을 바라는 간절한 마음으로, 오늘 그것을 시작하고, 그리고 그날이 올 때까지 노력을 지속하는 것이다.

지금 하는 일에 '몰입'하라

"탁월한 사람이라서 올바르게 행동하는 것이 아니라, 올바르게 행동하기 때문에 탁월한 사람이 되는 것이다. 현재의 우리는 우리가 반복적으로 하는 행동의 결과다. 즉, 탁월함은 행동이 아니라 습관이다"라고 아리스토텔레스(Aristoteles)는 말했다.

인간적으로나 일로 성공한 사람들의 인생을 들여다보면, 비범한 결실 뒤에 비범한 노력이 뒤따랐음을 알 수 있다. 그 노력이란, 목표를 이루기 위한 자신만의 습관을 만들고 그 습관에 강력하게 몰입한 점이라고 할 수 있다. 좋은 습관은 자신을 경영하도록 해준다. 또 몰입은 잠재력을 끄집어내도록 해준다. 새로운 나, 더 나은 나를 만드는 것은 좋은 습관을 만들고, 그것을 반복하는 노력에 있다.

한창 새벽에 수영을 배우러 다닌 적이 있다. 평소 아이들과 물놀이를 하는 것은 좋아했지만, 제대로 수영을 배워본 적은 없었다. 알아두면 여러모로 좋을 것 같았다. 러닝머신 위에서 뛰고 걸으며 체력 유지를 해온 터라 수영을 배우는 데는 큰 어려움이 없을 것으로 생각했다.

몸을 움직이는 것 자체는, 실은 가만히 있는 것에 비하면 귀찮고 힘이 드는 일은 맞다. 물 밖이든, 안이든 운동을 한다는 행위 자체가 큰 도전이긴 하지만, 수영은 이상하게 하면 할수록 가기가 더 힘들게 느껴졌다. 걷는 습관은 오래되어서 그런지 내적 갈등이라고 할 것이 없었는데, 수영은 가기 전에 꼭 갈까 말까 갈등이 생긴다. 가서 하고 오자고 설득하는 마음이 있지만, 굳이 가야 하냐고 방해하는 마음도 있었다. 불편함이 수반되는 활동을 하기 전에는 늘 갈등이 따르기 마련이었다. 그럴 때면 수영을 마치고 집으로 돌아오는 뿌듯한 기분을 상상하며 어떻게든 굳센 의지로 몸을 움직였다.

하지만 막상 나를 이기고 수영장에 도착했다고 해서 모든 것이 쉬운 것은 아니었다. 수영 자체가 체력 소모가 많은 운동이라 힘들기도 하고, 어느 정도 운동했다 싶으면 그만 쉬고 싶은 유혹이 마구 올라오는 것이었다. 수영장의 트랙을 다섯 바퀴 돌고 오라는 코치의 지시에 따라 열심히 팔과 다리를 저어서 수영장을 돌다 보면, 세 바퀴쯤 지난 무렵부터 이제 좀 천천히 가고 싶다는 목소리가 들려왔다. 숨이 가쁘게 차오르고 팔다리에 무게감이 심하게 느껴질수록 그런 마음은 점점 더 커졌다.

그때 나는 그냥 멈춰버리는 대신, 계속 나아가기 위해 목표를 잘게 나누는 비법을 생각해냈다. 다섯 바퀴를 다 돌아야 한다는 생각을 버리고 저 앞의 코너까지만 가서 마무리하자, 아니면 열 번만 더 전력을 다한 뒤 마무리하자고 목표를 끊어서 생각하는 것이었다. 그러고는 일차 목표지점까지 가는 것만 생각하고 수영을 계속했다. 그 목표에 다다르면 다시 목표를 연장하고, 다시 조금 더 연장하는 방식으로 수영을 하다 보면 어느새 다섯 바퀴를 다 채울 수 있었다.

그렇게 한참 동안 수영을 다니면서 깨달은 것이 있었다. 인생에 아무리 큰 목표가 있더라도 그 목표를 이루는 일뿐만 아니라, 그것을 달성하기 위해 나아가는 행위 자체도 그에 못지않게 중요하다는 사실이었다. 자신이 정한 목표를 이루어내는 것도 훌륭한 성공이지만, 그 목표를 향해 나아가는 과정을 최대로 충실하게 보내는 일 자체로도 소중한 성공이었다. 내가 뛰어난 수영 실력을 갖는 것도 멋진 일이겠지만, 하루하루 수영 연습에 출석하는 노력을 게으름 없이 끝까지 해내는 것도 멋진 일임은 틀림없는 것이다. 목표를 이루면 좋겠지만, 설령 목표를 이루지 못한다고 하더라도, 목표를 향한 과정을 최대한의 충실함으로 가득 채울 수 있다면 그것만으로도 충분한 성공이라고 생각하게 되었다.

나는 수영에 가는 것도, 걸으러 가는 것도 혼자 할 수 있는 운동이라서 좋아했다. 시간이 늘 부족했기에 언제라도 내가 마음먹었을 때, 시간이 있을 때 바로 할 수 있는 게 좋다. 혼자 하는 운동은 누가 뭐라고 할 사람이 없어서 자유로운 점이 좋다. 하지만 웬만큼 마음을 굳게 먹지 않고는 지속하기 어렵다는 어려움도 있다. 그래서 나는 운동뿐만이 아니라 차 안에서 이동하는 시간이나 혼자 있는 시간이 생길 때, 누가 보든 보지 않든, 항상 내가 할 수 있는 최대한 충실히 살아가려고 노력한다. 그것이 나에게 굳이 어떤 이익을 바로 주느냐, 아니냐는 크게 중요하지 않다. 수영장에 하루도 안 빠지고 간다고 해서 내가 남보다 빠른 속도로 스킬을 습득하는 것은 아니었다. 물론 더 빨리 기법을 익혀서 누구보다 빠르고 멋지게 수영을 하고 싶은 욕심은 있다. 하지만 그런 것과 별개로, 언제나 나의 순간순간을 충실하게 살아간다는 나의 원칙만큼은 예외 없이 지켜나가기 위해 노력했다. 그것은 삶의 모든 부분에 적용되는 태도의 문제이기 때문이다.

내가 목표를 이루어내고, 되고 싶은 무언가가 되는 결과도 중요하지만, 흘러가는 시간을 허투루 보내지 않고 최선을 다하는 것도, 그 자체로 의미 있는 일이라고 생각했다. 내가 내 하루에 별점을 매기기 시작한 것도 그 때문이었다. 내가 하루를 충실하게 살았는지, 아닌지는 사실 나 이외에는 알 수 없는 일이다. 남들에게 평가되는 것은 밖으로 드러난 결과일 뿐, 과정에서의 충실함은 나만이 평가할 수 있는 문제이기 때문이다.

대부분의 사람들은 목표를 달성하는 일이 그냥 한 방에 이루어진, 하나의 완결 사건으로 볼 때가 많다. 하지만 그것은 어디까지나 하나하나의 과정이 모여서 이루어진 결과물이다. 큰 목표를 여러 개의 작은 단

위로 쪼개고 단계별로 최선을 다해갈 때, 그리고 그것에 대한 완수의 책임을 질 때 만들어진다. 이는 내가 국제영어교사 과정을 수강할 때 확실히 느낀 것이다. 12주 과정에서 마지막 12주 차는 온종일 최종 자격취득 시험을 치르는 시간이었다. 하지만 매주마다 티칭 발표 시험이 있었고, 과제에 대한 평가도 주 단위로 이루어졌기 때문에 한 주, 한 주가 마지막 시험 같은 날이었다. 그냥 매주가 긴장이고 본 게임 같았기 때문에 한 주의 수업이 끝날 때마다 살이 다 빠질 지경이었다. 그 결과 정작 기말 시험과 자격 시험은 식은 죽 먹기처럼 쉽게 느껴지는 것이었다.

인생에서 어떤 목표를 달성하는 것도 이와 마찬가지다. 늘 내내 편안하게 수업만 듣다가 기말고사 한 방처럼 결정되는 게 아니다. 매주가 짜릿한 시험의 연속이고 한 번, 한 번이 가슴을 쓸어내리는 과정이 되자 저절로 자격시험은 쉬워지는, 그런 것이었다. 인생의 모든 순간이 그렇게 충실함으로 쌓아 올려질 때, 원하는 목표를 이룰 수 있게 되는 것이다.

결국 인생은 시간이 모여서 이루어지는 것, 그리고 뿌린 대로 거두는 것이다. 순간의 충실함이 쌓여서 어느 순간 생각지도 못한 결과를 만들어준다. 그리고 무엇보다도, 더 이상 할 수 없을 정도로 순간순간 몰입해서 최대로 살아가는 행위는 그 자체로 무엇과도 바꿀 수 없는 행복감을 안겨준다. 순간에 최대한 충실하면 할수록, 자신이 느끼고 체험할 수 있는 행복의 총량은 커질 수밖에 없다.

내가 수영을 익히게 된 비결도 간단했다. 일단 수영장에 가는 것, 그리고 물속에 들어가서 동작에 집중하는 것. 그러면 수영은 할 수 있게 되는 것이다.

그를 위한 습관 형성이 가장 중요하다. 수영을 할 수 있도록 하는 자신만의 루틴을 만들어내야 하는 것이다. 새벽 6시에 수영장에 가는 것, 그리고 수영 동작을 반복하는 것을 싫어도 해내야 하는 것이다. 눈을 뜨면 게으른 뇌가 귀찮아하고 저항도 한다. 하지만 똑같은 일을 계속 반복하면 어느 순간 뇌도 포기하고 받아들인다. 그날까지 계속해서 지속하는 것, 최선을 다해 그 배움에 몰입하는 수밖에 없다.

《인생에 승부를 걸 시간》에서 데이비드 오스본(David Osborn)은 말한다.
"어떤 일에 100% 전념한다면 당신이 마음을 바꾸거나 죽지 않는 이상 그 일은 분명히 일어날 것이다. 우리가 어떤 일에 매일 꾸준히 전념하면 그 일을 이룰 수 있다. 전념이란 장기적 비전에 불을 붙이려는 의지가 있으며, 목표를 추구하는 여정에서 집중력이 강하게 유지되는 상태를 말한다."

살면서 뭔가 이루고 싶은 것이 있다면, 그것을 위한 습관이 생길 수 있게 몰입해야 한다. 일단 제대로 한 번만 습관을 들이고 나면, 그것을 할수록 자신감이 생기게 된다. 그 자신감으로 다른 문제들도 풀 수 있겠다는 믿음이 생긴다. 아무리 복잡해 보이는 문제도 사람이 마음을 먹고 꾸준하게 부딪히면 풀리지 않는 문제는 없기 때문이다. 그러니 인생에 목표가 있고 그것을 이루고 싶다면, 지금 하는 일에 '몰입'하라.

05

하루에 1시간은
자신만을 위해 써라

진정한 자유란 무엇일까? 우리는 모두 인생에서 시간적, 경제적 자유를 누리는 삶을 꿈꾼다. 인생의 진짜 자유는 아마도 자기 자신이 삶의 주인이 되어, 꿈꾸는 것을 마음껏 이루며 살 수 있는 삶일 것이다. 자신만의 원칙에 따라 몸과 마음을 컨트롤하는 데 아무런 제약이 없는 하루, 매일매일 더 큰 꿈을 꾸며 살아갈 수 있는 삶, 이보다 멋진 자유가 또 있을까?

나는 매일 아침, 내가 하고 싶은 즐거운 일을 하며 하루하루 성장하는 자신을 꿈꾼다. 이를 위해 새벽 5시면 어김없이 일어나 혼자만의 시간을 준비한다. 처음 얼마간은 새벽에 좀 더 쉬고 싶은 나와 부지런한 나 사이에 팽팽한 싸움이 벌어졌다. 그때마다 항상 나는 부지런한 나를 응원하는 편에 섰다. 언제나 내 삶에 즐거움과 보람을 선사해준 것은 부지런한 나임을 알고 있었기 때문이다. 그렇게 부지런한 나의 힘이 점점 세어지자, 게으른 나는 그 싸움판에 더 이상 얼씬도 하지 않았다. 모든 세상이 잠들어 있는 새벽은, 어떤 방해도 없이 고요하게 즐길 수 있는 나만의 시간이 되었다.

내가 나와 만나는 새벽 시간은, 나머지 하루를 잘 보내기 위해 뜨거운 화력을 모으는 시간이기도 했다. 이 시간만큼은 나를 위한 운동, 나를 위한 독서, 나를 위한 명상을 즐길 수 있도록 모든 번잡함으로부터 나를 뚝 떼어두었다. 그렇지 않으면 하루 중 어디에도, 오롯이 나로 존재하는 시간이 저절로 생기지는 않기 때문이다. 새벽 1시간은 낮의 3시간에 해당한다는 말도 있다. 새벽에 독서하고 공부하면 집중도도 높고 몰입이 잘되기 때문에 시간을 효율적으로 보낼 수 있다. 나는 새벽 시간이 밤보다 집중도 잘되었지만, 그 시간만이 가진 신비로운 힘을 맛본 후부터는 마법의 그 순간들을 다른 그 어떤 것과도 바꾸지 않았다.

해 뜨기 전에 일어나 오늘 하루를 계획하며 출발하는 아침은 시작부터 느낌이 달랐다. 내가 나의 하루를 컨트롤한다는 느낌은 그 무엇보다 힘이 세게 느껴졌다. '아침을 지배하는 사람이 하루를 지배하고, 하루를 지배하는 사람이 인생을 지배한다'라는 명언 그대로였다. 아침마다 자신을 이겨낸 성취감이 쌓이자 자신감도 같이 성장했다. 그 에너지가 축적되면 될수록 세상에 겁날 게 없었다.

사실 아침에 일찍 일어나는 것만큼 자신과 경쟁하는 일도 없기 때문이다. 매일 아침 몸을 벌떡 일으키는 행위를 할 수 있으면 웬만한 자기 관리는 다 된다. 자기관리계의 최고봉이 바로 새벽에 일어나는 것이라는 생각이 들었다. 규칙적으로 새벽에 기상할 수 있는 사람은 엄청난 힘을 모을 수 있다. 아침 1시간을 내는 것이 얼마나 크겠냐고 생각할 수도 있지만, 실제로 해보면 얼마나 긍정적인 하루를 만들 수 있는지 알게 될 것이다.

무엇보다 새벽에 일어나게 되면 하루의 시간을 굉장히 소중하게 여기게 된다. 자동적으로 하루의 계획을 점검할 수 있게 되고, 이는 충실한 하루를 살게 하는 힘이 있다. 새벽의 고요함 속에서 하루를 미리 살아보며 구석구석 필요한 것들을 챙기는 일은, 오직 그 시간이기에 가능한 것이었다. 그 시간 중에 중요하게 해야 할 일들을 제외한 나머지 것들은 뒤로 미루거나 아예 버리는 작업이 이루어진다. 하루의 우선순위가 저절로 정해지는 것이다. 그러면 꼭 해야 하는 일을 담대하게 해내는 하루가 차곡차곡 쌓이게 된다. 원치 않는 일이나 만남 대신에 내게 진짜 소중한 일과 관계는 무엇일까, 반드시 챙겨야 할 것은 무엇일까 생각하면서 더할 나위 없이 만족스러운 하루를 채울 수 있게 되는 것이다.

나의 남편은 거의 7년 가까이 매일 출근 전 회사 옆에서 영어 회화 수업을 수강하고 있다. 전날 회식이나 야근이 있어 많이 늦는 날에도 다음 날 어김없이 7시 수업을 위해 집을 나선다. 그 시작은 10년 차 직장인이었던 2017년으로 돌아간다. 그해 첫째 딸의 탄생과 함께 남편이 6개월간 육아 휴직을 하면서 늘 똑같았던 삶에 변곡점을 맞이하게 되었다. 쉼 없이 일만 하면서 심신이 지쳐 있던 남편은 자신을 위해서 6개월이라는 시간을 의미 있게 보내고 싶어 했다. 그래서 그 시간 동안 육아와 자기계발, 두 마리 토끼를 잡겠다고 결심했다. 그동안 가슴속에 한처럼 느껴졌던 영어를 정복하고자 완전히 몰입한 채 영어를 공부하기 시작했다. 그렇게까지 무언가에 무섭도록 몰두해본 것은 자신도 태어나서 처음이라고 했다. 지금이 아니면 안 된다는 절박감이 매일매일 나에게도 뜨겁게 전해졌다.

처음으로 시험을 위한 공부가 아니라 진정한 소통을 위한 공부를 하면서, 남편 자신도 놀랄 만큼 빠른 속도로 영어에 자신감을 찾아가기 시작했다. 인생에 다시없을 열공의 5개월을 보낸 후, 남편은 복직을 한 달 앞두고 나의 응원에 힘입어 혼자 유럽 여행을 떠나게 되었다. 외국인만 만나면 말도 못 했던 자신이, 런던에서 뮤지컬을 관람할 때 완전 다른 사람이 되어 있는 것을 보고 깜짝 놀랐다고 한다. 옆 좌석에서 친절히 인사를 건네 오는 외국인과 오랫동안 이야기를 나누며, 스스로 너무 대견하다고 생각하게 되었다.

진정으로 행복했던 그 6개월 덕분에 여한이 없어서인지, 남편은 복직해서 더 강해진 정신력으로 회사에서도 승승장구했다. 특별하게 영어가 필요했던 상황도 아니었지만, 자신만의 콤플렉스를 극복하고자 공부를 도전했던 남편은, 이후 외국인을 위한 커뮤니티 운영을 꿈꿀 만큼 완전히 다른 사람이 되었다. 7년간 매일 하루도 빠짐없이 새벽에 영어회화 학원에 다니며 자기계발에 힘쓰는 이유다. 누가 시켜서가 아니라 오로지 자기 자신을 위해 도전하는 시간으로 남편은 매일 아침 에너지가 넘친다.

나는 그런 남편을 통해 세상일에는 다 때가 있다는 것을 알게 되었다. 직장에 다니고 육아를 하면서 시간을 쪼개서 자신을 위한 시간을 만든다는 것은 쉽지 않다. 하지만 자기계발을 할 수 있는 것도 때가 있다. 하고 싶은 일이 있을 때는, 그 일을 미루지 않고 당장 하는 것이 맞다. 마음을 먹고 하면 안 될 것도 없다. 하루 1시간부터 시작이다. 하루에 딱 1시간만 자신이 하고 싶은 것에 쓰면 된다. 오늘 1시간을 꿈꾸는 자신이 되기 위해 쓰면, 내일의 자신이 달라져 있다. 조금 더 성장한 내일의 자신은, 거기서 멈추지 않고 계속해서 다음을 향해 나아갈 수 있다. 아무것도 하지 않으면 아무 변화도 일어나지 않는다. 자신에게 성장의 기회를 주는 순간, 모든 것이 바뀐다.

우리가 삶을 즐길 수 있는 것은 '~해야만 한다'라는 말 대신 '나는 ~을 하고 싶다'라는 말을 늘려가는 것부터가 시작이다. 하루에 1시간이라도 꾸준히 자신이 하고 싶은 것을 해나가면 미래에 원하던 자신과 만날 수 있다. 하루 1시간을 한 달, 1년 단위로 생각해보면 이는 결코 적은 시간이 아니다. 하루에 1시간을 만들 수 있다면 한 달에 30시간을 만들 수 있고, 1년에 15일을 만들 수 있다. 자신을 위해 쓸 수 있는 시간이 하루만 있어도 감사한데 15일이나 보너스로 생겨난다. 이 시간은 다름 아닌 하루 1시간이 쌓여서 만들어지는 것이다.

살면서 인생의 소중한 가치를 쉽게 얻을 수 있는 사람은 아무도 없다. 일정한 시간 동안 꾸준하게 들이는 노력이 뒷받침되어야 한다. 일상에 간단하지만, 규칙이 필요한 이유다. 새벽의 고요한 시간을 내 것으로 만들기를 바란다면, 아침에 정해진 시간에 일어나는 것보다 지난밤의 취침 시간을 신경 써야 한다. 수면 부족으로 생활 리듬을 깨면서까지 아침 시간을 당기는 것은 무모한 일이다. 단기간 잠시만 일찍 일어나는 게 아니라 장기간에 걸쳐 아침 시간을 확보하는 게 중요하기 때문이다. 새벽 시간을 활용하려면 기상 시간의 조정, 그리고 취침 시간의 조정이 꼭 필요하다.

하루를 집에 비유한다면, 이런 새벽 기상의 원칙을 세우는 일은 그 집을 떠받치는 기둥을 하나 세우는 것과 같다. 자신이 지키는 사소한 규칙 몇 가지가 세워지면, 나중에 그것들이 자신의 삶에 큰 영향을 미쳤음을 깨우치게 된다. 삶을 멋지게 사는 일은 사실 자신의 하루에 몇 가지 단순한 규칙을 세우고, 그것을 꾸준히 반복해서 실행하는 데 있다. 기본적인 기둥과 기둥이 세워지면, 그 안의 세세한 인테리어는 그때그때 지루하지 않게 채워가면 되는 것이다.

여건상 아침 시간은 아무래도 어렵다면, 하루 중 자투리 시간을 차곡차곡 잘 모으면 된다. 일의 사이사이 자투리 시간을 잘 활용하게 되면 하루 중의 몇 시간을 덤으로 살 수 있다. 중요한 것은, '더 나은 삶을 위해, 나를 위한 시간을 갖겠다'라는 삶의 태도에 있다. 태도가 갖춰지면 방법은 무한대로 찾을 수 있다.

자신이 맡은 역할들에 자신의 인생을 전부 내어주기에는 한 번뿐인 삶이 너무 아깝다. 의무감과 책임감만으로 살아가기에는 인생이 너무 소중하기 때문이다. 그러니 지금부터라도 자신이 원하는 일을 하게 해주고, 자신이 바라는 인생길을 걸어갈 수 있게 기회를 주자. 하루에 1시간은 자신만을 위해 써라.

열정은 성실함을 먹고 자란다

한 인간이 평범함을 넘어 위대함에 다가설 수 있는 비결은 무엇일까? 소위 '이렇게 되고 싶다, 저렇게 되고 싶다'라는 생각은 누구나 할 수 있다. 하지만 그 생각을 행동으로 옮겨서 실천하는 문제는 쉬운 일이 아니다. 대부분의 사람이 시작은 쉽게 하더라도 꾸준하게 지속해서 결과를 만드는 데는 어려움을 겪는다.

우리의 삶이 작동되는 원리를 단순하게 생각해보면, '인풋(투입) 대비 아웃풋(산출)'으로 볼 수 있다. 가령 시험을 치기 위해 준비에 투입하는 노력, 즉 인풋이 훌륭하면 시험 점수인 아웃풋도 좋을 것이다. 마찬가지로 자신이 인생에서 좀 더 차별화된 성과를 만들기 원한다면, 그에 맞는 인풋이 먼저 차별화되어야 함을 의미한다.

아웃풋은 자신의 의지와 상관없이 환경의 영향을 많이 받기도 한다. 천재지변이나 경제 변화 등 우리의 힘이 미치지 않는 것들 말이다. 하지만 인풋에 관해서는 어디까지나 자기 자신이 통제력을 가질 수 있다. 자신이 바라는 결과를 만들기 위해 해야 할 것들을 정한 뒤, 그것을 꾸준히 실천하는 일이 인풋 관리의 가장 큰 부분이다. 즉, 내가 마음먹은 대로 새벽에 기상하는 것은 온전히 내 선택이자 내 책임이 된다. 주변 탓을 할 수 없는 문제다. 살아가면서 자신이 굳게 결심한 바를 꿋꿋이 실천하는 사람, 철저하게 자신의 인풋을 관리하는 사람을 막을 수 있는 것은 없다.

세계적인 발레리나 강수진은 매일같이 30년 넘게 지독한 연습을 해온 것으로 유명하다. '내 유일한 경쟁자는 어제의 강수진'이라고 말할 정도로 쉴 없이 자신과 투쟁해온 그가 한 언론사와의 인터뷰에서 이렇게 말했다.

"사람들은 기똥찬 성공 비결을 듣고 싶어 하지만, 나에게 그런 것은 없어요. 사실 지루한 반복처럼 보일 것입니다. 어떤 분야든 정상에 오른 사람들은 지루한 인생을 살고 있어요. 나는 내일을 믿지 않아요. 오늘 하루, 똑같은 일과를 되풀이하면서도 조금 발전했다고 느끼면 만족해요. 제가 가장 듣고 싶은 말은 '보잘것없어 보이는 하루하루를 반복해서 대단한 하루를 만들어낸 사람'이라는 말입니다."

짧은 생애 동안 무려 600곡의 작곡을 남긴 모차르트(Mozart), 5만 점의 작품을 남긴 미술가 피카소(Picasso)까지, 우리가 아는 최고의 인물들은 생의 모든 순간을 치열하게 살아낸 사람들이다. 지루할 만큼 제 일에 몰두한 결과 상상도 할 수 없는 일을 해낸 것이다.

우리는 모두 예외 없이 이번 생을 한 번만 살고 간다. 자신이 그런 한 번뿐인 생의 기회를 얻은 행운아임을 자각한다면, 최선의 노력을 다해 삶을 정성껏, 최대한으로 살고 가는 것이 예의라고 믿는다.

자신의 인생에서 인풋을 결정하는 주체가 온전히 자신이라는 것을 알게 되면, 자기 삶을 하나의 예술품처럼 여기게 된다. 그럴 때 우리는 어떻게든 예술품을 좀 더 훌륭하게 만들려는 예술가로서의 삶을 살아 갈 수 있다. 자신의 인생에 완벽할 정도의 인풋을 투입하는 데 전념하면, 완벽할 정도의 아웃풋을 만들 수 있다는 믿음 또한 생겨난다. 그 믿음은 실제로 대부분 실현되기도 하지만, 더 중요한 깨달음을 그 과정에서 얻게 된다.

예술품의 완성도를 높이기 위해 완벽할 만큼의 인풋을 투입하며 살아가는 삶 자체가 얼마나 의미 있는 것인지를 깨우치게 되는 것이다. 그뿐만 아니라 그러한 노력으로 인해 결국 자신이 목표한 분야를 넘어, 궁극적으로 인간으로서의 탁월함에도 다가설 수 있게 된다는 것을 깊이 깨달을 수 있다.

위대함을 만들어내는 변화는 어디 먼 곳에 있는 게 아니다. 자신이 살아가는 매일의 삶 속에 있다. 우리 일상의 성실한 행동이야말로 성공하는 사람이 되기 위해 긴요한 일임을 믿는다. 그 무엇보다 먼저 자신을 세우고, 자신을 닦는 데 가장 큰 공을 들여야 하는 이유다.

35년 동안 꾸준히 글을 써온 소설가 무라카미 하루키(村上春樹)는 자신의 에세이 《직업으로서의 소설가》에서, 오랫동안 글쓰기를 할 수 있었던 비결에 대해 이야기하고 있다. 그는 성실하게 글을 쓰기 위해 매일 달리기와 수영으로 몸을 만드는 의식을 치른다. 마라톤광으로 알려질 정도로 운동에 집착하는 이 규칙을 30년 이상 거르지 않았다. 지속력이 몸에 배어야 글을 쓸 수 있다고 믿었기 때문이다.

"그런 생활을 차곡차곡 쌓아나가면서 나의 작가로서의 능력이 조금씩 높아지고, 창조력은 더욱 강고하고 안정적으로 되었다는 것을 평소에 항상 느끼고 있습니다. 나는 매일매일 소설을 계속 써나가는 작업을 통해 그것을 조금씩 실감하고 차츰차츰 깨달았습니다. 마음은 가능한 한 강인하지 않으면 안 되고, 장기간에 걸쳐 마음의 강인함을 유지하려면 그것을 담는 용기인 체력을 증강하고 관리 유지하는 것이 불가결합니다."

그는 운동이 끝나면 하루에 5시간 동안 정확히 원고 20매를 쓴다. 좀 더 쓰고 싶더라도 20매 정도에서 딱 멈추고, 잘 안 써진다 싶어도 어떻게든 20매까지는 쓴다. 행여라도 '오늘은 글이 좀 써지니까 더 써볼까?' 하는 마음으로 무리하면, 이내, '오늘은 글이 잘 안 풀리니 하루 좀 쉴까?' 하는 빌미를 다른 날에 남기게 되어 규칙이 깨지기 때문이다. 그는 운동으로 단련된 체력의 힘을 빌려, 비가 오나 눈이 오나 아무런 감정의 기복 없이 매일 20매씩을 써 내려갔다. 바로 그 습관이 그가 슬럼프 없이 35년간이나 글을 쓸 수 있게 만들었다.

아무리 재능이 뛰어난 사람이라도 한번 반짝하고 사라지는 것이 아니라 꾸준히 창작자로서 살아가려면 끈기와 지속력이 필요하다. 오랜 시간 꾸준히 이름을 알린 사람들의 대부분은 지독할 만큼 자기 일에 몰입했다. 이 몰입을 만들어주는 것은 다름 아닌 규칙적인 생활에서 나온 힘이다. 생활을 규칙적으로 하면 감정의 기복을 대폭 줄일 수 있기 때문이다.

규칙적인 생활이 주는 장점은 자신도 모르게 몸과 마음이 그것에 적응하게 된다는 점이다. 매일 정해진 루틴에 맞게, 리듬 있는 생활을 해가면 나중에는 자신도 모르는 사이 그 활동을 자동으로 하게 된다. 즉, 신경 써야 할 일을 줄일 수 있게 된다. 이는 더 많은 중요한 일에 몰입할 수 있도록 뇌를 최적화하는 역할을 한다. 갑자기 닥쳐오는 무언가에 대처할 수 있게 만들어줄 뿐만 아니라, 정말 중요한 일에 몰두할 수 있게 뇌를 도와준다. 하루키는 이것을 '견고하게 제도화된 의식'이라고 표현한다.

"당신에게 필요한 것은 과묵한 집중력이며 좌절하는 일 없는 지속력이며 어떤 포인트까지는 견고하게 제도화된 의식입니다. 아울러 그러한 자질을 일정하게 유지하는 데 필요한 것은 신체력입니다."

만약 태양이 기분에 따라서 한 번만 뜨고 만다면 그게 태양일까? 아이에 대한 엄마의 사랑이 기분에 따라 한 번으로 그친다면, 그것으로 아이의 의미 있는 변화를 만들어낼 수 있을까? 결국 삶을 바꾸는 것은 성실하게 지속하는 힘, 반복하는 힘에 있다.

반복해서 들어오는 월급의 힘이 가장 세고, 밥 먹듯 자신이 늘 하는 일이 가장 자신을 만들어주는 일이다. 결국 세상에 공짜란 없고 인풋이 없는 아웃풋은 있을 수 없다. 끈기 있게 자신의 하루에 집중하는 사람, 최소 10년 앞을 내다보며 나아가는 사람은 무조건 잘될 수밖에 없다. 인생의 한 방을 바라기보다는 성실하고 규칙적인 생활이 주는 몰입을 경험하는 것, 그렇게 매일 자신과의 약속을 지켜나가면서 성취감과 통제감으로 성공을 쌓아가는 것이야말로 이기는 인생의 지름길이다.

자신이 원하는 것을 이루기 위해 얼마나 오랫동안 노력할 수 있겠는가? 부디 '원하는 것이 이루어질 때까지'라고 말하기를 바란다. 원하는 것을 위해 모든 것을 던지는 사람의 의지를 당해낼 것은 아무것도 없기 때문이다. 우리가 사는 세상은 목표를 향해 직진하는 사람들, 넘어지더라도 다시 일어나는 것을 두려워하지 않는 사람들, 그런 사람들의 혼을 담은 노력으로 한 걸음씩 앞으로 나아가고 있다.

결심과 같은 마음에 의존하기보다 습관과 같은 규칙에 의존하라. 당신의 열정은 성실함을 먹고 자란다.

독서를 삶의 일부로 만들어라

남들보다 앞서 세상을 보고, 꿈 너머의 꿈을 꾸며, 그 꿈을 현실로 바꾼 사람들의 공통점을 찾아보면 독서가 있다. "오늘의 나를 있게 한 것은 내가 살던 작은 마을의 도서관이었다"라고 한 빌 게이츠(Bill Gates), "나는 로켓 만드는 법을 책에서 배웠다"라고 한 일론 머스크(Elon Musk) 등 많은 거물 창업자 중에는 독서광이 많다. 그들은 독서를 통해 자신보다 더 큰 거인의 어깨에 올라 더 멀리 넓은 세상을 바라볼 수 있었다. 그로 인해 자기 안에 있는 상상력을 실현시킬 방법을 찾고, 그것을 현실에 나타낼 수 있었다.

우리는 클릭 몇 번이면 온갖 지식과 정보를 바로바로 얻을 수 있는 세상에 살고 있다. 시시각각 여과 없이 넘쳐나는 정보 속에 사람들은 자신만의 특별한 보물을 찾아서 계발하기보다는, 모두가 비슷한 목표를 두고 경쟁하듯 살도록 내몰리게 된 것 같다. 자신만의 잠재력을 꺼내 자기답게 살아가는 데는 반드시 생각의 힘이 필요하다. 세계의 지도자들은 그래서 책을 읽는다. 영상 매체와 검색의 파워가 아무리 막강하다고 해도 세상을 보는 눈과 제대로 생각하는 힘은 독서를 통해 길러진다는 것을 알고 있기 때문이다.

독서는 책의 내용과 그것을 읽는 사람 간에 일어나는 일대일 대화다. 독자는 모두가 자기만의 세계관을 바탕으로 글을 읽고 흡수하게 된다. 같은 책을 봐도 모두 다른 것을 느끼는 이유는 글에 자기 생각이 투영되기 때문이다. 책 속에서 작가의 관점과 생각의 흐름을 따라가다 보면, 어느 순간 자신에 대해 더 깊은 성찰을 할 수 있게 된다.

평상시에 대부분의 사람들은 눈앞에 보이는 세상의 자극에 맞춰 살아간다. 누군가의 말처럼, 생각하며 사는 게 아니라 사는 대로 생각하는 삶을 살아가는 것이다. 따라서 그냥 보통 때는 자신이 어떤 생각을 하고 있는지, 어떻게 살고 싶은지 같은 문제들에 접근하기가 쉽지 않다. 이미 오감을 자극하는 요소들이 너무 많기 때문이다. 그것들을 처리하며 따라가는 것만으로도 머릿속이 가득 차서, 모두가 너 나 할 것 없이 바쁘고 정신이 없다. 그런 분주함 속에, 자신이 제대로 잘 가고 있는지 존재의 안부를 묻는 일들은 까맣게 잊히기 마련이다.

조금이라도 자신만의 시간을 만들어 책을 읽기 시작할 때, 깊숙이 숨겨져 있던 내면의 질문들이 등장한다. 우리가 성장하고 더 나은 미래를 꿈꿀 수 있게 되는 것은 외부의 자극이 아니라 그런 내면의 질문에 귀를 기울일 때다. 책을 읽을 때 비로소 나라는 사람은 누구이고, 무슨 생각을 하고 있으며, 앞으로 어떻게 살고 싶은지 스스로 묻고 답을 하는 기회를 얻게 된다. 사람은 누군가의 강요에 의해서는 여간해서 바뀌기 어렵다.

하지만 자신이 원하는 것을 얻는 방법을 스스로와의 대화에서 찾을 때는 삶에 변화라는 게 일어난다. 책을 읽을 때 우리는 당장 보이지 않는 자신의 생각을 알아가게 되고 자신의 내면을 돌아보게 된다. 그러면 자신이 누구인지도 모르는 삶에서 벗어나 진짜 자신을 만날 수 있다. 그제야 남들의 말과 관점이 아닌, 자신의 관점과 생각으로 삶을 살아가게 된다. 그렇게 제 생각이 단단해질 때 삶을 바꿀 의지가 생기며, 행동으로도 옮겨지는 것이다. "독서는 취미가 아니라 생존을 위한 결단이다"라고 말한 워런 버핏(Warren Buffett)의 말 그대로다.

나에게도 취미가 아닌 생존을 위한 독서를 하게 된 시기가 있었다. 20대에 홀로 미국에서 일할 때 겪은 교통사고가 내 삶을 송두리째 흔들었고, 그 사고로 꼼짝없이 누워 있는 동안 읽은 책들이 내 삶을 바꿨다. 사고가 난 직후, 나는 사람이 내려갈 수 있는 감정의 바닥이 어디까지인지를 매일 확인했다. 아픈 몸으로 종일 누워 있을 때는 한 끼도 먹지 못하고 날이 새기도 했다. 화장실에 가려고 침대에서 몸을 일으키는 것조차도 끔찍하게 괴로웠다. 실의에 젖어 한없이 자신의 처지를 비관했다가, 현실을 부정했다가, 원망하기도 했다. 몸과 마음의 고통은 날이 갈수록 커졌고, 어둠 속에 홀로 있는 고독이 얼마나 무서운 것인지 몸소 체험했다. 혼자서 밤이고 낮이고 울기도 많이 울었다.

머리가 깨질 정도로 울다가 잠든 어느 새벽, 나는 불현듯 삶과 죽음에 대해 깊이 생각해보게 되었다. 유한한 삶의 시간에 대해, 그 시간을 살아가야 할 이유에 대해, 진정한 삶의 목적에 대해 끊임없는 생각들이 꼬리에 꼬리를 물고 찾아왔다. 그 끝에 '다른 것은 몰라도 그래도 지금 살아 있다. 아직 살지 않은 하루가 있다'라는 생각이 들었다.

그때부터였다. 닥치는 대로 책을 찾아 읽기 시작했다. 누구와도 만날 수 없이 홀로 된 시간 덕분에 엄청나게 많은 책을 몰입해서 빠르게 읽을 수 있었다. 종일도 모자라 몇 날 며칠 밤을 새워가며 읽었다. 그때 내가 겪고 있는 문제들을 먼저 겪고 고민했던 이들의 책을 통해 나는 내 삶을 바꾸기 시작했다. 내 안에서 끝없이 올라오는 질문의 답을 찾아 읽고 또 읽었다. 터널 같았던 그 시기를 지나고 돌이켜 봤을 때, 인생은 나보다 더 나를 잘 알고 있었던 게 아닌가 하는 생각이 들었다.

그렇게 나와 마주하고 끝없이 괴로워하며 질문했던 시기가 있었기에 나는 책을 읽게 되었고, 삶을 변화시킬 수 있었기 때문이다. 책을 읽을수록 인생을 바꾸고 싶다는 의지가 힘을 얻었다. 달라지고 싶다는 욕망이 달라질 수 있다는 희망으로 바뀌게 되었다. 온전히 독서를 통해 나의 내면에 집중한 그 시기를 통해 한 줄기 빛을 찾고 나는 다시 일어설 수 있었다. 그 힘으로 미련 없이 고통에서 돌아 나올 수 있는 내가 되었다.

그때 1년 동안 200권이 넘는 책을 읽었던 28살의 내가, 지금의 나에게는 가장 큰 독서 경쟁 상대다. 매년 그때보다 무조건 더 많이 읽으려고 노력한다. 가끔 그때 읽었던 책을 다시 마주할 때면 완전히 다른 느낌으로 다가와서 놀라기도 한다. 그 책을 읽으며 당시를 이겨낸 자신이 생각나기도 하고, 그때의 깨달음으로 돌아가게 해주는 마법 같은 책의 힘에 다시금 감사하게 된다.

그래서 나는 언제 어디서나 약간이라도 여유 시간이 있으면 책을 읽는다. 뭐라도 읽고 있어야 마음이 편하다. 새벽에 일어나 한 시간은 무조건 책을 읽는다. 운전할 때나 길을 걸을 때는 오디오북을 들으며 독서를 한다. 운전할 때 차가 밀리면 책 내용을 더 들을 수 있어서 오히려 좋다고 느껴진다. 지하철, 버스, 비행기, 기차 어딘가로 이동할 일이 있으면 책을 볼 생각에 신이 난다. 그래서 단 몇 줄이라도, 5분이라도 책을 읽을 수 있다면 책을 읽는다. 한번은 기차 안에서 전자책으로 책을 보던 중 휴대전화기 배터리가 방전되었다. 충전기도 하필 챙겨오지 않았다. 나는 부끄럼을 무릅쓰고 옆 좌석에서 충전기를 빌려 책을 계속 읽을 수 있었다. 여간해서는 낯선 사람에게 부탁을 못 하는 나인데, 뭔가에 중독되면 두려움도 뛰어넘는구나 생각했다.

나는 종이책에 줄을 좍좍 그어가며 읽는 것도, 전자책에 형광펜을 색깔별로 입혀가며 읽는 것도 모두 다 좋아한다. 읽을 수만 있다면 그게 어떤 방법이든 고마울 뿐이다. 마음먹고 읽겠다는 생각이 아니라 틈만 나면 언제 어디서든 읽는다. 조건이 완벽해야 할 수 있는 독서는, 하다가 뭐가 약간만 틀어져도 안 하게 되기 때문이다. 무엇이든, 하려면 지금 바로 할 수 있어야 한다. 책이 있으면 책을 펼치고, 없으면 휴대전화로 전자책을 보면 된다. 바빠서 못 한다고 하면 자신에게 맞는 시간은 영원히 못 찾는다. 책을 읽겠다는 마음을 먹은 후, 자투리 시간을 독서 시간으로 바꾸고, 아침이나 밤에 좀 더 집중해서 독서하는 시간을 만들면 얼마든지 일상 속에서 책을 읽을 수 있다. 그 방식으로 나는 짬을 내서 어렵지 않게 이틀에 한 권꼴로 책을 읽을 수 있게 되었다.

책을 읽으면 시공간을 뛰어넘는 시선으로 세상을 바라볼 수 있다. 단지 눈앞의 현재만이 아닌, 과거와 미래에 걸치는 시간에 대한 인식과 간접 경험을 가능하게 해준다. 생각이 시공간을 넘어 확장되면 삶은 더욱 풍부해지게 된다. 마치 하늘 위에서 아래를 내려다보듯, 책을 통해 평소와 다른 관점에서 현실의 문제들을 바라보게 된다. 그러면 풀리지 않던 문제라도 해결의 실마리를 찾기도 한다.

학교를 졸업하고는 딱히 책을 읽을 이유가 없는데 독서가 필요하냐고 하는 사람이 있다. 앞으로 우리는 더 오랜 시간을 살아가게 된다. 노동하지 않는 시간이 찾아오면 아주 긴 시간을 놀아야 한다. 온종일 일이든, 공부든 무언가를 하는 지금은 짧은 휴식도 소중하고, 아무것도 하지 않는 하루가 오히려 즐거울 수도 있다. 하지만 실제로 아무것도 하지 않아도 되는 상황이 자신의 삶이 되면, 24시간을 채우기가 힘들 것이다. 일이나 공부가 힘들지언정 그 속에서 우리는 싫든, 좋든 자아실현을 하고 있다. 하지만 그 모든 의무가 걷히고 나면 스스로 무언가를 적극적으로 찾아서 놀 줄 알아야 한다. 나는 독서와 여행으로 그날들을 채울 수 있기를 바라며 오늘을 열심히 살아간다. 책을 읽는 일은 뭔가 눈에 보이는 보상을 얻기 위해서 하는 게 아니다. 책 읽는 일 자체가 자신의 삶에 보상이 되기 때문이다.

내게 독서는, 나만의 '인생 문장'을 하나하나 모으는 일로 느껴진다. 문장 하나는 별것 아니지만, 그것이 모여서 내 삶을 장식해준다고 믿는다. 결국 우리 인생도 작은 순간 하나하나가 모여 이루어지는 게 아니던가. 자신을 위해 독서를 삶의 일부로 만들어라.

매일의 기록이 쌓여
비범한 삶이 된다

　옛날에 읽었던 책 중에 아직도 기억에 생생하게 남아 있는《물은 답을 알고 있다》라는 책이 있다. 저자는 물은 살아 있는 생명이고 에너지 전달 매체이며 의식을 갖춘 존재라고 말한다. 물에게 좋은 말을 하면 물을 구성하는 결정체의 모습이 달라진다는 내용이었다.

　저자가 주장하는 '말의 힘'처럼, 나에게도 내 삶을 바꿔놓을 만큼 큰 영향을 끼친 '쓰기의 힘'이 있다. 내 입장에서 본다면 '글은 답을 알고 있다'라고 말할 수 있을 만큼 내 인생의 웬만한 문제들은 쓰기의 힘으로 해결이 되었다.

　나는 살면서 나의 내면에는 현재의 나보다 성숙하고 강인한 자아가 있음을 알게 되었다. 삶의 문제를 해결하는 데는 내면의 나와 대화하는 것이 가장 중요한 일이었다. 대화를 나누는 방식은 누군가 끈질기게 내 마음을 물어봐주는 방법도 있겠지만, 내게는 글쓰기가 그 누군가의 역할을 해주었다. 그래서 무엇이라도 고민되는 일이 있으면 나는 마음속에 생각나는 것을 우선 글로 적었다. 열이면 열 번, 나는 그 과정을 통해 중요한 삶의 결정들을 내릴 수 있었다. 결정을 한 후에는 누구도 아닌 나의 선택이었기에 후회 없는 선택이 되도록 최선을 다하면 되는 것이었다.

초등학교 시절, 방학 때면 숙제로 내주는 일기 쓰기에 나는 온 마음을 다했다. 일기 소재가 떨어지면 쓸거리를 만들려고 새로운 놀이를 시도해보기도 하고, 읽던 책도 더 빠르게 읽었다. 내 하루가 매일매일 글로 남겨진다는 것에 나는 왠지 진지해지는 기분이었다. 기록할 만한 근사한 하루가 되게 해야 한다는 책임감에 새로운 도전에 망설임이 없었다.

중학교 때는 담임 선생님이 친구들과 교환 일기를 쓰게 했다. 내가 일기를 쓰면 몇 명의 친구가 돌려가며 코멘트를 달아주는 방식이었다. 지금으로 치면 꽤 아날로그 방식이지만, 아무튼 나는 일기에 남길 만한 콘텐츠를 찾기 위해 부지런히 글감 사냥을 다녔다. 내 하루를 읽어주는 독자 친구들을 위해 아무 내용이나 쓰는 것은 예의가 아니라고 생각했다. 무언가 어제와는 다른 생각과 경험을 적기 위해 무척이나 고민했던 기억이 난다.

기록이라는 것은 싫든, 좋든 내 역사가 된다. 나는 이왕이면 최선을 다해 내 삶의 기록을 의미 있는 것으로 만들고 싶었다. 고등학교에 와서 본격적으로 내 속이야기들을 일기에 쓰기 시작했다. 숙제를 확인해주는 선생님도, 공감되는 이야기라고 댓글을 달아주는 친구들도 없는, 오로지 혼자 쓰고 혼자 보는 일기였다. 딱딱한 표지에 열쇠가 채워져 있는 일기장에 나는 온갖 나만의 비밀 이야기들을 여과 없이 썼다.

글을 써왔던 습성은 그 후 내가 어른이 된 뒤에도 중단 없이 이어졌다. 생각이 복잡할 때나 고민이 있을 때, 나는 항상 말보다 글이 더 편했다. 말은 내 진심에 닿기까지 꺼내는 데 한참이 걸렸다. 하지만 글은 거의 즉시 핵심에 도달할 수 있었다. 쓰다 보면 '내가 이런 생각을 했구나' 하고 마음을 알게 되었고, '이게 이유였구나'라며 감정 뒤에 가려진 진실을 볼 수 있었다.

특히 20대 때 나는 매일 일기를 쓰며 방황하는 마음을 알아차리고 다잡을 수 있었다. 한창 사회라는 냉혹한 세계에서 마음 둘 곳 없을 때 글을 씀으로써 내 감정을 흘려보낼 수 있었다. 어른이 될수록 누군가에 매번 의존해서 풀기보다, 스스로 내면을 건강하게 돌볼 수 있어야 한다는 것을 느끼게 되었다. 안 좋은 감정들을 밖으로만 푸는 것이나 안으로만 삭히는 것은 별로 좋은 방법이 아니다. 적당히 그때그때 정화작용을 해주어야 하는데, 나에게는 글쓰기가 있어서 참 다행이었다.

가벼이 글을 써나가는 중에 나를 괴롭히는 일들이 떠올라 멈칫할 때도 있었다. 하지만 그래도 나는 회피하지 않고 내 있는 그대로를 글에 담아갔다. 그러자 그것이 사실은 내가 꼭 풀어야 할 숙제였음을 깨닫게 되었다. 속에 천불이 나는 일이 있어도 글로 쓰고 나면 이내 모든 것이 명확해지는 것을 몇 번 경험하게 되면서 스스로 믿는 구석이 생겼다.

누구에게도 터놓기 어려웠던 나의 감정을 글로 풀어놓다 보면 높이 널을 뛰던 감정들이 잔잔해졌다. 이전의 나라면 몇 날 며칠 마음에 담아둘 일도 그 이후로는 그럭저럭 가볍게 넘겨졌다. 내 마음을 나도 몰라서 괜히 심란해질 때가 있는데, 점점 나에 대해 알아가면서 나는 꽤 유연해지고 강해질 수 있었다. 뒤죽박죽되어 있던 생각과 감정들이 하나하나 정리되어갈수록 나는 글쓰기가 꼭 훌륭한 상담사를 찾아가는 일처럼 느껴졌다. 문을 두드릴 때는 복잡한 마음이지만 나올 때는 상쾌해지는 것처럼, 쓰기는 내게 그런 힘이 있었다.

매일 기록을 남기다 보면 웬만큼 흘려보낼 것은 다 흘려보낸 터라, 점점 과거의 일보다는 내가 바라는 미래의 이야기를 많이 쓰게 되었다. 그러자 삶이 더 살 만해지고 나날이 진취적으로 변해가는 것을 느낄 수 있었다. 미래를 바라보며 쓰다 보면 내 의식이 바뀌고, 의식이 바뀌니 글로 쓸거리가 더 많아지는 선순환 구조가 되었다.

일상의 일기뿐만 아니라 독서 후에 느낀 점도 쓰고, 매일 감사일기도 쓰고, 미래일기도 쓰고, 필사도 하는 등 나는 형태를 막론하고 내 생각을 최대한 끄집어낼 수 있는 글을 계속해서 써나갔다. 그런 아웃풋을 통해 내 작은 생각에서 벗어나 객관적으로 나를 더 많이 바라볼 수 있었다.

책을 읽은 다음 그것들을 내 생각과 더해 글로 남기면 두고두고 내 인생 매뉴얼이 되었다. 양서를 골라 읽고, 밑줄 친 책의 구절과 내 생각을 꾸준히 기록하는 작업을 했다. 독서를 통해 내 의식에 변화가 시작되면, 쓰기를 통해 그것을 내 것으로 흡수해서 나를 새롭게 정립할 수 있다. 그렇게 한 번, 두 번 깨달음이 쌓여갈수록 내 의식과 내 삶이 변화되는 것을 느꼈다. '이럴 때는 어떻게 했더라?' 내가 정리해두었던 내 글을 보며 스스로 의식을 끌어올려 새롭게 힘을 낼 수 있었다.

특히 미국에 있는 동안 썼던 일기로 내면에 많은 변화를 만들어냈다. 한때 나는 일상에서 고민하는 것들, 내가 나를 격려하기 위해 쓰는 편지, 미래의 나에게 보내는 글, 미래에 사는 내가 지금의 나에게 보내는 글, 버킷리스트는 물론 유서와 묘비명까지 일기에 전부 써두었다. 시간이 흘러 3년 후, 5년 후, 10년이 지나서 읽어도 그때의 깨달음들은 인생에 큰 감동을 주었다. 내게는 이미 휴먼 다큐가 되어 있는 그때의 나로 인해 미래를 더 감사하며 열심히 살아갈 동기부여도 되었다. 쓰던 그때는 몰랐지만, 순간을 기록하면 그것은 한 개인의 역사가 된다는 것을 알게 되었다. 기록을 통해 우리는 모든 순간을 살 수 있다. 기록에는 순간을 복원해서 재해석해주는 힘이 있었다.

실제로 그 기록들 덕분에 남편과 미국으로 신혼여행을 가기로 했을 때 내게 의미가 있는 곳들을 남김없이 함께 가볼 수 있었다. 살았던 곳을 어렴풋한 기억이 아닌 살아낸 기록에 따라 다시 여행할 때의 기분은, 그야말로 역사 탐방이 따로 없었다. 내 청춘의 눈물과 도전이 어린

땅 미국. 그곳을 남편과 함께 방문한다는 것은 단순한 여행지에 가보는 것 그 이상이었다. 내가 여기에는 언제 왜 갔고, 나는 어떤 생각을 했고, 이것을 누구와 먹었는데 기분이 어땠고, 여기에서 저기는 어떻게 이동했으며 하는 디테일을 그대로 살려 남편과 내 삶의 한 부분을 온전히 공유하고 올 수 있었다. 매일 남긴 기록은 그때 최고의 빛을 발해 미래의 나에게 주는 최고의 선물이 되었다.

나는 살면서 내가 하고 싶다고 생각한 것은 어떻게든 내 하루에 넣었다. 일단 적어도 보름은 해봐야 내 삶과 어떻게 어우러지는지 객관적으로 볼 수 있는데, 문제는 그 일이 아직 습관이 안 되어 있다는 것이었다. 그래서 내가 찾아낸 습관화 방법은 매일 그 행위를 할 때마다 기록을 남기는 것이었다. 이미 이것을 위한 앱이 출시되어 유용하게 활용할 수 있었다. 내가 하고 싶은 습관을 선택하고, 그 습관에 돈을 걸고, 매일 성공 기록을 남기는 도전을 완수하면 원금에 상금을 얹어서 돌려주는 시스템이었다. 사람은 누구나 자신의 노력에 대해 인정받고 싶은 욕망이 있다. 내가 과정에 최대한 충실했다는 점을 누군가 알아주면 그 일을 계속하기가 쉬워진다. 또 자신이 도전하는 과정을 눈으로 보게 되면, 자연스럽게 동기부여가 되었다.

나는 하나의 습관이 나의 하루에 정착될 때까지 운동 가기, 새벽 기상, 필사하기 등 모든 것을 사진과 기록으로 남기며 도전했다. 누적된 나의 챌린지 기록을 보면 내가 정말 열심히 살고 있다는 성취감과 만족감이 급상승했다. 그렇게 하루하루 최선을 다해 기록을 남기는 데 전념하다 보면, 나도 모르게 내가 바라던 습관이 내 삶 속에 연착륙해 있음을 알 수 있었다. 작은 성공이라도 꾸준히 쌓아가는 기록의 힘은 새벽을 거뜬히 들어 올릴 만큼 강한 것임을 알게 되었다.

어렸을 적 읽었던 《안네의 일기》는 독일의 유대인 박해를 피해 2년 동안 은신처에서 생활한 10대 소녀의 기록이다. 지금 생각해보니 나이도 어린 소녀가 매일 무언가를 기록했다는 그 사실 자체가 너무 대단하게 느껴진다. 그것만으로도 역사적으로 너무나 귀중한 자료가 되었기 때문이다. 사람이 매일매일 빠짐없이 무언가를 기록해간다면 이는 더 이상 평범한 기록으로 남지 않는다. 하루하루의 삶을 기록하다 보면 보이지 않던 것들을 많이 볼 수 있다. 순간순간을 붙들어서 기록으로 남겨보자. 매일의 기록이 쌓여 비범한 삶이 된다.

PART 04

멈추지 않고 성장하는
훈련의 기술

느린 것을 염려하지 마라.
멈추는 것을 염려하라

"내 손에 잡은 것이 많아서 손이 아픕니다.
등에 짊어진 삶의 무게가 온몸을 아프게 하고
매일 해결해야 하는 일 때문에 내 시간도 없이 살다가
평생 바쁘게 걸어왔으니 다리도 아픕니다."

코로나로 온 국민이 힘든 시기를 보내고 있을 때, 한 오디션 프로그램에 출연한 가수 임영웅이 불렀던 노래 〈바램〉의 가사다.

그때 나는 한창 회사 일과 육아로 바쁜 나날을 보내고 있을 무렵이었다. 우연히 시어머니가 보시는 프로그램을 같이 보다가 이 노래를 듣게 되었다. 처음 듣는 노래의 저 가사 두 줄 때문에, 나도 모르게 눈시울이 붉어졌다. 멀쩡하게 잘 있다가 별안간 눈물이 와락 차오르는 것이었다. 그 시기가 마침 육아 휴직을 끝내고 막 회사로 복귀한 시점이라, 노래

가사처럼 정말로 '내 시간도 없이' 살고 있어서 그랬던 것 같다.

　우리는 늘 시간에 매여서 살고 있다. 어렸을 때는 학교에 가느라, 커서는 직장에 다니느라, 집에서는 가족에게 내주어야 할 시간에 매여 있다. 매일 무언가 역할로서 해야 할 일들을 처리하느라 바쁜 일상을 살아간다. 분명 정신없이 하루를 살았는데 시간이 지나고 나면 그때 왜 그렇게 바빴는지, 무엇을 하느라 바빴는지 잘 기억이 나지 않는다.

　반면 중요한 일은 급하지 않다는 이유로 우선순위에서 밀려난다. 그렇게 쫓기듯 세월을 보내고 뒤를 돌아보면, 그동안 무엇을 하고 살았나 하는 생각이 든다. 시간을 여기저기 쪼개주고 사느라 정작 자기 자신을 위해 쓴 시간은 얼마 되지 않는다는 것을 알게 된다. 자신이 하고 싶은 일, 나중에 하려고 빼놓은 중요한 일들은, 계속 뒤로 밀려나다가 결국 '시간이 없어서 못하는 일'이 되고 만다.

　우리가 사는 사회적 관계 속에서, 자신이 맡은 역할을 다 걷어낸다면 과연 자신을 누구라고 설명할 수 있을까? 우리는 보통 자신을 어디 사는 누구 엄마, 누구 아내 또는 어느 회사에서 맡은 직책, 혹은 어느 모임의 누구 등으로 소개한다. 이력서에 써넣는 자신의 출신 학교, 자격증, 경력이 그동안 자신이 무엇에 시간을 보내며 살아왔는지 대변해준다. 하지만 그것으로 진짜 자기 자신이 누구인지 다 설명이 되는가? 10년 가까이 학교에 다녔고, 10년 넘게 회사에 다녔다는 것을 제외하고 무엇으로 자기를 소개할 수 있는가? 답하기가 어렵다. 이력서에 기재된 것만이 자신의 전부가 아닌 것은 알지만, 자신을 그 외의 누구라고 말하기에는 자신을 위해 쓴 시간이 턱없이 부족하기 때문이다.

자신을 위한 일에 시간을 쓰지 못하면 그 시간이 자신의 것은 아니다. 그 일을 시킨 사람의 시간이다. 대부분 남을 위한 시간을 살다 보니 자신의 시간을 내는 것을 어렵게 여긴다. 하지만 바라는 것을 현실로 만드는 데 꼭 필요한 것은 그것에 쏟는 시간의 양이다. 가지고 있는 시간을 모두 다른 사람에게 줘버려서는 언제까지나 자신의 삶을 위한 시간은 쓸 수가 없다. 자신이 지금 그저 바쁘기만 하다면, 그것으로 삶이 소진되는 것 같다면, 우선순위가 아닌 일에 시간을 다 써버린다는 것이다. 자신이 무엇을 할 때 기쁜지를 알고, 하고 싶은 일을 끼워 넣으며 살 수 있어야 한다. 그래야 의미 있는 인생이라는 것, 그렇게 살아도 된다는 것을 믿어야 한다.

많은 사람이 행복하게 사는 것이 인생의 목표라고 말한다. 단순하게 보면 행복한 삶이란 '행복한 시간'의 합이다. 일상 속에서 행복한 시간을 얼마나 많이 가지는가로 결정된다. 무언가를 싫지만 의무감 때문에 하며 사는 사람은 대체로 일상이 불행하다고 느낀다. 하지만 적어도 자신이 하고 싶은 일을 하면서 살려고 노력하는 사람은 일상에서 좀 더 쉽게 행복을 찾을 수 있다. 주어진 시간을 괴로워하며 낭비하기보다는 자신이 하고자 하는 일을 계획하고 실행하고 주변과 나누려는 구체적인 실천을 하면 마음이 적극적으로 변한다. 그러면 순간순간 만족감을 느끼게 되고, 그런 시간이 합쳐지면 삶은 행복하다고 생각되어지는 것이다.

그러려면 자기 인생의 우선순위에서 맨 뒤에 있는 '중요한 일'을 맨 앞으로 가져와야 한다. 여러 가지가 얽혀 있는 일상에서 자신을 위한 시간을 내자고 굳게 마음을 먹는다고 해도, 별도로 시간을 따로 빼놓지 않으면 흐지부지되기가 쉽다. 어쩌다 생긴 시간도 그냥 무의미하게 흘러버리고 만다. 그러니 새벽이든, 늦은 밤이든 누구의 간섭도 없는 시간에서 자기 시간을 먼저 빼놓아야 한다. 1시간도, 2시간도 좋다. 매일 이 시간은 자신을 위해 쓰겠다고 마음먹고, 반드시 지켜야 한다. 그 시간은 어느 무엇을 위해서도 양보하지 않아야 한다. 어느 날 갑자기 시간과 환경이 만들어져서 하고 싶은 일을 할 수 있는 것이 아니기 때문이다. 매일 조금씩 해야 이루어진다. 계속해야 잘하게 된다. 자신을 위해 사용한 시간만이 자신의 삶을 살도록 해준다. 그래야만 '진짜 자신이 누구인지'에 답할 수 있다.

겨우 1~2시간으로 무엇을 이루기에는 지극히 적은 시간 아닌가, 너무 오래 걸리는 게 아닌가 걱정하지 않아도 된다. 시간이 축적되면 그 힘은 생각보다 커진다. 스노우볼로 알려진 눈덩이 효과(Snowball effect)라는 게 있다. 주먹만큼 작은 눈 뭉치라도 오랫동안 굴리면 가속도가 붙어 어느새 커다란 눈덩이가 된다. 중요한 것은 굴릴 수 있는 최초의 작은 뭉치를 만드는 것, 그리고 멈추지 않고 그 뭉치를 굴리는 것이다.

지금 하는 일이 자신이 하고 싶고 잘하는 일이라면, 앞으로 살고 싶은 인생의 꿈도 이루어낼 가능성이 크다. 문제는 지금 하는 일과 살고 싶은 삶이 다를 때다. 보통은 다들 그렇게 살고 있으니 그러려니 하고 견디며 살고 있다. 지금 와서 어떻게 할 수 없다고 생각하며 그 자리에 머문 채 세상에 대한 불평불만을 쏟는 데 모든 시간을 써버리고 만다.

내 주변에도 그런 사람을 어렵지 않게 찾을 수 있다. 좁디좁은 사다리를 원망하며 올라가지 못하는 현실을 원망만 한다. 진급이 안 되면 죽고 싶다며 몇 날 며칠 울분을 토하고, 시간이 지나면 또 그러려니 하고 산다. 그게 몇 년 세월인데 왜 변하지 않을까 지켜보니, 현실은 싫지만, 그것을 바꿔낼 용기도 없기 때문이다.

이런 사람들의 공통점은 자기 내면의 소리를 들으려고 하지 않고, 자신만이 할 수 있는 스스로의 재능도 썩히고 있다는 것이다. 다른 인생을 살아 볼 수 있음에도 도전조차 하지 않음으로써, 소중한 시간을 낭비하는 것이다.

하고 싶은 것을 하며, 그 일을 잘할 수 있다면 삶은 언제나 도전하는 사람의 편이 된다. 그럴 때 일상이 즐거워지고 스스로를 더 발전시키기 위해 나날이 노력하게 된다. 날이 갈수록 더 나아지고 성장하는 과정 중에 새로운 시각도 가지게 된다. 세상을 기회의 눈으로 볼 수 있느냐 없느냐, 원망하며 사느냐 감사하며 사느냐로 누군가에게는 천국처럼 살다가는 이번 생이 누군가에게는 마지못해 견디는 삶이 되어버린다.

하고 싶은 일, 잘할 수 있는 일을 찾지 못했다면 지금 당장 자신을 위한 시간을 만들고, 그 두 가지가 만나는 일을 찾을 수 있도록 노력해야한다. 다행히도 그 시간은, 지금 살아온 것처럼 참고 견뎌야 하는 힘든시간이 아니다. 하고 싶은 것을 하고, 잘할 수 있는 일을 하는 것 자체로 삶에 활력이 생겨날 것이기 때문이다.

이제 다른 사람들의 기준이 아니라 자신이 하고 싶은 일을 찾아 매일쉬지 않고 그 일에 조금씩이라도 시간을 투자해야 한다. 더 나은 삶을향한 욕망과 자신의 타고난 재능에 기회를 주어야 한다. 매일 아이를키우듯, 그 욕망이 잘 자랄 수 있도록 마음을 써서 돌봐주어야 한다. 아직은 밖으로 보이지 않더라도 자신의 내면에 그 욕망을 더욱 깊이 뿌리내릴 수 있게 적절한 투자를 해주어야 한다. 뿌리 깊은 나무는 절대 흔들리지 않는 법이다. 그 나무를 위해 시간을 쓸 수 있는 자신이 되어야한다. 온 정성을 다해 그 나무를 키우는 자신만의 도전을 멈추지만 않는다면, 반드시 시간과 더불어 몰라보게 성장해 있을 것이다.

일단 시작해서 묘목으로 잘 키운 다음, 차츰 올바른 쓰임의 목적을완성해가는 삶도 의미가 있다. 씨앗을 심고, 천천히 정성껏 키워가면열매를 거둘 수 있다는 것은 우주가 생긴 이래 불변하는 이치다. 그러니 도전 후의 어제와 오늘이 크게 달라지지 않는다고 섣불리 포기하는것은 금물이다. 매일 엄마인 우리 눈에는 같아 보여도 아이는 크고 있지 않던가. 좋은 의도를 가지고 하는 반복은 기적을 낳기 마련이다. 자신의 나무는 기대 이상 쑥쑥 성장해갈 것이다. 그러니 느린 것을 염려하지 마라. 오직 멈추는 것을 염려하라.

목표를 세웠으면
매일의 루틴에 더 집중하라

조직을 운영하는 데 비전이 필요하듯, 개인이 살아가는 데도 비전이 필요하다. 자신이 어떤 삶을 살고자 하는지, 무엇을 향해 나아가야 하는지를 명확하게 정리해두는 것은 앞으로 전진하는 데 큰 역할을 해준다. 조직과 마찬가지로 개인의 삶에서도, 원하는 것이나 이루고자 하는 목표가 분명하지 않으면 결과도 애매할뿐더러 그에 대한 만족도도 떨어질 수밖에 없다. 반대로 목표가 명확한 조직이나 개인은 그것을 실현하는 데 모든 자원과 에너지를 집중시킬 수 있다. 당연히 나은 결과가 나올 수밖에 없다.

목표를 일단 세우고 나면 이제 그것을 실현할 수 있게 세부 계획을 세워야 한다. 조직에서 매년 1년 사업계획, 분기별, 월별 사업계획과 주 단위, 일 단위 업무계획을 세우는 것과 마찬가지다. 자신의 삶에서도 목표를 이루기 위해 연, 월, 주 단위는 물론, 오늘 하루 무엇을 하면 되는지 그림이 나올 때까지 잘게 세분해서 계획을 세워야 한다.

조직의 경영자가 연초의 신년 조례에서 그해 목표를 공언하면, 연말에 그것을 달성하기까지 1년 동안 조직 전체가 해야 할 일이 정해진다. 목표에 진지한 경영자라면 조례 한 번으로 그치는 게 아니라 자주 기회를 만들어 반복적으로 직원들과 목표를 공유할 것이다. 그렇게 직원들의 마음이 CEO와 일직선상에 놓이면, 목표를 향해 이제 전진하는 일만 남는다. 각자의 위치에서 하루하루의 업무에 성실히 최선을 다하는 직원들이 있는 한 연말에 CEO는 웃으며 송년 조례를 맞이할 것이다.

우리 개인도 각자 자신의 인생을 위해 자신이라는 직원을 고용한 경영자다. 인생에서 이루고 싶은 목표가 있다면, 부지런히 내가 내 삶의 경영자이자 직원으로서 하루하루 집중하며 최선을 다해야 어떤 위기에서도 끄떡없이 자신이 원하는 결과를 만들 수 있다.

자신이 세운 인생의 목표를 실천하는 데 있어 첫걸음은 그를 위한 시간을 확보하는 것부터다. 일단 일과 시작 전이나 하루를 마무리하기 전에 그 목표를 위한 자기만의 시간을 반드시 확보한다는 마음으로 시작하면 된다. 그 후에는 주말도 조금씩 활용하고 투자할 수 있는 시간을 늘려간다는 계획으로 일단 충분하다. 이후 날마다 시간을 다르게 하지 않고, 정해진 시간이 되면 몸이 일정하게 반응하도록 그 시간에 자신을 맞춰가면 된다. 이렇게 시간을 고정하고, 같은 시간에 같은 일을 반복해가다 보면 습관적으로 그 시간마다 하게 되는 자신만의 '루틴'이 생기게 된다.

성공하는 사람들에게는 그들만의 루틴이 있다는 것을 들어봤을 것이다. '야식 먹는 습관'이라고 해도 '야식 먹는 루틴'이라고는 하지 않듯, 루틴에는 자신의 삶을 좋게 바꾸고자 하는 의도가 내포되어 있다. 삶에서 목표로 하는 최상의 결과를 위해, 자신의 몸과 마음을 최상의 컨디션으로 유지하도록 생활습관을 정비하는 것이다.

'형식이 내용을 지배한다'라는 말처럼, 좋은 루틴은 좋은 그릇에 하루를 담는 의미가 있다. 그릇이 만들어지면 그에 걸맞은 마음이 담기게 된다. 자신도 모르게 몸과 마음이 그릇에 적응하게 된다. 감정이 개입할 틈이 없다. 그래서 나중에는 크게 신경을 쓰지 않더라도 그 시간이 되면 해당 활동을 자동으로 하게 된다.

각자가 가진 역량을 최고로 발휘하기 위해서는 일상을 안정되게 보내는 것이 무엇보다 중요하다. 감정이나 몸의 컨디션이 일정하지 않은 상태에서는 마음껏 재능을 펼치기가 어렵기 때문이다. 스스로 자신에게 가장 최적화된 좋은 환경을 만들고 반복해서 자신을 그 환경에 둠으로써 역량을 최대치로 발휘할 준비를 할 수 있다. 자신만의 루틴을 반복해가면 자신도 모르는 사이에 원하는 목표에 가까이 가게 되는 것이다.

오바마(Barack Hussein Obama) 대통령은 "내게는 결정해야 할 일이 산

더미처럼 많이 있기 때문에 결정을 위한 에너지는 집중해서 써야 한다. 그러려면 일상생활은 일정한 틀을 유지해야 한다. 사소한 일에 신경을 빼앗겨서는 안 된다"라는 말로 루틴의 중요성을 강조했다. 그뿐만 아니라 애플의 스티브 잡스(Steve Jobs)나 메타의 마크 저커버그(Mark Zuckerberg)는 일정한 색깔의 옷만 입거나 음식도 일정한 것만 선택하는 것으로 유명한데, 마크 저커버그는 그 이유를 이렇게 말했다.

"나는 내 삶을 최대한 간단하게 만들려고 노력한다. 세상을 더 나은 곳으로 만들겠다는 것을 제외하고, 다른 모든 결정은 최소한으로 하려고 한다."

방송인 오프라 윈프리도 오랫동안 매일 아침 명상으로 하루를 시작한 후 운동을 하고 감사일기를 쓰는 루틴을 따르기로 유명하다. 투자가 워런 버핏은 아침마다 경제 신문을 꼼꼼히 읽는 것으로 하루를 시작한다. 트위터 창업자 잭 도시(Jack Dorsey)는 항상 1시간 동안 걸어서 출근을 하고, 마이크로소프트 창업자 빌 게이츠는 매일 밤 독서를 한 후 잠에 든다.

그들의 성공에는 아주 비범한 비법이 숨겨져 있는 게 아니다. 그저 자신에게 맞는 루틴을 찾아 오랫동안 꾸준히 반복했을 뿐이다. 같은 행동을 반복하면서 점점 완성도 높은 정제된 시간을 채워갈 수 있고, 이는 곧 나머지 시간도 자유자재로 컨트롤할 수 있다는 의미가 되는 것이다. 루틴을 통해 기본에 충실한 내실 있는 하루를 설계함으로써 원하는 삶에 다가설 수 있는 성공 확률을 높이게 된다. 매번 특별한 결심을 하지 않아도 무의식적으로 최고의 준비 상태에서 시작하기 때문에 불필요한 에너지를 낭비하지 않아도 된다.

나는 아침에 눈을 뜨면 물 한잔을 마시고 바로 운동을 나간다. 헬스장에서 1시간 걸으면서 동기부여가 되는 책을 읽는다. 출근 준비를 하면서 미국 경제 지표와 뉴스를 체크해서 내가 가입한 카페에 공부할 겸 공유한다. 출퇴근길에는 영어 방송을 듣거나 의식 성장과 관련된 유튜브를 듣는다. 이른 저녁 1시간은 화상으로 어린이들에게 영어를 가르친다. 내가 좋아하는 일을 하고 나면 또 다른 에너지를 얻는다. 이어서 남편이 퇴근하면 함께 저녁을 먹으며 아이들과 시간을 보낸다. 밤이 되어 아이들이 꿈나라로 가면 그때부터는 우리 부부의 공부 시간이다. 남편은 연말에 있을 자격시험 준비에 열심이고, 나는 글을 쓰거나 독서를 한다. 늘 공부하는 부부의 일상은 내 결혼 전 꿈이기도 했다. 2시간 정도 각자 공부한 후 하루를 마무리한다. 주말이 다가오면 아이들을 데리고 가야 할 곳들을 예약해둔다. 검진 예약부터 여러 체험들까지 주말 이틀에 다 몰아서 아이들 관련 일정을 수행한다. 맞벌이 부부고 아직 아이들이 어리다 보니 주말만큼은 아이들에게 맞춰주려고 노력한다.

이렇게 하면 자연스럽게 아침부터 점심, 저녁까지의 루틴, 평일 루틴과 주말 루틴이 만들어진다. 루틴의 가장 큰 장점은 감정과 크게 상관없이 해야 할 일을 담담하게 하도록 해준다는 것이다. 새벽 일찍 운동가는 게 때로는 피곤해도, 오히려 안 했을 때 기분이 더 이상해서 눈이 떠진다. 아침에 내가 할 일을 해버리고 나면, 뭔가를 했다는 성취감에 상쾌한 기분마저 든다. 또 루틴이 있으면 괜히 낭비되는 시간이 줄어든다. 내가 중요하다고 정한 우선순위가 하루의 중심에 있다 보니 딱히 불필요하게 버려지는 시간이 없다. 그렇다고 너무 많은 루틴 설정은 오히려 역효과가 난다. '과유불급(過猶不及)', 나조차 헷갈리거나 복잡한 것은 하다가 관두게 된다. 가볍고 단순하고 크게 무리되지 않아야 일상 속에서 물 흐르듯 흘러갈 수 있다.

그날의 날씨가 맑은지, 비가 오는지에 따라 하루 일상의 풍경이 달라지듯, 때로는 일상에서 약간의 이탈이 필요할 때도 있다. 여행을 간다든지, 좋은 강연에 참석한다든지 삶을 더 풍성히 하는 긍정적인 변동은 얼마든지 환영이다. 하지만 우리가 사는 세상에도 봄이면 봄, 여름이면 여름, 각 계절에 맞는 일정함이 어느 정도 있어야 계절의 변화가 반갑게 느껴진다. 어제는 여름 같더니 오늘은 난데없이 눈이 내린다면, 그 커다란 변동성 때문에 세상이 더 복잡해지고 어려워질 것이다.

봄에 씨앗을 뿌려 가을에 수확하는 게 목표라면, 그에 맞는 매일의 농사일에 집중해야 한다. 그러면 때와 더불어 곡식은 영글어진다. 우리의 삶도 농사일과 크게 다르지 않다. 특정한 계기가 있으면 열심히 하고 그렇지 않으면 작심삼일로 끝난다면, 의미 있는 결과를 만들기 어렵다. 봄의 햇살이 일정해야 씨앗을 틔우고 여름에는 성장하고 가을에는 거둘 수 있듯 일정한 리듬에 맞춰 자신의 삶을 흘러가게 하는 것은 자연의 일부인 우리에게도 지극히 자연스러운 일이다.

건강이 목표인 사람이 잘 타던 차를 두고 대중교통을 이용해 걸어 다니거나, 웬만하면 계단을 이용하는 것, 몸에 안 좋은 인스턴트 식품을 멀리하고 건강식으로 식단을 바꾸는 일 등은 처음 얼마간은 어려울 수 있다. 처음부터 다 잘하는 사람은 없다. 그러나 그렇다고 처음부터 나는 못 한다고 물러서지는 말자. 작은 것부터 하나씩 자기 것으로 만들어가면 된다. 몸에 붙이는 과정은 어렵지만 일단 한번 만들어놓으면 시간이 지날수록 삶에 긍정적인 변화도 보이고, 그 루틴을 스스로가 더 좋아하게 될 것이다.

자신의 삶에 좋은 루틴을 받아들이면 삶이 단순해지고, 더 많은 에너지를 중요한 곳에 몰입하는 데 쓸 수 있다. 먼저 하나를 해보고 차근차근 늘리면 된다. 그러니 목표를 세웠으면 매일의 루틴에 더 집중하라.

꾸준함을 이길 재주는 없다

유명 배우이자 무술가인 이소룡(Bruce Lee)은 말했다.

"나는 1만 가지 발차기를 한 번씩 연습한 상대는 두렵지 않다. 내가 두려워하는 것은 한 가지 발차기만 1만 번 반복해 연습한 상대를 만나는 것이다."

우리의 삶에서 매일 일어나는 크고 작은 가능성의 게임들은, 그 수도 많지만 계속 이어지기 때문에 확률의 법칙이 적용된다. 이기는 방식으로 매번 게임하는 사람은 승률이 높아질 수밖에 없다. 사소한 것이라도 자신만의 승자 규칙을 만들고, 그것을 꾸준히 실천하는 사람은 머지않아 바라는 것을 손에 넣을 수 있다. 한 방을 꿈꾸는 인생이 아니라, 반복되는 게임에서 승자가 되기 위한 방식을 익히고 계속해서 발전시켜 가는 것이 중요하다.

이 세상에 그 어떤 성취도 갑자기 되는 것은 없다. 식당에서 음식을 하나 주문해도 요리 과정이 있어야 한다. 과정이 없다면 사건도 없다. 요리는 과정이고, 음식은 사건이다. 대부분의 사람들은 일어난 사건만 보고, 그 사건에 앞서 존재한 과정은 무시해버린다. 그 사건 앞의 길고 꾸준한 과정이 파생된 게 사건인데 말이다.

남편이 자다가도 새벽에 벌떡 일어나 본방을 사수하는 경기가 있다. "공이 발에 붙어 있는 것 같다"라고 볼 때마다 감탄하는 선수, 손흥민의 축구 경기다. 그는 초등학교 3학년 때부터 중학교 3학년 때까지는 발등에 공을 올리고, 운동장을 세 바퀴씩 도는 기본기 훈련만 했다고 한다. 그 후 매일 1,000개씩 슈팅 연습을 하며 이른바 '손흥민 존'을 탄생시켰다는데, 그게 뭔가 하고 보니 패널티 박스 모서리 부근에서 과감히 슛을 시도할 수 있는 그만의 영역을 말하는 것이었다. '설마?' 하는 사람들에게 '와우!'를 안겨주는 그곳은, 오직 보이지 않는 수천, 수만 번의 연습으로 만들어낸 그만의 자리였다. 어김없이 그날도 본인의 존에서 슛을 성공시킨 후 인터뷰하는 것을 보게 되었다.

"운이 좋았습니다. 하지만 그 자리는 항상 제가 연습해왔던 자리입니다. 정말 많이 연습한 슛이었어요."

과연 최고는 다르구나 생각되었다. 우리 삶에서도 그런 자신만의 특별한 '존'을 가져보면 어떨까? 그 자리에만 서면 골을 터뜨릴 수 있을 정도에 버금가는 노력을 할 수 있다면, 우리에게도 '설마?'가 '역시!'가 되는 날이 오지 않을까.

내가 다니는 회사에 정말 한결같은 부장님 한 분이 있다. 입사 20년이 넘었는데 언제나 회사에 1등으로 출근하는 분이다. 나는 아이들 등원과 하원을 위해 시차출퇴근 제도를 사용하고 있어서 한동안 아침에 8시까지 출근을 했었다. 1시간 차이라도 꽤 이른 느낌으로 회사에 도착해보면 어김없이 그 부장님이 출근해 있었다. 농담으로 "아니, 여기서 주무셨어요?" 하고 물어볼 정도로 분주함이라고는 1도 찾아볼 수 없는 그 부장님의 아침은 퍽 인상 깊었다. 휴가나 출장을 제외한 모든 날의 아침은 늘 1등으로 출근해서 책상을 지켰다.

한참 전에 1년 정도 그 부장님 옆자리에서 일할 기회가 있었는데, 일하는 방식을 보고 정말 많이 배웠다. 언제나 책상 위에는 노트북 하나, 노트와 펜 하나가 전부였다. 일하든, 휴가를 가든 책상은 늘 그 상태로 유지가 되었다. 항상 퇴근 전에는 노트에다가 다음 날 해야 할 일 목록을 기록해두고 퇴근했다. 다음 날은 그것을 하나하나 달성할 때마다 줄을 그었다. 목록은 많지 않았고, 거의 매일 남김없이 줄이 전부 그어졌다. 그만큼 일을 절대 미루는 법이 없었다. 업무 관련 통화할 일이 생기면 즉시 전화기를 들었고, 다른 부서에 협의할 건이 있으면 즉시 그 사람을 찾아갔다. 현장에 가봐야 할 일이 생기면 통화가 끊어짐과 동시에 일어나서 엘리베이터로 가고 있었다. 지금 할 일을 나중으로 미루는 법이 없었다. 그러면서도 늘 여유가 있었고, 어떤 업무라도 받아서 해결할 준비가 되어 있는 모습이었다.

부서가 함께 회식을 한 날에도 자신의 한도를 초과해서 과식이나 과음하는 일이 없었다. 안팎으로 저 사람이면 무엇을 맡겨도 믿을 수 있다고 신뢰받는 이유도 한결같은 꾸준함에 있다는 것을 알게 되었다. 취미는 10년 넘게 이어온 달리기였는데, 꾸준한 그분의 성품에 딱 맞는 운동이라고 생각되었다. 매일 하루도 빠짐없이 뛰는 것으로 모자라 주말에는 마라톤에 참여하고 있었다. 직장 생활 내내 반복된 그 꾸준함은 늘 예측 가능한 사람으로 안정감을 주기에 충분했다. 그 모습은 당연히 윗사람이나 아랫사람에게 인정받는 신뢰로 이어졌다. 나도 내 직장의 롤모델인 그 부장님의 꾸준한 태도와 성실한 업무 방식을 배워서 실천하려고 노력하고 있으니 말이다.

아무리 작은 일이라도 매일 꾸준히 무언가를 하면, 그것을 이룬 성취감으로 스스로에 대한 믿음이 생긴다. 벼락치기로는 진짜 실력이 늘지 않고, 하루만 운동한다고 갑자기 몸짱이 되거나 체력이 강해지지 않는다. 꿈을 크게 갖고 늘 소망하면서 살아가더라도 그것을 자신의 것으로 만들어내려면 구체적인 실천이 뒤따라야 하고, 그 실천 또한 한 번이 아니라 계속해서 반복되어야 한다.

무언가 의미 있는 결과로 만들려면 적어도 6개월 이상은 하루도 거르지 않겠다는 의지로 부딪혀봐야 한다. 자신이 하겠다고 결정한 것은 제2의 천성이 되고도 남을 정도로 무한 반복되어야 결과로 나타난다.

누구든 좋은 습관을 생각하고 시작은 할 수 있다. 그러나 대부분 얼마 가지 못해서 포기하고 만다. 포기해야 하는 이유는 찾기 쉬워도 계속해야 하는 이유를 찾기는 참 힘들다. 그래서 처음의 의지와 열정이 넘친

상태라면, 곧 그 감정이 조급함으로 바뀌는 순간을 경계해야 한다. 조급해하면 오히려 빨리 그만두게 된다. 무언가에 도전하다 보면 '나는 뭐 했지?' 싶어 다른 사람과 비교되는 순간이 오기도 하고, '이런다고 달라질까?' 싶어 그만두고 싶은 순간이 반드시 생긴다. 인생은 아직 많이 남아 있고, 나에게는 충분한 시간이 있다고 생각해야 한다. 인생을 바꿀 정도의 투자를 자신에게 하고 있다면 시간이 필요하고, 그렇기에 조급할 이유가 없다고 생각하는 것이다. 자신에게 꾸준히 투자한다면, 지금은 저만치 앞서가는 것처럼 보이는 사람들도 결국 한 지점에서 만날 수 있다. 준비하고 있으면 결국 기회가 찾아온다. 그를 위해 끊임없이 자신이 무엇을 해야 하고 무엇을 하지 말아야 하는지, 무엇을 선택하고 무엇을 포기해야 하는지 결정하고 그것을 실천해야 한다.

내 메일 계정에는 '내게 쓴 메일함' 폴더 안에 '축복 세어보기'라는 이름으로 내가 10년 넘게 쓴 감사일기가 저장되어 있다. 매일 아침 새벽 기상 후 하루 다섯 가지 이상 꾸준히 삶에서 감사한 일을 적어온 기록이다. 감사일기를 쓰기 시작한 후 매일 내 삶에서 축복을 세어보면서 인생을 보는 관점이 정말 많이 바뀌었다. 아무 일이 없어도, 아니 설령 안 좋은 일이 있어도 어떻게든 무언가 배울 점을 찾아내려고 노력하게 되었다. 그런 일도 감사하다고 여기게 되니 살면서 감사하지 않을 일이 없었다.

어느샌가 당연하다고 생각하게 된 일들도 그 이면을 들여다보면 '처음에 얼마나 감사하게 여기며 받았던 일인가?' 돌아보게 되었다. 직장이 그렇고, 주위와의 관계가 그렇고, 내가 가진 모든 것들이 그렇다. 처음에는 바라는 것을 얻을 수만 있다면, 여한이 없을 것처럼 하고 그게 이루어지면 하늘을 날 듯 기뻐하며 감사해하지만, 시간이 지나면서 그것들을 당연한 것으로 인식하기 시작한다. 내게 당연한 것들이 되면 이제 그 이상을 바라게 되고, 기대에 못 미치는 것에 불만이 생긴다. 결국 감사함의 반대는 '안 감사함'이 아니라 '당연함'이 되는 것이다. 지금 무언가에 불평이 생기고 삶이 불행하다고 느껴진다면, 자신을 둘러싼 일상의 환경들을 너무 당연하게 받아들여서일 수 있다.

어떤 날은 정말 찾을 게 없어서 '이렇게 없는 데도 감사일기를 빼먹지 않는 나에게 감사하다'라고 쓰기도 했다. 그렇게 꾸준히 감사한 일들을 쓰자, 역시 습관이 무서웠다. 무의식적으로 하게 되었던 불안, 걱정이 사라지고, 삶에 대한 긍정과 확신으로 내 의식이 바뀌어 있었다.

우리는 자신의 인생에 씨 뿌린 것만을 수확할 수 있다. 상추씨를 뿌리면 상추를 수확하고, 오이씨를 뿌리면 오이를 수확한다. 아무 씨도 뿌리지 않으면 아무것도 수확할 수 없다. 지금 자신은 무슨 씨앗을 뿌리고 있는가? 1년, 3년, 5년 후 수확할 무언가를 위해 지금 어떤 준비를 하고 있는가? 우리가 아무것도 뿌리지 않아도 삶은 빠르게 흘러간다. 1년이고 5년이고 순식간에 지나간다. 우리의 일상이 늘 해야 하는 일로 가득 차 있다고 하더라도 그런 시간 안에서 씨 뿌리기를 해야 한다. 그래야 거둘 것이 있다.

처음 시작하기가 어렵지, 한번 해보면 별것 아니다. 일단 자신이 원하는 길로 걸어가다 보면 방향이 보인다. 처음에는 크게 인지하지 못해도 세월이 갈수록 자신의 삶이 더없이 만족스럽게 느껴지게 된다. 그렇게 스스로에 대한 믿음과 확신이 쌓여갈 때 무엇과도 바꿀 수 없는 자신만의 귀중한 정체성도 함께 만들어진다. 꾸준함을 이길 재주는 없다.

새벽 5시 기상의 힘

버진그룹의 회장 리처드 브랜슨(Richard Branson)은 말했다.

"나는 세계 어디를 가든 새벽 5시경에는 일어나려고 한다. 일찍 일어나면 운동도 하고, 가족과 시간도 보낼 수 있으며, 사업을 시작하기에 최상의 컨디션을 유지할 수 있다. 새벽형 인간으로 사는 것은 그만큼 일을 열심히 하는 사람이라고 세상에 알리기 위해서가 아니다. 자신의 사업을 성공시키기 위해 힘이 닿는 한 모든 역량을 동원하려는 자세다."

누구나 자신이 원하는 인생을 살아갈 수 있는 능력이 있다. 하지만 대다수의 사람들은 그것을 망각한 채 원치 않는 삶을 힘겹게 살아간다. 그 능력을 깨워서 성공자가 된 사람들의 비결은 다름 아닌 새벽 시간을 활용했다는 데 있다. 새벽은 그냥 중요한 정도가 아니라, 상상하지도 못할 만큼 귀하고 소중한 시간이다. 새벽은 우리의 삶을 변화시킬 힘을 지니고 있다. 자신의 삶을 바꾸고 더 나은 인생을 살고 싶다면, 필수적으로 새벽 시간을 붙들어 자기 것으로 만들어야 한다.

나는 새벽 기상을 통해 '내 삶은 내가 만들 수 있다. 나는 내가 원하는 인생을 살 수 있다'라는 마인드 전환을 할 수 있었다.

내가 새벽 기상의 힘을 알게 된 것은 인생의 가장 힘든 시기를 보내고 있었던 20대 때였다. 그때 나는 일하던 미국 회사에서 퇴근하고 집에 오면, 아무것도 할 수 없을 정도로 몸과 정신의 에너지가 모두 소진되는 번아웃 증후군에 시달리고 있었다. 오늘도 힘든 하루였지만, 내일은 또 얼마나 힘든 일이 있을까를 걱정하며 겨우겨우 잠자리에 드는 나날이었다. 그러다 결국 인생 일대의 교통사고까지 당하며 몸과 마음 모두를 크게 다치게 되었다. 다행히도, 그 기간 우연히 읽었던 책을 통해 새벽 기상의 힘에 눈뜨게 되었다.

교통사고로 얼마간 병가를 내고 다시 회사로 복귀할 때, 나는 아예 회사 근처로 이사를 했다. 교통사고로 차가 폐차되어 다시 바로 운전대를 잡는 게 무섭기도 했고, 완전히 내가 괜찮다고 느끼기 전까지는 최대한 차와 멀리하고 싶었기 때문이다. 회사와 불과 두세 블록 떨어진 가까운 거리에서 살게 되자 더 이상 교통 체증을 겪을 필요가 없어졌다. 더군다나 황금 같은 아침 시간 30분 이상이 절약되었다. 그 시간에 무엇을 할까 고민하던 나는, 이참에 더 일찍 일어나서 새벽 시간을 내 것으로 해야겠다고 마음먹게 되었다. 그렇게 나의 새벽 5시 기상이 시작되었다.

5시에 기상해서 2시간을 풀로 나만을 위한 시간을 가지게 되자, 인생에서 빛이 보이기 시작했다. 누군가 "언제 내 인생이 크게 바뀐 것 같냐?"라고 묻는다면, 나는 "새벽 기상을 통해서"라고 자신 있게 말할 수 있다. 새벽 5시에 일어나면서 내가 내 시간을 지배해 마음의 여유를 가지고 하루를 열 수 있게 되었다. 그동안 회사라는 전쟁터에 나가면서도 총알도 없이 무방비로 가는 기분일 때가 많았다. 백전백패가 뻔한 전투였다. 하지만 새벽에 일어나서 나를 위한 시간을 보내고 하루를 시작하자 모든 것이 달라지기 시작했다. 나는 전투에 나갈 모든 준비를 마친 군인처럼 원기 왕성해졌다.

새벽에 일어나서 세상의 어떤 방해도 없이 내가 좋아하는 일을 할 수 있다는 생각에 설레기 시작했다. 얼른 새벽이 왔으면 좋겠다는 생각이 들 정도였다. 아침이 오는 게 두렵던 과거와 완전히 달라졌다. 자신의 삶이 좋아지면 새벽에 일어날 의지가 생길 것이라고 생각했지만 오히려 그 반대였다. 새벽에 일어나기 시작하니까 내 삶이 훨씬 좋아지고 기다려지는 것이었다.

더 나은 삶을 살고 싶고 인생에서 성공하고 싶다면 새벽에 일어나서 창밖을 바라보고 맑은 공기도 마셔보고 해야 한다는 것을 그때 알게 되었다. 나를 위한 새벽 기상을 시작한 이후 평소보다 30분 먼저 집을 나서서 출근하기 시작했다. 늘 보던 거리 풍경도, 회사도, 동료도 전부 달라 보였다.

8시 30분이 업무 시작이라 나는 7시 30분에 집에서 나와 천천히 걸어서 회사에 출근했다. 늘 다녀도 몰랐던 집집마다 핀 예쁜 꽃과 나무들을 전부 빠짐없이 눈에 담을 수 있었다. 도로를 달려서 차로 출근했다면 느끼지 못했을 풍경들이었다. 새벽에 일어나 마음에 여유가 넘치니 그것들이 다 보이기 시작했다. 제일 먼저 회사 로비에 도착하면 늘 만나는 경호원과 로비가 울릴 정도로 활기차게 인사를 나눴다. 나는 내가 마치 다른 사람이 되어 다시 태어난 것 같았다. 회사에 가장 먼저 출근해 사무실 문을 열고 불을 켜고 들어갔다. 직원들을 위해 원두커피를 한가득 내려놓고 상쾌함과 여유를 느낄 때쯤 직원들이 1명, 2명 출근하면 기분 좋게 내가 먼저 인사를 해주었다. 사람의 마음이 바뀌면 세상이 달라 보인다는 것을 확실히 알게 되었다. 나는 매일 점점 더 활기차고 적극적인 사고를 가지게 되었고, 부정적인 감정들은 눈 녹듯이 사라졌다.

새벽 시간을 장악하는 사람은 하루 전체를 장악할 수 있다. 그리고 자신이 원하는 대로 세상과 관계를 맺을 수 있다. 외부 자극에 기계적으로 '반응만 하며' 사는 게 아니라 주도적으로 생각하고 행동할 수 있다. 우리가 인생을 살면서 남에 의해 좌지우지되지 않고 자기 주도의 인생을 살고자 한다면, '자기 자신이 되는 시간'을 축적해야 한다. 나 자신에게 집중하고, 나의 원칙을 군건히 세우는 '진정한 내가 되는 시간'이 바로 새벽이다. "저축하려면 쓸 것 다 쓰고 저축을 하는 게 아니라 먼저 저축하고 남은 범위에서 쓰라"는 말이 있다. 새벽 기상이 바로 그 먼저 하는 저축 같은 것이다. 하루 중 가장 좋은 시간을 자신을 위해 먼저 할애하는 것이다.

하루의 시간 중 새벽에 성공자가 될 준비를 마친 사람만이 하루를 다르게 맞이할 수 있고, 마감할 수 있다. 자신만의 시간을 가질 새도 없이 아침부터 독촉을 받거나 분주한 일이 생겨버리면, 하루를 마칠 때쯤 자신도 모르게 허망해진다.

새벽 시간은 그 어떤 시간보다 고요하다. 또 만물이 잠에서 깨어나는 시간인 만큼 우리의 몸도 서서히 잠에서 깨어나게 된다. 그 때문에 집중력도 가장 강할뿐더러 판단력이 아주 높은 상태가 된다. 이렇게 기적 같은 새벽 시간에 우리는 지혜를 얻고 명료한 사고력을 기를 수 있다. 새벽 시간을 활용하는 일은 하루 중에서도 가장 알짜배기 시간을 골라 자신에게 투자하는 것이다. 그 어떤 시간보다 투자 수익을 극대화할 수 있다.

'마법은 새벽 시간에 일어난다'라는 말이 있다. 자신의 꿈과 열정, 재능을 쏟아야 마땅한 시간이 새벽이다. "내게 나무를 자를 6시간을 준다면, 나는 먼저 4시간을 도끼를 날카롭게 하는 데 쓰겠다"라고 말한 링컨의 말처럼, 새벽 시간은 말하자면 나무를 자를 도끼를 가는 시간인 것이다.

내 주변의 이른바 '일 잘하는 사람'과 '성공한 사람'을 관찰하면서 확실히 알게 된 것이 있다. 그들이 하나같이 '규칙적인 생활'을 한다는 것이다. 삶에 절제가 있고, 자신과의 약속을 지키는 것에 누구보다 진지했다.

특히 새벽 기상을 실천하는 많은 리더들은 취침하고 기상하는 시간이 거의 일정했다. 그것은 주말이나 휴일이라고 예외가 아니었다. 휴일이라고 해서 잠을 몰아서 잔다는 생각 자체가 없어 보였다. 어김없이 같은 새벽 시간에 일어나 운동을 하거나 카페에서 독서타임을 가지거나 했다. 평일에는 회사 업무에 전념하고, 휴일에는 가족과 시간을 보내며 개인적인 일을 해야 한다는 계획이 있기 때문에 금요일이라고 해서 밤늦게까지 술을 마시거나 허비하는 일도 없었다. 오히려 금요일 밤에 더 자기계발에 힘써서 주말 이틀을 적극적으로 활용했다. 출근 전이나 귀가 후, 그리고 휴일에 하는 행동은 다른 사람에게는 보이지 않는다. 하지만 남이 보이지 않는 곳에서의 습관 차이가 큰 차이를 만들게 된다는 것을 알게 되었다.

나도 주말에 상관없이 5시면 일어나서 운동하러 간다. 그러면 아이들이 일어나기까지 4시간의 선물 같은 시간이 주어진다. 운동 1시간을 하고도 책을 읽고 글을 쓰기에 충분한 시간이었다. 나는 매일매일 새벽은 내게 주는 선물이라고 생각하며 감사히 선물을 받고 하루를 시작하고 있다. 꾸준한 새벽 기상이 특별한 삶을 만들어준 것이다.

현실에서 뭔가 만족스럽지 못한 일이 있다면 새벽 시간을 활용해봐야 한다. 앞으로 다가올 무수히 많은 새벽 시간을 붙든다면 자신의 인생에 생각지도 못한 기회와 운을 끌어당길 수 있다. 남들이 아니라 자신이 직접 자신의 하루를 설계하고 리드해가는 하루가 어떤 모습일지 실제로 해보면 더 놀라게 될 것이다. 그런 하루가 한 달이 되고 1년이 되고 평생이 되면 과연 이전과 같은 모습일 수 있을까. 새벽 시간이 축적되면 될수록 자신에게 중요한 일들이 무엇인지 또렷하게 보일 것이다. 그리고 그 일들을 하나하나 실천으로 옮길 때마다 내가 내 인생을 그려나간다는 그 환희가 얼마나 굉장한지 느낄 수 있을 것이다.

자신이 바라는 인생을 실현할 가능성이 눈앞에 보이는 시간, 하루 중 가장 평온함과 여유가 넘치는 시간, 자신의 인생을 스스로 통제하고 지배하는 하루의 모든 에너지가 담긴 시간, 그게 바로 새벽 5시 기상의 힘이다.

지치지 않고 오래오래
나를 키우는 법

대부분 직장인들의 회사 짬밥이 10년 이상으로 넘어가면, 더 이상 회사 생활이 장밋빛으로는 보이지 않는다. 그토록 꿈꾸고, 그것을 위해 거의 20대를 다 쏟아부어서 들어온 직장이라도 그렇다. 모든 일이 그렇지만 직장 일도 하나의 반복적인 생활이 되면 매일 같은 일상에 지치기도 하고, 나와 다른 사람들과 맞춰가는 일에 회의감도 느끼게 된다. 주변에도 보면 직장 생활은 업무가 많아서, 야근이 많아서, 월급이 적어서, 또는 빌런의 존재 때문에 힘들다고 하는 것을 보면, 자신의 마음에 꼭 안성맞춤인 회사 생활을 찾는다는 것은 불가능에 가까울 수도 있겠다는 생각이 든다.

그런데 운 좋게도 나는, 상사나 다른 일로 이따금 '회사 생활'이 힘들었던 적은 있어도 내가 하는 일, 내가 몸담은 '회사 자체'가 싫은 적은 단 한 번도 없었다. 일이 힘든 것과 싫은 것은 다른 것이다. 뜻대로 일이 잘 안 풀리면 힘은 당연히 들지만, 그렇다고 회사를 때려치우고 싶지는 않았다. 더 잘해보고 싶은데 잘 안되니 자신을 뛰어넘느라 당장은 힘든 것일 뿐이다. 게임에서 레벨 업을 할 때 느끼는 고통이 힘들지, 게임이 싫은 것은 아니듯 말이다. 월요병이라는 말이 한창 유행할 때도 월요일에 회사가 가고 싶어 일찍 일어나는 나를 남편은 신기해했다. 그만큼 내 적성에 맞게 잘 고른 일이었고, 그래서 나는 내가 회사에 있든 없든 우리 회사가 잘되고 발전하길 바라는 마음을 늘 갖고 있었다.

해외와 직접적인 업무가 많은 탓에, 코로나로 회사가 직격탄을 받게 되었을 때는 힘이 쫙 빠졌다. 갑자기 하고 있던 프로젝트들이 줄줄이 취소되어서 동료들도, 경영진도 마음고생이 이만저만이 아니었다. 처음에는 갑자기 일이 없어서 강제로 휴가도 가게 되니 좋은 듯했다가, 이게 장기화되니까 갈수록 회사 걱정에 잠도 잘 오지 않았다. 진심으로 내 앞길이 아니라 회사가 걱정되었다. 사실 나는 어디를 가더라도 밥벌이는 하고 살면 된다 싶었지만, 이대로 우리 회사가 잘못되면 어쩌나 싶었다. 나름 우리 회사가 잘되면 지역 경제도 잘 돌아간다는 자부심이 있었는데, 이렇게 코로나라는 타격이 우리 회사를 크게 뒤흔들 줄은 꿈에도 몰랐다.

하지만 이것도 결국 모든 것은 시간이 해결해주었다. 코로나 3년 만에 회사가 정상화되고 해외와의 교류도 재개되었다. 다시 꽁꽁 잠겼던 빗장을 열고 회사에 활력이 돌자 가슴이 뭉클할 만큼 그렇게 기분이 좋을 수가 없었다.

쉬운 일은 아니겠지만 할 수만 있다면, 나는 자신이 좋아하는 일을 꼭 택하라고 하고 싶다. 일이라는 게 늘 쉬울 수만은 없지만, 최소한 자신이 좋아하는 일을 하면 덜 힘들게 느껴진다. 일이 좋으면 때로는 다른 것 때문에 지치더라도 다시 돌아와서 열정적으로 그 일을 할 수 있게 된다. 그럴 때 자기 발전과 성장도 함께 이룰 수 있다.

사실 사회 생활에 100%는 없다. 일은 좋은데 다른 게 싫을 수도 있고, 다른 것은 좋으나 일이 싫을 수도 있다. 나는 일단 자신의 일이 좋다면 다른 것은 감수할 수 있다고 생각한다. 일 자체가 싫어지면 다른 게 아무리 좋아도 그만둘 궁리만 하게 되기 때문이다.

내가 지금 화상으로 아이들에게 영어를 가르칠 수 있는 것도 이 일 자체를 좋아해서다. 테트리스같이 짜여 있는 내 일정들 속에 수업 시간을 조율하는 게 성가실 때도 있고, 가끔 하는 부모 상담은 귀찮게 느껴질 때도 있다. 하지만 일단 영어를 가르치는 순간이 오면 나는 완전 딴사람이 된다. 열정에 넘쳐서 아이들과 수업을 해가다 보면 나도 모르게 너무 업이 되어 목소리가 이상하게 바뀌어 있을 정도다. 다음에는 더 재미있게 잘하고 싶어서 계속 생각하고 연구하다 보면 나 스스로 만족스러운 수업으로 계속 발전도 하게 되었다.

스스로 좋아서 써먹으려고 배운 영어지만, 어떤 식으로든 사회에 도움이 되면 좋겠다는 생각이 들었다. 내가 미국이라는 땅에 혼자 떨어졌을 때 막막함을 느꼈던 것처럼, 언어 소통이 필요한 누군가에게 도움이 되는 일을 하면 좋을 것 같았다. 그래서 대학 때부터 시작한 일이 언어 통역 자원봉사였다. 휴대전화를 이용해서 한국에 있는 외국인들을 위해 언어 통역을 해주는 정부 소관의 서비스가 있다. 거기에 벌써 10년 넘게 자원봉사자로 활동하고 있다. 관공서나 병원, 경찰서 같은 곳에서 불시에 통역을 요청하는 번호가 뜨면, 열 일을 제쳐두고라도 최우선으로 받으려고 한다. 밤이고 낮이고 내 전화가 필요한 사람은 위급한 상황일 때가 대부분이기 때문이다.

배가 아파서 데굴데굴 구르며 의사에게 증상을 설명해야 하는 외국인, 억울한 일을 경찰에게 말하고 싶은데 갑갑해서 방방 뛰는 외국인, 휴대전화가 고장 나서 며칠 동안 가족과 통화를 못 했다는 외국인 등 딱한 사연이 많았다. 내가 그분들을 위해 중간에서 통역해주며 조금이라도 도움이 되고 있다고 생각하면, 문장 하나라도 놓칠세라 온 마음을 다해 집중하지 않을 수 없었다. 통역이 끝나고 서로 문제가 해결된 후, 통역을 요청해온 기관도, 외국인도 진심으로 내게 고맙다는 인사를 해줄 때면 그렇게 뿌듯하고 기분이 좋았다.

도움이 필요한 사람에게 적절한 도움을 줄 때의 기쁨. 낯선 외국 땅에서 언어장벽으로 갑갑할 때 누군가 소통을 도와줄 사람이 있다는 것을 알면 얼마나 안심이 될까 하는 생각. 그게 내가 오랜 기간 통역 봉사를 하고 영어 공부를 지속해나가는 이유다.

조직 생활을 하다 보면 계획한 것과 다른 일들이 치고 올라와서 그것을 처리하느라 정신이 없는 경우가 많다. 보통 외부와 관련된 그런 급한 업무들을 해결하고 나면 급속히 당이 떨어지는 현상을 겪는다. 그런 날은 지하 식당이 아니라 직원들과 무조건 외부로 나간다. 될 수 있는 대로 가장 맛있는 메뉴를 고르고 골라서 점심을 먹어주어야 오전의 분주함을 보상받는 기분이 든다.

내 뜻과 다른 일이 생겨서 기분이 좋지 않다고 느낄 때, 나는 그것을 그냥 내버려두지 않는다. 얼른 내가 좋아하는 환경에 나를 데려다 놓는다. 잠시라도 회사 옥상에 가서 하늘이라도 보든가, 휴대전화의 비전폴더 안에 있는 내 버킷리스트 사진이라도 들여다보고, 동료와 회사 밑에 카페라도 다녀오든가 하는 것이다. 환경과 나는 둘이 아니다. 내 마음이 언짢다면 환경도 바로 언짢아진다. 환경을 기분 좋게 바꿔주면 나도 덩달아 기분이 바뀌는 것이다.

자신이 무엇을 할 때 즐거움을 느끼고 만족하는지를 파악해두면 좋다. 항상 자신을 위한 가벼운 기분전환거리를 마련해놓는 것을 추천한다. 퇴근 후나 주말에는 작은 것이라도 자신을 위한 배움의 시간을 갖는 것도 좋다. 혼자 있을 때 만족도가 높다면 혼자서, 사람들과 연결되어서 자신의 재능을 꺼내는 게 좋다면 모임에 나가서 자신의 욕구를 채워주는 것이다.

남편과 나는 자주 서로의 꿈을 공유한다. 각자 하고 싶고, 되고 싶은 것은 다르지만 방향은 언제나 같다. 시간적, 경제적 자유를 누리며 사람들에게 동기부여되는 부부로 남고 싶다는 목표가 일치한다. 확고한 미래의 목표가 있으니 서로의 꿈을 응원하는 가장 든든한 지원군이 되어준다. 나는 무조건 '고!' 하며 지르는 스타일이고, 남편은 디테일을 챙겨가는 사람이다. 꼼꼼하고 계획적인 남편 덕분에 나의 장점은 살리고 부족한 부분을 채울 수 있었다. 어른이 되면 칭찬에 인색해지는 경우가 많은데, 나는 나에게도, 남편에게도 칭찬과 격려를 많이 한다. "아빠와의 놀이가 아이들에게 좋대. 나는 아이들이 아빠랑 많은 시간을 보내게 만드는 엄마로는 1등이잖아?" 하며 뻔뻔할 정도로 자뻑을 하고, 아이들에게도 입이 닳도록 "세상천지에 이렇게 잘 놀아주는 자상한 아빠는 본 역사가 없다"라며 남편을 높이 비행기에 태워준다.

주말은 아이들과 흠뻑 놀아준 후, 아이들을 재운 저녁에 단둘이 가볍게 맥주 한 캔을 나누는 행복도 쏠쏠하다. 서로 하는 공부에 관해서도 이야기하고, 회사 이야기, 읽고 있는 책에 대해서도 이야기한다. 시시콜콜한 삶의 이야기들을 주거니 받거니 하다 보면 끈끈한 전우애로 단단하게 다져진다. 육아로, 직장 일로 서로가 각자의 역할에서 바쁜 매일이지만, 그래도 든든하게 받쳐주는 동지가 가장 가까운 곳에 있다는 게위안이 된다. 앞으로 더 큰 꿈을 서로 나누며 성장하고 발전할 것이라는 믿음, 서로가 서로에게 자랑스러운 사람이 될 것이라는 믿음이 있기에 각자의 위치에서 지치지 않고 오래오래 나아갈 수 있는 것이다.

06

삶의 결정적인 순간들을
건너가는 방법

이 길이 맞을까, 저 길이 맞을까, 우리는 늘 삶에서 선택의 기로에 서게 된다. 세상 그 누구도 어느 선택이 좋은 결정인지 미리 알고 있는 사람은 없다. 다만 어느 하나의 길을 선택했다면, 걸어간 길을 내 것으로 만드는 것은 나의 몫이다. 어느 길이든 자신이 택한 그 길이 좋은 결정일 수 있게 힘껏 노력하고 나아가는 수밖에 없다. 선택한 길이 원하던 게 아닐 수도 있고, 최선을 다했는데 막다른 길에 도착할 때도 있을 것이다. 하지만 그게 두려워서 한 발짝도 떼지 않으면 아무 데도 갈 수 없게 된다.

누구에게나 새로운 일이나 부담되는 도전을 할 때는 두려움이 따라온다. 뭔가 이루었다고 하는 사람들도 시작할 때는 항상 '두려워했다'라는 공통점이 있다. 원래 용감한 사람이라서 두려움이 없는 것이 아니다. 두렵지만 그것을 극복하고 나아가기 때문에 용감한 사람인 것이다. 두려운 것이 있을 때, 아무런 행동을 하지 않고 그것이 두렵다고 생각하는 것만으로도 두려움은 계속 커진다. 마치 자석처럼 어디선가 두려움을 끌어와서 머릿속을 가득 채워버린다. "두려워해야 할 것은 두려움 그 자체"라고 한 어느 미국 대통령의 말처럼, 마음속 두려움이 너무 커지면 한 발도 앞으로 더 나아갈 수가 없게 된다. 주변의 상황과는 상관없이 말이다. 하지만 그 두려움이 다 없어지도록 기다리는 게 아니라, 두려움이 있더라도 그것을 안고 일단 행동으로 옮기면 없던 용기가 생긴다. 분명히 머리로는 자신이 없는데, 행동하는 순간 조금씩 자신감이 생긴다. 하지 못할 이유는 수백 가지가 넘어도 할 수 있는 이유는 단 한 가지다. 그냥 하면 되기 때문이다.

결국 내가 그 일에 자신이 있다, 없다고 하는 것은 두려움을 안고라도 끝까지 가본 다음 끝에서 느끼게 되는 감정이다. 안 해봤으니 두려움이 생기고, 안 해봤으니 그 일에 자신이 없을 뿐이다. 그래서 기다렸다가 자신감이 생긴 다음, 두려움이 없어진 다음 도전하겠다는 것은 앞뒤가 맞지 않는다. 있는 힘껏 목청 높여 "자신 있습니다!"라고 외치는 사람도 실은 그것을 할 수 있어서라기보다, 두려움을 이겨내고 하겠다고 결의했을 뿐이다. 그러니 딱 한 끗 차이다. 모두가 똑같이 부담되고 두려운 마음이지만, 그럼에도 불구하고 앞으로 나아가느냐, 아니냐의 차이일 뿐이다. 세상의 모든 위대한 업적을 만든 사람들은 그렇게 일단 한 발을 먼저 뗀 사람들이다.

삶은 언제나 가능성의 게임으로 이루어진다. 세상에 무조건 성공한 다고 일률적으로 말할 수 있는 공식은 없다. 마치 과학실험처럼 일정한 조건 아래 일정한 투입이 이루어지면, 결과가 일정하게 나오는 그런 것 과 삶은 다르다. 운이나 우연처럼 결과에 영향을 주는 변수들도 많을뿐 더러 불확실성의 연속이 삶이기 때문이다.

이따금 우리의 기대를 저버리는 반대의 결과가 나오더라도, 그 또한 삶을 이루는 한 부분임을 겸허히 받아들여야 할 이유이기도 하다. 하루 에 낮과 밤이 있듯이 우리의 삶에도 낮을 사는 사람, 아직 밤을 사는 사 람이 있다. 중요한 것은 영원한 낮도 없고 영원한 밤도 없다는 것이다. 밤에 있는 사람은 곧 다가올 새벽을 맞이할 것이고, 낮에 있는 사람은 다가올 밤을 준비해야 할 것이다. 잘 안될 때도 지나치게 움츠러들지 않고, 잘나갈 때도 지나치게 우쭐거리지 않아야 하는 것은 삶은 언제나 변화하며, 그 어떤 것도 멈춰 있지 않기 때문이다. 지금 어느 입장에 있 든, 다만 우리는 자신의 인생 마지막 순간에 후회가 없도록 삶의 모든 순간을 최선을 다해 살아나가야 할 것이다.

10여 년 전, 내가 회사 등산부에서 활동하고 있었을 때 겪었던, 아직 도 잊을 수 없는 일이 있다. 그때 나는 신입사원으로 무엇이든 열의에 넘쳐 있을 때라, 등산부 활동에도 아주 적극적이었다. 한창 등산에 재 미를 붙여 몇몇 열혈 멤버들과 함께 전국의 명산을 찾아다녔다. 내가 몰랐던 우리나라의 산을 하나씩 완주하는 재미가 쏠쏠했다. 때는 겨울, 멤버 중 한 사람이 무등산 정상에서 바라보는 설경이 그렇게 기가 막히다고 이야기해주었다. 지체 없이 우리는 무등산을 다음 목표지점으로 정했다. 가장 눈이 많이 내리는 날을 특별히 선정해, 10여 명이 함께 광주로 향하게 되었다.

눈으로 온통 뒤덮인 산을 가보는 것도, 그것도 완주를 목표로 올라가 보는 것도 처음이었다. 맑은 날의 몇 배는 더 힘들 거라는 것을 예상했기에, 머리끝부터 발끝까지 단단히 중무장했다. 마지막에는 등산 채비 뿐만 아니라, 제일 중요한 완주의 각오까지 단단하게 다졌다. 모두 어느 때보다 의욕에 불타 있었다. 이미 기세는 정상에 다녀온 사람들이었다.

그렇게 기세 좋게 출발한 등산은, 그럼에도 불구하고, 역시 절대 만만치가 않았다. 처음 해보는 설산에서의 등산은 모든 것이 상상 초월이었다. 이미 눈으로 가득 덮여 있는 산인데도 등산 내내 한시도 그치지 않고 계속해서 눈이 내렸다. 바닥은 꽁꽁 얼어 있었고, 손과 발은 아무런 감각이 없었다. 미끄러지지 않게 산악용 아이젠을 신고 있었지만, 언 땅에 미끄러지기는 매한가지였다. 걸어 올라가는지, 기어 올라가는지 헷갈릴 정도로 등산스틱에 의존해서 겨우겨우 용을 쓰며 올라갔다. 산이 그렇게 추운데도 땀이 비 오듯이 흐를 수 있다는 게 신기했다. 입김마저 새하얀, 온 세상이 눈밖에 없는 그 산을 단 한마디 말도 없이 모두 오르고, 또 올랐다. 모든 게 눈으로 덮여 어디가 땅이고 돌인지, 어디가 풀인지 나무인지 구분조차 되지 않았다. 그렇게 몇 시간을 내리 흰색만 바라보고 올라가자니 무아지경에 빠질 지경이었다.

하지만 그 와중에 우리 중 누구 한 사람도 "여기 왜 이렇게 눈이 많이 와요?", "여기 진짜 왜 이렇게 추워요?", "우리 언제 내려가나요?" 같은 질문을 하는 이는 없었다. 사막을 몇 날 며칠 걸으며 깨달음을 득했다는 묵언의 순례자들 같았다. 그때 머릿속을 스친 하나의 생각이 있었다. '각오한 사람에게는 그 어떤 것도 상처가 되지 않는구나'라는 것이었다.

모든 것을 각오하고 떠난 사람들에게 무등산의 눈은, 말하자면 힘은 들지만 당연한 것이었다. 눈이 많이 와준 덕분에 가장 완벽한 경험을 하고 갈 수 있다는 생각에 '참 날을 잘 잡았다'라는 뿌듯함마저 들었다. 먼 길을 온 만큼 보람 있는 경험을 하고 간다는 생각에 힘은 들지만, 오길 잘했다는 생각이 몇 번이나 들었다. 인생도 이렇게 각오하면 덜 힘들겠구나 싶었다.

그런 생각들로 이를 악물고 발걸음을 멈추지 않았다. 언제가 될지는 모르겠지만 올라가면 닿을 거라는 희망으로 오르고 또 올랐다. 내가 처지면 뒤에도 밀린다는 것을 알기에 더 이상 못 가겠다 싶은 순간에도 이겨내고 한 발, 한 발 앞으로 나아갔다. 그런 우리에게 마침내 무등산의 정상이 다가왔다. 온 세상이 완전한 눈으로 뒤덮인 정상에서 바라본 설경은 마치 '숨이 멎을 것 같다'라는 표현은 그럴 때 쓰라고 있는 것같았다. 그 어떤 미사여구로도 그 순간의 감격을 담을 수 없을 만큼 눈부시게 아름답고, 황홀하며 특별했다. 격한 감동, 그 자체였다.

세월이 흐를수록 시간의 무상함을 점점 더 느끼게 된다. 언제까지나 20대, 30대일 것 같았는데, 삶은 쏜살같이 지나간다. 삶에서 반복이 일상화되면 더 빠르게 지나가는 게 시간 같은 느낌이다. 낯선 길을 찾아갈 때는 길이 더 멀게 느껴지고, 힘든 일을 겪을 때일수록 세월이 더디 가는 것을 보면 사실 시간도 공평하지만은 않은 것 같다. 하루하루 그냥 반복되는 일상에 내가 살아지는 것이 아니라, 매일 내가 살고 싶은 인생을 뜨겁게 살아내는 오늘이 되기를 바라마지 않는다.

그 어떤 것도 두려워하지 않고, 두렵더라도 그것을 안고 한 발, 한 발 뗄 수 있는 내가 되기를 바란다. 더 많은 것들에 도전하고, 그로 인해 더 많은 인생의 경험과 지혜를 쌓아가며 좀 더 나은 나와 우리의 삶을 만들 수 있도록 노력하는 것. 그것이야말로 빠르게 지나가버리는 내 삶의 소중한 순간을 붙드는 일일 것이다. 나는 내 열정이 향하는 곳에 모든 것을 걸고 나아갈 것이다. 그것이 이 세상을 다녀가는 우리가 두려움 없이 해야 할 일임을 믿는다.

눈앞에 놓인 산의 정상을 바라보며 겁먹기보다, 내가 걷는 발걸음 하나에만 집중하며 걸어 올라가리라 다짐해본다. 눈앞에 보이는 그 지점까지만 목표로 나아가면 어느샌가 닿아 있는 게 삶이니까 말이다. 두렵고 버겁지만, 그 너머의 더 의미 있는 것을 위해, 늘 단단한 각오로 삶을 힘껏 살아가는 것, 그것이 내 삶의 모든 결정적인 순간들을 건너가게 하는 길임을 믿는다.

07

시련은 인생을
더 단단하게 만든다

시인 릴케(Rainer Maria Rilke)는《젊은 시인에게 보내는 편지》에서 말했다.

"우리들은 언제나 어려움에 의지해야 합니다. 어려움을 사랑하고 그것과 친해지고 또 배워야 합니다. 어려움 속에는 우리를 위해 기꺼이 애써주는 힘이 있습니다."

자기 분야에 성공한 사람들의 공통점은 모두가 실패와 좌절을 경험했다는 것이다. 몇 번을 실패해도 다시 딛고 일어나, 원하는 바를 이룰 때까지 절대 포기하지 않았다. 그들에게 얼마나 많이 실패했냐는 것은 얼마나 많이 도전했냐는 의미였다. 하나같이 어제가 힘들었고 오늘도 힘들었지만, 내일은 다를 거라고 믿었다. 그래서 실패해도 다시 현명한 사람이 되어서 도전을 계속했다. 거기서 도전을 그만두었다면 그전까지 했던 노력이 물거품되었겠지만, 그들은 계속 도전했기에 잃은 게 없었다. 실패라는 수많은 주춧돌을 깔아서 결국 바라던 성공을 이루었기 때문이다.

그들이 이룬 결과에만 초점을 맞추는 사람은 결코 알 수 없다. 그 성공 뒤에 얼마나 많은 시행착오의 시간이 있었는지를, 얼마나 많이 부딪치고 깨지면서 앞으로 나아갔는지를, 그런 실패와 시행착오가 얼마나 그들을 키워주었는지를 말이다.

살면서 우리에게 닥치는 시련을 피하거나 없앨 수는 없지만, 그를 대하는 태도의 차이로 우리는 삶을 다르게 변화시킬 수 있다. 시련을 통해 진정한 자신을 발견하고 삶의 의미를 찾아가는 사람이 있는가 하면, 자기 스스로를 그 시련의 피해자라고 생각하고 인생에서 후퇴하는 사람이 있다. 모두가 똑같은 고통을 겪더라도, 전자는 그 와중에도 성장을 이루게 된다. 그 사람은 근본적 원인을 자신의 내부에서 찾고, 그를 통해 그동안 잊고 있던 자신의 잠재력을 발견하고 자신의 가치를 깨닫는다. 스스로 원하는 환경을 주체적으로 만들어가는 힘을 그곳에서 발견하게 되는 것이다.

시련을 대하는 생각만 바꿔도 새로운 희망이 보이고 보이지 않던 길이 보인다. 시련과 역경은 사람을 겸손하게 해줄 뿐만 아니라 지혜롭고 강하게 만들어준다. 무언가 막힘이 있을 때 우리는 그것과 맞서 싸움으로써 진정한 자기 자신의 가치를 발현할 수 있게 된다. 시련 속에 감추어진 의미를 발견하는 그 순간 시련은 더 이상 시련이 아니다. 세상에 자기를 이기는 시련은 없다. 그것을 극복하며 이전과는 다른 삶을 만들 수 있기 때문이다.

불행과 고통을 인내하며 그 일의 원인을 찾고, 그 고통을 넘어서는 과정을 통해 우리는 성숙해지고 단단해지며 하나의 자립된 인간으로 우뚝 설 수 있게 된다. 그때의 시련은 자신을 더 멀리 나아가게 해주는 디딤돌이 되는 것이다.

내 인생에서 20대 시절은 나에게 가장 힘겨웠던 시기였다. 가장 도전했던 시기였기 때문이다. 고3 때 미국 유학을 하려고 도전했으나 중간에 좌절되었던 일, 대학교 때 1년을 휴학하며 유학에 재도전했으나 끝내 가려던 미국 대학교에서 거절당한 일, 미국 인턴을 가기 위해 지원했으나 비자 승인이 나지 않아 수개월을 애태웠던 일, 꿈을 안고 미국 회사 취업에 성공했으나 매일매일 번아웃을 겪으며 힘들었던 일, 차가 폐차될 정도로 미국에서 큰 교통사고를 당해 죽을 뻔했던 일, 그리고 사고 후유증과 트라우마로 삶의 바닥까지 내려갔던 일까지.

돌이켜보면 20대의 내 인생은 끝없는 '막힘'과 벌이는 싸움의 연속이었다. 하나의 목표를 도전하면 하나의 벽에 부딪히고, 두 번째 목표에 도전하면 또 다른 높은 벽이 어디선가 나타났다. 처음에는 뜻대로 흘러가지 않는 삶에 화가 나기도 했고 왜 이렇게 어려울까, 좌절도 했다. 하지만 그래도 포기하지 않았다. 괴로워하면서도 다시 일어나고 또 다시 일어났다.

그 과정을 통해, 삶의 어떤 것도 직선으로만 나아가지 않는다는 것을 배우게 되었다. 내가 뜻한 대로 이루어지지 않는다고 해서 그 한 번의 실패로 모든 것이 끝나는 것도 아니었다. 넘어지더라도 거기서 무언가를 배우면 그것은 더 이상 실패가 아니었다. 막다른 길에 들어섰다고 생각되는 순간도 나중에 돌이켜보면 오히려 좋은 점이 있었다. 그 길에서 미처 몰랐던 것들을 배움으로써 궁극적으로 내가 바라는 방향으로 나아가고 있음을 알 수 있었다. 결국 인생은 직선 코스여야 한다는 강박관념을 버리면 되는 것이었다. 다음의 한 발짝을 떼는 데 주저하지만 않는다면, 어디로든 닿게 된다는 것을 깨달을 수 있었다.

시련은 우리를 다시 생각하게 만들고 변하게 하며 우리를 발전시켜 준다. 만약 인생에서 고통이 없다면 우리는 제대로 생각하지 않았을 것이다. 몸에 상처가 나고 아픈데도 고통을 느끼지 못한다면, 대부분 치유를 제때 하려고 하지 않을 것이다. 다행히도 이 세상에는 고통도 많지만 그를 이겨내는 방법도 무수히 많다. 우리는 한 번의 실패를 경험할 때마다 그 무엇과도 바꿀 수 없는 귀한 깨달음을 얻을 수 있다. 인생의 어느 순간에라도 넘어지는 때가 있다면, 그 일로 비관할 필요가 없는 것이다.

무언가가 참 어렵다고 느끼는 그 순간이야말로, 실은 우리가 살아가는 데 필요한 역량을 가장 많이 모아가는 때다. 하기 싫은 것도 참고 해내는 능력, 대하기 힘든 사람과 함께 일하는 능력, 문제가 닥쳤을 때 그것을 해결하는 능력, 그리고 그 무엇보다 그 모든 순간으로부터 도망치지 않고 끝까지 버텨낼 수 있는 강함은 바로 그때 생긴다.

쉬운 수학 문제를 열 개 풀 때보다 어려운 문제를 하나 풀 때 힘은 들지만 분명 실력은 더 는다. 그 누구도 자기를 위해서 그것들을 대신해서 풀어줄 수는 없다. 오직 스스로 직접 경험하고 체험할 때 자기 것으로 만들 수 있는 자질이 되고, 힘이 된다. 우리가 끝내 바라야 할 것은 어려움이 없는 삶이 아니라, 어려움을 이겨낼 수 있는 자신이다.

치열했던 20대를 지나온 뒤, 당시 내가 남겼던 글을 읽다가 나는 놀라운 것을 느끼게 되었다. 그때는 정말 힘들고 고통스러웠는데, 이제 그런 아픔들이 하나도 느껴지지 않는다는 것이었다. '이때 참 고통스러웠던 시간이었지', '진짜 많이 힘들었지' 하고 글을 통해 생생하게 기억나는 사실들은 변함이 없었다. 하지만 기억만 있을 뿐 더 이상 그 고통이 실감은 나지 않았다. 누군가 물어보면, 그때 이러저러한 일이 일어났고 그래서 진짜 괴로웠다고 말은 해줄 수 있을 것 같은데, 그때의 괴로움은 도무지 느껴지지 않았다. '왜 이렇게 아무렇지 않지?'라고 생각하다가 '혹시 그때 그 고통이 실은 진짜 괴로움이 아니었나?'라는 생각이 들었다. 정말 아무런 기억이 없었기 때문이다.

10년 전에 무엇 때문에 힘들었는지 기억이 나지 않는다면, 지금 힘든 일도 나중에 시간이 지나면 기억이 나지 않을 것이다. 모든 고통은 이처럼 익숙해진다. 어려운 일이 계속 이어지면 처음은 놀라고 고통스럽지만, 시간이 지나면 해볼 만하다는 생각도 들고 자신감도 생긴다.

하지만 그것은 단지 흘러가는 시간 때문만은 아니다. 그때 내가 혼란 속에서 어떻게든 빠져나오려고 했던 일들이 생각났다. 고통 속에서 아직 내게 남아 있는 것, 아직도 내게 주어지는 것에 감사하면서 걸어 나왔던 시간들. 그 덕분에 성장할 수 있었음을 깨달았다. 감사할 수 없는 순간에 감사할 때, 철통같이 두껍고 높게 느꼈던 고통도 조금씩 허물어졌다. 그것을 다 허물고도 남을 만큼 자신이 가진 것이 훨씬 더 많다는 것에 진실로 감사할 때, 모든 것이 변하기 시작했다.

즉 우리가 느끼는 시련이나 고통은, 삶이라는 인생의 등반길을 올라가게 해주는 역할을 한다. 출발할 때는 평지에서 볼 수 없던 것들이 산중턱에 가면 보이고, 그보다 더 높이 올라가면 훨씬 더 잘 보이게 된다. 조금씩 더 위로 올라갈수록 무언가를 더 많이 볼 수 있게 된다는 것은 그만큼의 여유와 그 이상의 자유를 내 삶에 허락한다는 의미다. 그래서 '세상은 자신이 리스크를 감당하는 것만큼 더 많은 것을 얻을 수 있다'라고 하지 않나. 자신이 기꺼이 받아들인다면 그것은 더 이상 시련이나 고통이 아니다.

"나는 실패를 믿지 않는다. 당신이 과정을 즐겼다면 그것은 실패가 아니기 때문이다"라고 말한 오프라 윈프리의 말처럼, 시련이 올 때 성장도 같이 온다는 것을 믿고 꿋꿋하게 나아가야 한다. 시련은 우리를 위해 기꺼이 애써주는 힘이 있다. 시련은 자신의 인생을 더 단단하게 만든다.

PART **05**

당신의 인생은
매일 나아지는 중입니다

어떤 순간에도 자신을
존중하고 사랑하는 것을
멈추지 않는다

애니메이션 영화 〈소울〉에는 이런 이야기가 나온다. 한 어린 물고기가 늙은 물고기에게 찾아가서 "저는 바다를 찾고 있어요"라고 말했다. 그러자 늙은 물고기가 "네가 있는 곳이 바로 바다란다"라고 이야기해 주었다. 그때 어린 물고기가 "여긴 그냥 물이지, 바다가 아니잖아요"라고 슬퍼하며 돌아갔다는 이야기다.

나는 바다를 찾던 물고기처럼 한때 내 안의 소리를 듣지도, 내가 누구인지도 잘 알지 못한 채 살았던 적이 있었다. 내 감정과 느낌을 뒤로한 채 남들이 바라는 내 모습이 되려고 부단히도 노력하며 살았다. 그러다 보니 나는 내가 내향적인 사람인지, 외향적인 사람인지도 잘 구분이 안 되었다.

학창 시절, 같이 놀았던 친구 중에 사람들 앞에서 이야기를 정말 재미있게 잘하는 친구가 있었다. 무대에 서면 사람들을 들었다 놨다 하며 웃겨주는 바람에 친구들과 선생님 사이에서도 인기 만점이었다. 내색은 못 했지만 늘 '참 좋겠다. 나는 저렇게 못하는데'라고 비교하며 한없이 작아졌다. 어디를 가나 인기 많은 사람의 비결은 '무대 체질에 수줍음을 타지 않고 목소리가 큰 사람이구나'라고 생각했다.

나는 친구들과 사이도 좋고 싶었고, 선생님들과도 잘 지내고 싶었다. 명랑하고 밝으면 주변에서 좋다고 해주니까 더 많이 웃으려고 노력했다. 늘 나보다는 남의 기분을 살피며 맞춰주는 게 익숙하고 편했다. 그때는 세상이 나를 평가해주는 대로 내가 굉장히 외향적인 사람이라고 생각하며 살았다. 적극적이어야 사랑받는다고 나도 모르게 나를 세뇌시킨 것 같다. 그러다 보니 자주 단체 생활에서도 시켜주는 대로 리더 역할을 맡았다. 반장을 시켜도 거절을 못 하고 그런 것을 좋아하는 사람인 척 나를 거기에 맞췄다. 겉으로는 아무도 눈치채지 못하도록 했지만, 나는 사실 그런 상황을 무척 힘들어했다. 내 내면에는 조용히 있는 것을 더 좋아하는 아이가 있는데, 나를 좋다고 하는 외향적인 모습으로 꾸미고 살아가려니 내 본질과 맞지 않았던 것 같다.

어른이 되어서도 내면에서 일어나는 갈등은 멈추지 않았다. 아니, 내면의 목소리도 함께 자라서 오히려 점점 더 크게 들렸다. 더 이상 그것을 못 본 척할 수 없을 정도가 되었을 때, 나는 도대체 왜 그러는지를 알기 위해서 심리학 책을 파고들었다. 그동안 읽었던 수많은 자기 계발

책들로 나의 외면을 발전시키는 일은 부지런히 했지만, 나의 내면을 그렇게 몰입해서 들여다본 것은 그때가 처음이었다. 그제야 나는 내가 내면에 집중할 때 에너지를 얻는 내향형 사람이라는 것을 알았다. 내가 사람들에게 붙임성 있게 잘 대해주고 밝고 명랑하게 잘 지내는 그런 문제가 아니었다. 그런 에너지를 나는 어디서 만들어야 하는지를 처음으로 알게 된 것이었다.

그동안 언제나 파이팅에 넘치도록 나를 독려해온 외부의 나는, 나의 내면이 하는 소리를 무시하고 사는 데 익숙했다. 그저 '약한 소리'라고 치부하며 더 달리라고 다그쳤던 것이다.

'나는 누구인가?', '나는 무엇을 원하나?', '남들이 말하는 나 말고, 나는 나를 누구라고 생각하는가?', '나의 에너지는 대체 어디에서 나오는가?'를 끊임없이 묻고 또 물었다.

나는 일과 중에든, 사람과의 관계 속에서든 혼자만의 시간과 공간이 반드시 있어야 살 수 있는 사람이었다. 혼자이거나, 마음이 통하는 사람과 갖는 단출한 모임이 더 편한 사람이었다. 밖으로 나서고 드러내는 것이 괴로운 사람이었다. 그동안 그것을 모르고 내가 나인 채로 살 수 없었을 때, 내가 원하는 대로 가슴이 시키는 대로 하지 못했을 때 삶이 괴롭다고 느끼는 것은 당연한 일이었다.

생각해보니 20대 시절 교통사고로 어쩔 수 없이 집에 혼자 있게 되었을 때, 그때가 내면의 성장을 이룬 시기였다. 독서와 글쓰기로 나의 내면을 잘 돌보면서 더 단단해지고 힘든 시기를 잘 극복할 수 있었다.

내면으로 향했을 때 오히려 나의 에너지를 축적할 수 있었던 것이다. 남 보기에 언제나 씩씩하게 도전하고, 적극적으로 내 삶을 살아가려는 겉모습 말고, 진짜 내가 누구인지 아는 것이 중요한 일이라는 것을 그제야 깨우치게 되었다. 그 속에서 나는 내가 누구이며, 무엇을 원하고, 나와 더 잘 지내는 방법은 무엇인지 알게 되었다. 긴긴 나 자신과의 다툼이 마침내 멈추게 되었다.

내가 미국에서 돌아와야 했던 가장 큰 이유 중의 하나도 바로 그 때문이었다. 교통사고 이후 한 번뿐인 내 인생을 이렇게 살아서는 안 되겠다고 마음먹자, 나를 사랑하는 데 방해가 되는 관계를 끊어내야 할 필요성이 느껴졌다. '자신을 지키고 소중히 하는 일이 무엇인가?'라고 물었을 때 답은 너무나 명확했다. 당시 나는 평소 거리낌 없이 살았던 내가 아니라, 사람들의 비위를 맞추려고 애쓰다 보니 직장 생활에서 만난 기 센 상사에게 절절매고 있었다. 감정의 노예처럼 묶여버린 지난 관계로부터 이제 자신을 지키기 위해 돌아 나오기로 마음먹었다. 자기 자신을 지키고 소중히 하는 일이 먼저라는 것을, 그 이후에 남도 배려할 수 있다는 것을, 손에 잡은 돌멩이가 너무 뜨겁다면 그만 놓아버려야 한다는 것을 알게 되었기 때문이다.

아직 오지도 않은 내일에 대한 걱정 때문에, 오늘 괴로운 것은 어쩔 수 없다고 체념했던 생각들을 깨뜨리기로 했다. 회사를 그만두는 것은 곧 미국을 떠난다는 것이고, 나는 아직 다음을 위한 준비가 안 되었다는 생각에 머뭇거렸다. 그전까지 나는 어제까지 힘들었던 것은 바꿀 수 없고 내일은 어떻게 될지 아무도 모름에도 불구하고, 늘 바꿀 수 없는 시간만 바라보며 살았던 것이다. 하지만 그때 나는 자신만, 오직 지금 여기 사는 나 자신에게만 집중하기로 했다.

두려움이 없지는 않았다. 단 한 번도 관계에서 나 자신을 우선으로 해본 적이 없었다. 늘 맞춰주던 내가 변하면 상대는 거세게 저항할 것을 알고 있었다. 나는 연습하고 또 연습했다. 기회를 잡으려고 기다렸고, 그렇게 기회가 오자 떨리지만 말했다. 아니나 다를까. 내가 한국으로 돌아가겠다고 말을 꺼낸 순간부터 내게는 '배은망덕'이라는 꼬리표가 따라다녔다. 세상에 무서운 거라고는 없던 여자 상사는 걸핏 하면 눈물 바람을 하며 "나를 두고 가면 자기는 어쩌란 말이냐?"라고 했고, 내 마음을 돌리기 위해 온갖 회유책으로 나를 잡아두려 했다. 그전에는 마음이 약해져서 여러 번 마음을 돌렸던 나였다. 하지만 그때만큼은 마음이 점점 더 단단해졌다.

입사보다 더 어려운 퇴사가 되었지만, 나는 끝까지 버텼고 약속한 퇴사 일이 되었다. 그런데 퇴사 전날 밤, 그 상사에게 질린 2명의 직원이 사직서를 써두고 회사를 동시에 떠나는 일이 일어났다. 상사 앞으로 '사람 귀중한 줄 알고 살아라'라는 편지를 남긴 채였다.

다음 날 출근해서 그 사실을 알게 된 상사는 충격으로 몸이 휘청거렸다. 그날이 나의 마지막 날이라는 것은 이미 기억에서 사라진 듯했다. 완전 폐인 같은 모습으로 사태를 부정하며 괴로워하던 모습을 마지막에 볼 줄은 몰랐다. 아이처럼 엉엉 울면서 나에게 "잘 가"라고 하고는 쓸쓸히 어디론가 가버렸다. 직원들이 하나둘 돌아가고, 나는 마지막까지 남아 정리를 하며 내 4년간의 미국 회사 생활에 홀로 종지부를 찍었다. 해외 출장 중인 사장에게 메일로 고마웠다는 마지막 인사까지 하고 나니, 정말 만감이 교차했다. 전쟁터 같았던 그곳의 불을 내 손으로 직접 끄고 걸어 나오면서, 영화도 이런 영화는 없을 것 같다고 생각했다. '이 싸움이 이런 모습으로 마무리되는구나!' 싶어 신기했다.

한국으로 가는 비행기를 타러 공항으로 향하면서 무엇이라고 설명할 수 없는 기분이 들었다. 아무도 말해주지는 않았지만, 이제 자신의 의지에 따라 인생을 살아도 되는 자격증 같은 것을 얻은 것 같았다. 마침내 내 삶을 온전히 책임지는 한 사람으로 우뚝 선 기분이 들었다. 내 힘이 아닌 주위 모두의 힘으로, 그것을 다시 쟁취했다는 생각이 들었다. 정말 엄청난 4년이었다는 생각과 함께, 힘든 전투를 마치고 돌아가는 나에게 무한대의 축하를 보냈다. 불쌍한 그 상사의 행복을 빌며 나는 그렇게 한국행 비행기에 몸을 실었다.

살아가면서 한 번은 혹독한 시기를 보내야 한다는 글을 본 적이 있다. 나에게는 내 20대, 홀로 보낸 미국에서의 삶이 정말 혹독한 겨울이었다. 수십 년을 살면서 겪을 일을 4년에 다 겪은 것 같다고 느낄 만큼, 알았다면 안 갔을 그 겨울을 지나왔기에, 이제 나는 어떤 순간에도 자신을 존중하고 사랑하는 것을 멈추지 않는다. 시련과 역경을 통해 성장해올 수 있었던 그 시간에 감사하면서 말이다.

행복은 강도가 아니라 빈도다

《행복의 기원》의 서은국 작가는 말한다.

"행복은 아이스크림과 비슷하다. 아이스크림은 달콤하지만 반드시 녹는다. 행복해지는 옵션은 하나다. 모든 것은 녹는다는 사실을 받아들이고, 자주 여러 번 아이스크림을 맛보는 것이다."

어렸을 적 읽었던 동화를 보면 '공주님은 왕자님과 결혼해서 행복하게 살았습니다'로 대부분 끝이 난다. 드라마도 마찬가지다. 주인공이 꿈을 이루면 해피엔딩으로 그렇게 그냥 끝이 난다. 하지만 나는 그 일이 있는 다음 날 동화 속 공주님과 드라마 속 주인공들은 어떻게 살고 있을까 늘 궁금했다.

우리는 보통 자신이 바라는 무언가가 '되는 것'에 초점을 맞추고 살아간다. 목표를 이룬 후의 '사는 것'에 대해서는 그다지 생각하지 않는다. 그렇기 때문에 좋은 대학에 가고, 좋은 직장에 가면 행복해지리라는 막연한 기대를 한다. 장래 희망이었던 직업을 가지면, 결혼하면 행복한 삶이 기다리고 있을 것이라고 믿는다. 그래서 일단 '행복의 조건'을 갖추기 위해 앞만 보고 열심히 살아간다. 하지만 바라던 무언가가되는 것과 그 이후 삶의 경험은 다른 이야기다. '엄마가 되는 것'과 '엄마로 매일매일을 사는 것'은 다른 것처럼 말이다.

사람들은 아주 어릴 때부터 대부분 다른 사람들이 가고 있는 방향으로 흘러가는 것에 익숙하다 보니, '이 길이 자신의 목적지로 가는 길이 맞는지'에 대해서 굳이 물으려고 하지 않는다. 그 대열에서 떨어져 나오면 오히려 이상하게 느껴져서 모두가 일단은 뛰고 있는 형국이다. 한정된 것을 어떻게든 서로 먼저 쟁취하기 위해 쉼 없이 달리다 보니, 늘 남을 경계하게 되고 비교도 하게 된다.

그러다 보면 바라는 것을 이룰 것이고, 그러면 행복해지리라는 기대만으로 달렸건만, 이후의 삶이 생각과 다르다는 사실을 알게 되면 그때부터 당황하게 된다. 바라던 회사에 입사하는 순간은 기쁘지만, 막상 매일매일 업무 스트레스에 시달리는 일상이 되면 '이것은 내가 바라던 모습이 아닌데…' 하며 방황하게 되는 것이다.

우리 모두는 분명 행복해지기 위해 목표를 세우고, 그 '목표한 사람이 되는 것'이 행복해지는 유일한 길이라고 생각한다. 그것을 이루어내지 못하거나 놓쳐버리면, 행복해질 수 없을 것처럼 매달린다. 하지만 이미 모두가 알고 있듯, 하나의 조건이 충족된다고 해서 그 행복이 '영원히' 지속되지는 않는다. 인간은 적응의 동물이기 때문이다. 아무리 바라던 것을 이루었더라도 얼마 동안의 시간이 지나면 감흥이 없어진다. 더 나은 것에 눈이 가고 남들에 비해 내가 가지지 못한 것에 다시 결핍을 느끼게 된다.

새집에 이사한 기쁨이 아무리 커도 1년이 지나면 무덤덤해지고, 새 자동차도 새 직장도 모두 6개월 이상이 넘어가면 장밋빛 '허니문 시기'가 지나간다. 아무리 강도 높은 '한 방'의 행복이라도 시간이 흐르면 곧 사라진다. 로또를 맞더라도 말이다. 그 이유를 다룬 많은 책에 의하면, 이는 어디까지나 인간의 본능에 충실한 자연스러운 현상이라는 설명이다. 아주 오래전 우리 선조들이 자연 속에서 살아남으려면, 바로 전 먹잇감이 주는 기쁨은 되도록 빨리 잊고 다음 먹잇감을 찾도록 우리 뇌가 진화했다는 것이다.

결국 아무리 행복의 강도가 크든 작든 시간과 더불어 적응이 되기에, 살면서 오래도록 행복하려면 결국 강한 자극 한 방이 아니라 자주자주 즐거움을 맛보는 편이 낫다는 뜻이다.

고강도의 운동보다 언제 어디서나 할 수 있는 걷기를 할 때 나는 더 자주 즐겁다. 1년에 한 번 잊지 못할 '큰 여행'도 좋지만, 주말에 근교에서 새로운 풍경들을 만나는 '작은 여행'도 기다려진다. 통역사가 되어 큰 무대에서 영어를 하는 것도 좋겠지만, 일상 속에서 통역 봉사로 소소하게 도움을 줄 수 있는 것도 참 행복한 즐거움이다. 꼭 강도가 높아야만 행복한 것은 아니다.

20대의 내가 미국 직장에서 퇴사를 결심하고, 한국으로 돌아가기 위해 한창 정리로 바쁜 나날을 보내고 있을 때였다. 돌아가는 게 맞다고 머리와 마음으로 이미 동의가 다 된 줄 알았는데, 내 안에서 대뜸 "내가 한 선택이 진짜 잘한 선택인가?"를 묻는 소리가 들렸다. '올 게 왔구나' 하는 생각에, 나는 혼란스러운 마음을 뒤로하고 자리에 앉아 나 자신에게 물었다.

'왜, 뭐가 고민인데?'

'한국에 가면 또 새로운 직장을 찾고 적응을 해야 하잖아.'

'그게 어때서?'

'여기서는 이미 다 적응하고 자리 잡았는데, 그것을 다시 해야 한다고 생각하니 마음이 무거워. 나한테는 여기 문화가 거기보다 좀 더 맞는 게 아닌가 싶기도 하고.'

갑자기 마음이 복잡해졌다. 그것을 두려워하는지는 몰랐다.

'가서 천천히 적응하면 안 돼?'

'뭔가 만들어놓고 돌아가고 싶은데, 가면 곧 서른이 될 텐데. 아무것도 없는 상태로 가려니까 막막해. 직장도 찾아야 하고 다시 경력도 쌓아야 하고, 결혼도 해야 할 텐데. 너무 늦게 새로 시작하는 것 아닌가 싶기도 하고. 이제 가서 잘 할 수 있을까 걱정도 되고.'

'여기서도 했으니까 가서도 하나씩 노력하면 되잖아.'

'그래. 그러면 되긴 하지.'

뭔가 명확하지 않은 대답에, 나는 그다음 질문을 하지 않을 수가 없었다.

'아니, 그렇게 아까우면 그냥 있지. 그럼 왜 굳이 돌아가려고 하는데? 이유가 뭐야?'

나는 그 이유만 생각하면 또 눈물이 나올 것만 같았다.

'가족이지. 정말 많이 보고 싶으니까.'

'같이하지 못했던 것들을 너무 하고 싶어. 그냥 같이 밥 먹고 얼굴 보고 이야기하는 거. 그런 사소한 거. 다시 하면서 살고 싶다고.'

유치하지만 내가 미국에서 돌아와야 했던 가장 큰 이유는 그것이었다. 매일 퇴근하고 와도 반겨주는 사람 없는 집. 혼자 먹는 밥. 혼자 보내는 주말. 아무것도 없는 그런 시간이 전혀 행복하지 않았다. 사랑하는 가족과 맛있는 음식을 먹으며 매일 주어지는 일상을 행복하게 살고 싶었다. 결국 내가 성공을 하고, 경제적 자유를 얻어서 내 모든 꿈을 이룬 뒤에 원하는 것은, 가족들과 행복한 시간을 보내는 것, 좋아하는 책을 보고 깨달음을 나누며 살아가는 소소한 것들이었다. 내가 모든 것을 다 돌고 돌아 이루고 싶은 삶이 결국 그것임을 깨달았기 때문에, 그것을 미루어놓고 하루하루를 견디면서 살 필요가 없게 느껴졌다. 그냥 하면 되는 것이기에.

언젠가부터 나는 나도 모르는 사이 항상 무언가 이루어야 하고, 결과를 내야 한다고 스스로에게 주입했던 것 같다. 다 버리고 돌아가면 다시 원점에서 시작해야 하고, 그런 내 모습이 부족해 보일 것 같아 망설여지기도 했다. 하지만 나는 그 마음을 비우기 위해 연습했다. 그런 책을 읽고, 나 자신과 오랜 대화를 나누며 스스로 연습하고 또 연습했다. 모든 일들이 처음에는 서툴러도 꾸준히 하면 잘 하게 되듯, 오래 연습을 하면서 점점 나를 변화시켰다. 설령 내가 바라는 강도 높은 목표를 이루지 못한다고 해도, 매일 자주 행복한 마음으로 살면 그것으로 된다고 생각했다. 평범하지만 사소한 것들을 위해, 크지는 않지만 나에게 중요한 그 일을 위해 나는 용감해지기로 마음먹었다.

살면서 뭔가를 원한다는 것은 분명 이유가 있다. 그 느낌에 꼭 귀를 기울여야 한다. 나는 이제 뭔가 하고 싶은 게 있다면 일단 하고 본다. 전체를 한 번에 할 수 없다면 일단 발이라도 담그고 본다. 뭔가 열렬히 하고 싶다는 신호는 자주 오는 기회가 아니기 때문이다. 해야 할까 망설여지는 일도 일단 하고, 할까 말까 싶을 때도 일단 하고 본다. 자신이 좋아하는 것을 찾고, 그 즐거움을 아는 사람이 되면 순간순간이 행복하기 때문이다.

살면서 무언가 자신에게 좋은 기운을 북돋아줄 환경을 적극적으로 조성해야 한다. 그래야 삶이 지겹지 않고 살아 움직이는 놀이터가 된다. 큰돈을 들이지 않고도 얼마든지 훌륭한 환경을 조성할 수 있다. 설사 좋은 환경을 위해 추가로 지불하는 비용도 그만한 가치가 충분히 있다. 뭐든 해본 다음에 아니라면 그뿐이지만, 해보지 않고 시간이 흐르고 난 다음, '그것을 해봤으면 어땠을까?' 하는 후회가 남으면 어쩔 도리가 없다.

심적으로 지쳐 있다고 생각된다면, 지금 생각나는 작고 새로운 일부터 우선 시작해볼 것을 권하고 싶다. 거창하고 대단한 게 아니더라도 자신이 하고 싶은 것을 그냥 가볍게 시작해서 자주 해보는 것이다. 행복은 큰 사건으로 오는 게 아니라 가랑비에 젖듯이 느끼는 것이다. 행복은 강도가 아니라 빈도다.

03

당신의 인생은
매일 나아지는 중입니다

나는 그동안 살면서 크고 작은 일들을 겪으며 한 가지 중요한 사실을 깨닫게 되었다. 우리의 삶에서 겪는 시련과 역경이 실은 우리를 가장 성장시켜준다는 것이다. 괴롭고 힘든 상황을 마주하더라도 거기에 지지 않고 나아가면, 반드시 그 여정 사이사이에 내면의 성장이라는 이정표가 하나씩 놓아진다는 것을 알게 되었다. 그 이정표들은 일종의 교환을 할 수 있는 거래의 기회다. 과거의 자신과 새로운 자신을 교환하는 거래다. 이정표 덕분에 자신의 부족한 점들을 배워나가고, 더 나은 자신을 위해 부족한 자신을 버릴 수도 있다. 과거와 현재의 자신은 같은 사람이라도, 그 내면은 더 강하고 새롭게 업그레이드될 수 있다. 결국, 하나의 시련은 하나의 성장을 의미하는 것이었다. 그런 이정표가 많아지면 많아질수록 살면서 어떤 일이라도 인내하고 해낼 수 있는 사람으로 거듭난다는 것을 알게 되었다.

결혼 5년 만에 첫째가 태어나고 돌이 지날 무렵, 둘째가 찾아와주었다. 제법 오랜 기다림 끝에 첫째를 얻었던 터라, 둘째는 정말 우주에서 보내준 선물처럼 느껴졌다. 하지만 그 기쁨은 얼마 가지 못했다. 하루가 멀다고 하혈을 하기 시작했다. 유산 기가 있으니 절대 안정을 취하라고 했다. 회사를 휴직하고 병원에 누워만 있었다. 그런데 얼마 후, 정밀 초음파로 아기를 검사하던 중 갑자기 의사가 다급한 목소리로 남편을 불러오라고 했다. 출근했던 남편이 사색이 되어 병원으로 오자, 의사가 무겁게 입을 열었다.

　"아기 우뇌와 좌뇌를 연결하는 뇌량이 없습니다. 태어나면 심각한 장애가 올 것입니다. 벌써 생겨야 할 구조인데…. 시기가 늦었어요. 대학병원으로 보내줄 테니 마음의 준비를 하세요."

　하늘이 무너진다는 게 이런 느낌일까. 배 속의 둘째를 얼마나 소중하게 생각하며 기다렸는데…. 가슴이 너무 아파서 숨 쉬는 것조차 힘들게 느껴졌다. 밤새 뜬눈으로 지새운 후 대학병원으로 달려갔다. 오랜 검사가 이어지고 간절히 기다렸건만, 돌아온 대답은 '보이지 않는다'라고 했다. 일주일을 줄 테니 결정하라는 말을 듣고 병원 문을 나섰다. 차라리 내가 불치병에 걸렸다고 선고받는다고 해도 이렇게까지 가슴이 아플 것 같지 않았다. 무엇을 결정한다는 말인가. 나는 그 어떤 것도 결정할 수 없었다.

　매일 밤을 눈물로 지새우며 스스로에게 묻고 또 물었다. 결론은 아기를 지키고 싶었다. 희망을 놓고 싶지 않았다. 그러자 다른 대학병원의 의사로부터 '장담은 어려워도 1~2주 늦게 생길 가능성도 희박하지만 있긴 하다'라는 말을 듣게 되었다. 그렇게 가느다란 희망의 실오라기를 붙잡고, 2주를 더 기다리기로 했다. 매일 배 속의 아기에게 '너는 괜찮다', '너는 건강하다', '널 지키겠다'라고 수백 번, 수천 번 들려주었다.

그리고 2주 후 정말 기적이 일어났다. 초음파 기계를 대자마자 보이는 줄, 무지개보다 선명하게 뇌량이 생겨 있었다. 의사도, 간호사도 모두 놀라워했다. 참고 참았던 눈물이 한꺼번에 터졌다. 애써준 아기에게 고마워서 눈물이 멈추지 않았다.

기적은 또 있었다. 그 일이 있고 난 뒤, 우리는 원래 병원으로 돌아가지 않고 대학병원에서 출산하기로 했다. 의사도 내가 전치태반이라 그 편이 나을 거라고 했다. 나의 경우, 전치태반 단계 중에서도 완전 전치태반이라, 태반이 자궁 입구를 완전히 덮고 있어서 출산할 때 대량출혈이 있을 거라고 했다. 수술 중 여러 방법을 동원해서 지혈을 시도하겠지만, 최악의 경우 자궁 적출술까지 갈 수도 있다고 했다.

그렇게 출산 날이 다가왔다. 수술은 예상대로 출혈이 너무 심했고 할 수 있는 모든 지혈술이 총동원되었다. 예상보다 길어진 수술에 가족들은 발을 동동 굴렀다. 그렇게 한참 만에 수술이 마무리된 후 깨어나 보니, 아기도 나도 살아 있다는 게 너무 기적 같아서 믿기지 않았다. 남편에게 내가 쓴 유언장을 보여줄 때는 정말 모든 게 꿈만 같았다. 생각해 보니 대학병원으로 오게 된 것은 아기가 나를 살리려고 그런 게 아닌가 하는 생각이 들었다. 이곳에 오지 않았다면 나는 어떻게 되었을까. 모든 게 감사했다.

내가 한참을 머물렀던 대학병원의 모체태아 치료센터에는 고위험 산모들만 있었다. 나보다 더 많이 아프거나, 아니면 아기가 매우 아프거나, 아니면 항암치료를 하시는 분들이었다. 소중한 생명을 지키기 위해 사투를 벌이는 그곳에서, 나는 아기가 막달까지 건강하게 아프지 않게 태어난다는 것이 얼마나 엄청난 축복이고 기적인지를 깨달았다. 그리고 나도, 가족도 모두 건강하게 사는 지금이 결코 당연한 일이 아님을 매일 가슴에 새기고 또 새기게 되었다.

그때 박완서 작가의 '일상의 기적'이라는 글에서 이런 내용을 읽게 되었다.

"건강하면 다 가진 것이다. 눈의 안구 하나 구입하려면 1억 원이라고 하니 눈 2개를 갈아 끼우려면 2억 원이 들고, 신장 바꾸는 데는 3,000만 원, 심장 바꾸는 데는 5억 원, 간 이식하는 데는 7,000만 원, 팔다리가 없어 의수와 의족을 끼워 넣으려면 더 많은 돈이 든다. 지금! 두 눈을 뜨고 두 다리로 건강하게 걸어 다니는 사람은 몸에 51억 원이 넘는 재산을 지니고 다니는 것과 같다. 갑작스러운 사고로 구급차에 실려 갈 때 산소호흡기를 쓰면 한 시간에 36만 원을 내야 한다니 눈, 코, 입 다 가지고 두 다리로 걸어 다니면서 공기를 공짜로 마시고 있다면 하루에 860만 원씩 버는 셈이다. 우리는 51억짜리 몸에 하루에 860만 원씩 공짜로 받을 수 있으니 얼마나 감사할 일인가?"

내가 아기를 낳지 않았다면 실감하지 못했을 생명의 소중함, 건강에 대한 감사함, 그리고 내 아기가 그토록 소중하듯, 딸인 나를 그렇게 소중하게 낳아서 키워주셨을 부모님에 대한 감사함까지. 감사할 일이 너무 많게 느껴졌다.

나는 병원 소아병동에서 사투를 벌이는 아기들, 그리고 그 아기에게 병원 밖의 삶을 보여줄 수 있는 날만 간절히 바라며 살아가는 부모들도 봤다. 더 이상 만나지 못하지만 어딘가에 있을 것만 같은, 돌아가신 부모님을 하염없이 그리워하며 살아가는 자식들도 봤다. 지금 내게는 건강한 아기도, 살아계신 부모님도, 사랑하는 가족도 모두 있다. 미래를 걱정하며 지금의 행복을 미룰 이유도, 과거를 회상하며 비교할 필요도 없음을 깨달을 수 있었다.

함께하는 소중한 시간. 행복한 가족과의 소중한 순간순간을 더 많이 가지고 더 많이 지켜내야 한다는 것을, 그것 이외에는 전부 부차적임을 깨달았다. 가족과의 행복과 소중한 순간들이 내 인생의 목적이라는 것을 알게 되었다. 그 시간이 나의 가장 큰 재산이라고 생각했다. 아껴야 할 것은 시간뿐임을 깨우치게 되었다. 이 순간을 최고로 가치 있는 것으로 만들어야 함을, 물 쓰듯 펑펑 쓰는 게 시간이 되어서는 안 된다는 것을 깨달았다. 그렇게 아낀 시간으로 소중한 가족과 함께 하루를 감사하며 행복하게 살면 된다는 것을, 그들과 함께 매일 더 성장하고 나아지는 하루하루를 보낸다는 것만으로도 이미 나의 인생은 충분히 행복하다고 느꼈다.

이제 나는 자신의 삶에서 세운 목표 달성도 중요하지만, 이 과정에서 어떤 사람이 되느냐가 더 중요하다는 것 또한 깨닫게 되었다. 목표를 향해 매진하는 과정에서 우리는 더 강해지고, 마지막까지 전력을 다할 수 있는 사람이 되어야 함을 배웠다. 그럴 때 목표를 세우는 목적은 그 목표를 달성하는 데만 있지 않다. 목표를 이루기 위해 노력하는 과정에서 어떠한 상황에서도 흔들리지 않는 확고한 믿음을 키울 수 있는 게 더 중요하다. 그리고 그 믿음으로 끝까지 노력을 기울이면 결국 원하는 목표도 이룰 수 있게 된다는 것을 깨닫게 되었다.

이 세상에 모든 공을 치는 선수도 없고, 모든 싸움에서 이기는 선수도 없다. 하지만 우리의 삶에서 결과에 흔들리지 않고 꿋꿋하게 노력을 지속하는 사람은 반드시 스스로가 성장한다는 느낌을 갖게 된다. 그리고 그 느낌은 대부분 정확하다. 세상을 보는 관점도, 삶을 대하는 태도도 이전과는 확연히 달라지기 때문이다. 나 자신이 성장하는 만큼, 더 크고 넓게 세상도 바라보게 된다는 것을 알게 되었다.

괴로운 일이 있어도 도전하는 사람, 끝까지 포기하지 않는 사람은 반드시 성장할 것을 믿는다. 그래서 이제 나는 인생에 시련이 있더라도 두렵지 않다. 함께하는 소중한 가족이 있고, 지지 않을 내가 있기에 이겨내지 못할 것은 없다고 생각한다. 지금이라는 순간을 최선을 다해 살고자 노력할 때, 우리의 인생은 매일매일 나아질 것임을 믿는다.

나를 이겨내는 시점에서
역전의 변곡점이 시작된다

우리는 인생을 살아가면서 여러 변곡점을 지난다. 물이 가득 차 있는 컵에 물 한 방울만 더 떨어뜨리면 흘러넘치는 것처럼, 인생도 마찬가지다. 처음에는 변화를 느낄 수 없을 정도로 서서히 움직이는 것 같지만, 어느 순간 그동안 쌓아온 것이 한꺼번에 폭발하는 순간이 온다.

하루아침에 스타가 된 줄 알았던 배우나 가수, 운동선수들의 삶을 보면 아무도 알아봐주지 않은 오랜 무명 시절이 있었다는 것을 알고 놀랄 때가 많다. 그들은 이미 보이지 않는 곳에서 많은 시간을 투자해 노력한 결과, 인생의 변곡점을 지나오게 된 것이다.

그러나 대부분의 사람들은 자신의 변곡점이 어디쯤인지 잘 모른다. 물컵은 자신의 컵에 물이 언제쯤 흘러넘칠 것이라고 알려주지 않기 때문이다. 하지만 살면서 터널 같은 어둠에서도 자신을 이겨내고 그곳을 끝까지 지나온 사람들은 알게 된다. '아, 내가 변곡점을 지나왔구나' 하는 것을.

많은 사람들이 성공을 위해 도전하지만, 자신을 이겨낼 만큼 철저히 노력한다는 것은 쉬운 일이 아니다. 무슨 일이 있어도 해내야 할 간절한 이유가 있을 때, 자신을 믿고 앞으로 나아갈 수 있다. 그런 사람은 어떠한 위기도 기회로 바꿔내며 인생의 수많은 변곡점을 만들어낸다. 그 결과, 자신이 생각지도 못한 승리의 순간을 인생에서 한꺼번에 맛보게 되는 날이 찾아오는 것이다.

우리 엄마의 엄마, 즉 내 외할머니는 엄마를 출산하는 도중에 돌아가셨다. 나도 엄마가 된 지금에 와서야 그게 어떤 의미인지 와닿아서 가슴이 먹먹해졌다. 하지만 그와 똑같은 일이 내가 태어날 때도 엄마에게 일어났다. 출산 도중 엄마는 혼수상태에 빠지게 되었고, 산모와 아기 둘 다 위험한 고비를 여러 번 넘겼다고 한다. 그 후로 엄마는 혈액순환 장애와 신장결석 등 여러 건강 문제로 자주 병원에 입원하게 되었다. 1년여의 치료가 끝나고 얼마 지나지 않았을 때였다. 길을 건너던 중, 신호등으로 갑자기 달려든 택시에 치이는 사고를 당하게 되었다. 온몸이 그대로 공중에 떴다가 땅에 떨어지면서 충격으로 허리 척추를 심하게 다치게 되었다.

그때 나는 중학생이었는데 밤늦도록 혼자서 불안감에 떨고 있었다. 12시가 다 되어 아빠 전화를 받고 병원으로 달려가니 엄마가 온몸이 마비된 사람처럼 꼿꼿이 침대에 누워 있었다. 그때 의사 말이 엄마가 평생 일어나지 못할 수도 있다고 했다. 나는 그 말이 무슨 의미인지 가늠해볼 수도 없었다. 그저 무서워서 눈물만 흘렸던 기억이 난다.

하지만 생명의 힘은 정말로 불가사의했다. 중학생, 고등학생이었던 나와 오빠를 생각하며 엄마는 절대 지지 않았다. 일어나지 못할 수도 있다는 의사의 진단을 뒤엎어버린 것이었다. 힘든 재활을 거듭하며 강인하게 도전을 지속했다. 걱정하는 우리를 오히려 격려하면서 인생의 고난이라는 빗속을 의연하게 뚫고 나아갔다. 실의에 젖어 있는 모습 따위는 없었다. 그동안 숱하게 인생의 아픔들을 이겨온 엄마의 저력은 유사시에 진가를 발휘했다. 언제 그랬냐 싶을 정도로 강인한 오뚝이처럼 다시 일어나서 걷기 시작했다. 누가 이기나 보자고 열정적으로 달려든 엄마에게 몸이 백기를 든 것 같았다. 불가능을 가능으로 한다는 말은 쉽지만, 그것을 실현하는 엄마를 보면서 나는 인간이 가진 내면의 위대함에 놀랄 수밖에 없었다.

그랬던 엄마가 자궁 적출 수술을 하게 되었다고 들은 것은 내가 미국에 있을 때였다. 모든 힘든 일이 한꺼번에 몰아닥쳤다. 당시 아빠는 심장 스탠트 삽입 수술로 병원에 입원해 계셨다. 엄마는 수술 날짜를 잡아놓고도 자신의 몸 상태에 대해 한마디도 하지 않았다. 수술이 이틀 앞으로 다가온 때에서야 내가 미국에서 집으로 전화를 하면 통화가 안 되어서 걱정할까 봐 어쩔 수 없이 알려준 것이었다.

나는 이때 정말 미국 생활을 전부 정리할 각오를 했다. 부모님 두 분이 이렇게 병상에서 동시에 큰 수술을 받고 누워 있는데, 딸이랍시고 해외에 있어서 아무것도 해줄 수 없는 사실이 너무 기가 막혔다. 나중에 영원히 후회를 남길 것 같았다. 당장 돌아가겠다고 전화를 붙들고 엉엉 울었다. 그때 엄마는 막 수술이 끝나고 병상에 돌아왔을 때였다. 나라면 충분히 마음 약한 소리를 한마디라도 할 법한데, 엄마는 "우리는 괜찮으니 너는 네 일을 해나가는 게 맞다"라고 말씀하셨다. 눈물 속에서도 과연 어디서 저런 강함이 나올 수 있을까 생각했다. 그리고 나도 앞으로 내 자식들에게 저렇게 말할 수 있는 강한 엄마가 되어주고 싶었다. 언제나 쾌활한 목소리로 인생을 힘껏 즐기는 엄마의 강인함을 보며, 나는 그런 엄마가 우리 엄마인 게 정말 자랑스러웠다.

내가 아는 강인한 여성의 또 다른 표본, 우리 시어머니는 남편이 고3 때 암에 걸리시고 말았다. 그때 원양 어선을 타고 멀리 외국에 나가 있던 아버님 대신 홀로 형제를 키우고 계실 때였다. 어느 날 몸이 계속 안 좋아서 병원을 찾았다가 덜컥 암 선고를 받으셨다. 너무 늦게 발견한 탓에 암세포는 이미 림프절까지 번져 쉽사리 손을 쓸 수 없는 상황이었다. 하지만 목숨보다 소중한 두 아들을 생각하며 무슨 일이 있어도 살겠다는 일념을 다잡았다. 이어진 힘든 수술과 항암 치료, 방사선 치료까지 전부 견뎌냈다. 그 이후로 우리 어머니의 신조는 '안 되는 게 어디 있냐?'가 되었다.

그로부터 딱 5년 후 완치 판정을 받았다. 새로운 인생을 살아야겠다고 결심하신 어머니는 건강을 회복하자마자 검정고시 학원에 등록했다. 육 남매를 건사하느라 못 다했던 공부를 도전하셨고, 1년 만에 방송통신대학에도 진학하셨다. 미용 봉사 자격증과 다문화 자격증 등 이후로도 끝없이 도전하는 삶을 사셨다. 요양병원을 찾아다니며 미용 봉사를 하면서 자신의 이야기를 들려주고 힘내라고 손을 잡아주셨다. 암에 걸려서 아팠던 사람이라고는 도저히 믿기지 않을 정도의 밝은 얼굴로 희망 그 자체의 빛을 주위에 비춰주고 계신다.

누구나 자신에게 일어난 일은 최악 중의 최악의 상황 같아 보인다. '과연 내가 이것을 감당하고 극복할 수 있을까?' 두렵고 막막해지기 마련이다. 하지만 두 어머니의 삶을 지켜보면서, 나는 인간에게 내재된 힘은 그 어떤 시련보다 크다는 것을 배웠다. 누구나 가진 그 능력을 고난에 맞서 발휘하느냐, 안 하느냐의 차이로 인생이 달라진다.

내가 지금껏 여러 어려움이 있을 때마다 그것을 이겨낼 수 있었던 것도, 그 힘을 끝까지 내어볼 수 있게 극한의 상황에 몰려봤기 때문이라는 생각이 들었다. 그 경험을 통해, 인생을 살아가려면 자신을 이겨나갈 단단함이 무엇보다 필요하다는 것을 알게 되었다. 소중한 생명을 얻기 위해 열 달을 견뎌내듯, 매 순간순간 찾아오는 두려움을 품고 견뎌내는 시간이 필요한 것이다. 그것들을 인내하면 이전과는 다른 자신이 되어 세상을 살아갈 수 있음은 물론이다. 애벌레를 번데기에서 끄집어내주면 죽고 말지만, 스스로 뚫고 나오면 나비가 된다고 하지 않던가. 인생의 한계라고 생각한 지점까지 가서 그것을 뚫고 나와본 사람에게는 나비처럼 날 수 있는 내적 힘이 길러진다. 그래서 누구보다 자유로운 인생을 살아갈 수 있는 게 아닐까.

'인생은 타이밍'이라는 말이 있다. 나는 그게 그냥 우연히 때가 맞아서 찾아온 운을 말하는 것은 아니라고 생각한다. 오히려 물이 끓는 100℃ 직전까지, 99.9℃의 노력을 축적해온 사람에게 찾아오는 마지막 임계점 같은 것으로 생각했다. 스스로를 믿고 노력을 축적해온 사람에게 찾아오는 최후의 0.1℃와 같은 것이라고 말이다. 100℃가 되어야 물이 끓듯, 인생의 역전도 마침내 거기서부터 시작되는 것이다.

그를 위해서는 그 순간이 올 때까지 자신을 의심하지 않고 쌓아 올리는 시간의 축적이 필요하다. 우둔하다 싶을 만큼 반복적인 노력의 시간을 쌓아가다 보면, 둑이 한 방에 무너지듯 그동안의 노력에 질적인 변화가 생기기 때문이다.

결과가 당장 눈에 보이지 않으면 초조해지고, 물이 끓지도 않았는데 계속 냄비 뚜껑을 열어보고 싶어질 때가 있다. 하지만 인내하며 꾸준히 도전하는 것만으로도 인생을 바꿀 기회는 반드시 찾아온다. 그게 언제일지 모른다는 이유로 꾸준함이라는 성품이 저평가될 때가 많지만, 인생을 살아가는 데 최선이며 최고의 덕목은 꾸준함이다. 그러다 보면 자신만의 꽃을 활짝 꽃피우게 되는 지점이 반드시 온다. 자신을 이겨내는 시점에 역전의 변곡점이 시작된다.

애를 쓴 모든 시간이
미래의 나를 만든다

루게릭병을 앓으며 죽음을 6개월 앞둔 '모리(Morrie Schwartz)'라는 교수가 있다. 그는 매일 창밖을 내다보며 마치 태어나서 처음으로 자연을 보는 것처럼 나무와 바람, 새의 변화를 느끼며 순간순간을 마지막인 듯 살고 있다. 그런 그에게 바쁜 일상 속에서 영혼의 결핍을 느끼던 제자 '미치(Mitch Albom)'가 찾아온다. 그렇게 실화를 바탕으로《모리와 함께한 화요일》이 시작된다.

죽음을 목전에 둔 교수 모리에게 제자 미치는 '아프기 전으로 돌아가고 싶지 않은지, 죽기 전에 후회되는 게 있는지' 물어본다. 모리는 대답한다. "돌아가고 싶지 않아. 그러면 지금의 자신은 없기 때문이지. 내 안에는 모든 나이가 다 있네. 나는 3살이기도 하고, 5살이기도 하고, 37살이기도 하고 50살이기도 해. 그 세월을 다 거쳐왔으니까, 그때가 어떤지 알지. 어린애가 되는 것이 적절할 때는 어린애인 게 즐거워. 또 현명한 노인이 되는 것이 적절할 때는 현명한 어른인 것이 기쁘네. 어떤 나이든 될 수 있지. 지금 이 나이에 이르기까지 모든 나이가 다 내 안에 있어. 삶에서 의미를 찾았다면 더 이상 과거로 돌아가고 싶지 않아. 오히려 앞으로 나아가고 싶어 하지. 더 많은 것을 보고 더 많은 일을 하고 싶어 하게 되지."

우리의 인생은 유한하다. 언젠가는 모두 지구 별에서 떠난다. 그럼에도 불구하고 우리는 살아간다. 한정된 삶에도 없어지지 않는 가치가 있다고 믿으면서, 그것을 지키려고 노력하며 살아간다. 모리 교수는 말한다. 죽게 되리라는 사실은 누구나 알지만, 자기가 죽는다고는 아무도 믿지 않는다고. 그것을 믿는다면 우리는 다른 사람이 될 것이라고.

우리 모두는 이전에 살아온 시간을 떠나보내며, 과거의 나와, 또 이루지 못한 꿈을 떠나보내며 유한한 삶을 받아들이고 있다. 어떻게 보면 죽음이라는 정해진 운명 앞에서도 모두가 주어진 삶을 살아가는 것 자체가 기적이다. 한정된 인생을 살아가면서 우리는 그 속에서 많은 것을 배우게 된다. 자신이 살아온 과거를 회상하고 삶의 의미를 되새겨 보며 지금의 삶이 얼마나 위대한지를, 자신을 여기까지 올 수 있게 해준 많은 일과 인생이라는 것이 얼마나 감사한지를 깨닫게 된다. 그리고 굽이굽이 많은 산을 넘어 지금 이 자리에 서 있는 자신이 얼마나 대단한 사람인가도 느끼게 된다. 인생이라는 시간을 하루하루 살아낸다는 것은 그 자체로도 위대한 일인 것이다.

설사 과정에서 바라던 것들이 이루어지지 않고, 가려던 길을 다르게 바꾼다고 할지라도, 매 순간 최선을 다해 그 시간을 살아낸 사람은 결코 정체되지도, 후퇴하지도 않으며 아름답고 당당하게 인생을 살아갈 수 있다. 그러니 행여 살면서 견디기만 해야 하는 시간 속에 있을지라도, 절대로 그 시간을 슬픈 시선 속에 가두어서는 안 된다. 애를 쓴 그 시간이 지난 후 돌아보면, 그 시간이 우리에게 얼마나 고마운 밑거름 같은 시간이었는지 알게 되기 때문이다.

내가 지나온 시간 또한 그러했다. 인생의 꿈을 찾아 헤맸던 10대, 열렬하게 공부하고 치열하게 사회에 부딪히며 보낸 20대, 가족을 만들고 두 아이를 키우며 정신없이 보낸 30대, '마음에 지진'이 일어난다는 40대의 지금까지…. 돌이켜 보면 매 고비를 넘을 때마다 참 많은 일이 있었다. 하지만 그 모든 일이 있었기에 지금의 나도 있음을 알고 있다. 그 속에서 단단해진 나 자신도 좋고, 어떻게 살아야 행복한지, 삶에서 진정으로 중요한 게 무엇인지 깨닫게 된 것도 감사하다.

내 인생에서 가장 큰 시련이었던 미국에서의 사고 또한, 돌이켜 보면 지금의 나를 만들어준 고마운 일 중 하나다. 그 일이 일어나지 않았다면 진정으로 삶을 돌아볼 시간을 얻지 못했을 것이고, 인생에 깊이 감사할 수도 없었을 것이다. 나는 이제 혹독했던 그 겨울이 나를 성장시켜주었음을 알고 있다. 그 시련을 통해 나는 더 강해졌고, 인생을 더 깊이 바라볼 수 있게 되었으며, 더 나은 자신이 될 수 있었다.

인생에서 맞닥뜨리는 어려움은 시간과 더불어 곧 견딜 만해지고 익숙해진다. 좋은 일도 그렇듯 안 좋은 일도 언젠가는 지나가기에 너무 괴로움에 빠져 있을 필요는 없음을 알아야 한다. 시간이 지나고 나면 나쁘다고만 생각한 일에도 좋은 점을 찾을 수 있을 만큼, 모든 것은 변하기 마련이다. 그 모든 순간이 모여 지금의 나를 만들었듯, 내가 살아내는 지금의 순간들도 모여 앞으로의 나를 만들 것임을 확신한다.

죽음을 앞둔 환자들을 간호한 브로니 웨어(Bronnie Ware)는 자신의 책 《내가 원하는 삶을 살았더라면》에서 사람들이 임종 직전에 가장 후회하는 일들을 이야기하고 있다. 첫 번째는 자신이 살고 싶은 '나 자신'으로서 살지 못한 것이고, 두 번째는 가족들과의 시간 대신 직장 일에만 너무 몸 바쳐 일한 것, 세 번째는 남을 맞추느라 자신의 목소리를 내지 못한 것, 네 번째는 친구들과 자주 연락하지 않고 산 것, 마지막으로 자신을 더 행복하게 만들지 못한 것이라고 한다.

유한한 인생에서 우리가 좀 더 나은 삶을 살아가기 위해서는 조금 더 멀리에서 인생을 바라보며, 어떠한 순간에도 자기 자신을 가장 소중히 여기는 일을 멈춰서는 안 될 것이다. 삶은 언제까지나 그런 사람들의 몫이기 때문이다. 우리는 그를 위해 과거도 오늘도 매 순간순간 최선을 다한 인생을 살아가고 있다. 그 과정에서 겪는 아픔과 시련들은 결론적으로 우리를 성숙하게 만들어주는 힘을 가지고 있다. 그러니 너무 많은 것들을 심각하게 고민하지 말고 스스로를 너무 닦달할 필요도 없다. 그저 자신의 생을 믿고 한 걸음씩 앞으로 나아가면 된다. 그렇게 하다 보면 우리는 생각지도 못한 또 다른 좋은 곳에 도달해 있게 될 것이다.

모든 선의 시작은 하나의 점이다. 점과 점을 이어서 하나의 선을 이루듯 우리의 삶도 하루하루가 모여 결국 인생을 이룬다. 매 순간이 우리 생의 전부라는 것을 잊지 않아야 한다. 우리의 하루하루를 온점으로 채워가기 위해 정성을 다해 살아가는 것, 그것이 우리가 인생의 선을 이어가는 방법이다.

점과 점을 이어 지금의 자신이 되었기에 삶에서 어느 것 하나 의미가 없는 것은 없다. 그 점을 뺀다면 지금의 나 자신도 없을 것이다. 그리고 지금 찍고 있는 점을 계속 찍어가다 보면 알게 될 것이다. 에를 쓴 모든 시간이 미래의 나를 만들어준다는 것을.

남들보다 조금 더 이른 기상으로 하루를 열고, 내 일에 열심히 최선을 다해 임하며, 더 나은 내일을 위한 공부를 조금씩이라도 꾸준히 해나가는 일, 그렇게 인생의 내공을 쌓아가는 일이 나의 선을 연결하는 하나의 점이다. 선을 얼마나 굵고, 길게 이어가는지는 꾸준히 점을 찍을 수 있느냐 없느냐의 문제다.

인생에서 가장 힘들었던 시기인 28살의 나에게, 사고로 혼자 고통에 신음하고 있었던 그때를 지나온 29살의 내가 한국에서 썼던 이메일이 아직 메일함에 있다. 나는 이따금 그런 메일들을 열어보며 지금에 한없이 감사하게 된다.

'참 애쓰고 살았다. 혼자서 악착같이 마음 졸이며. 몸을 움츠리고 잠이 들었다. 한계가 있는 삶 속에서 무언가 빛줄기를 바라며 놓지 못하고 버티고 있었다. 놓을 수도 없고 그렇다고 정착할 수도 없는 임시적인 삶이었다. 외롭고 서럽고 안쓰러운, 마음이 아픈 시간이었다. 속 시원히 누가 답을 주지도 않는 그런 착잡한 매일을 혼란 속에서 걸었다. 잘 가고 있는 것인지, 이렇게 하면 되는 것인지 어떤 답도 얻지 못한 채, 무엇을 바라고 있는지도 모른 채 나아갔다. 언젠가는, 뭔가 달라져 있을 거라고 희망을 품고 실오라기 같은 그 희망에 기대어 살아갔다.

그리고 살아보니 그게 맞았다. 그렇게 이겨낸 추운 겨울이, 드디어 봄을 맞이하게 되었다. 더 이상 거기서 혼자 움츠려서 울고 있지 않아도 된다. 이제 가족이 있고, 사랑하는 사람이 있는 이 곳에서 마음껏 따뜻한 햇볕을 쬐면서 행복해도 된다. 힘든 그 겨울에도 분명 비추고 있었던 이 태양이 이제 전부 너에게 향하고 있다. 그 추운 방에서 이제 나와도 된다. 따뜻하고 밝은 이곳으로.'

— 29살의 김지선이 28살의 김지선에게

꿈을 이룬 당신은
누군가의 꿈이 된다

알버트 아인슈타인(Albert Einstein)은 말했다.

"인생에는 두 가지 삶밖에 없다. 한 가지는 기적 같은 것은 없다고 믿는 삶, 또 한 가지는 모든 것이 기적이라고 믿는 삶. 내가 생각하는 인생은 후자다."

20년 전, 내가 대학교 새내기 때 동아리에서 만난 한 남자 선배가 있었다. 학교에서 집으로 가는 방향이 같아서 종종 같이 지하철을 타게 되었고, 우리는 곧 친해졌다. 다른 사람들과 함께 있을 때 그는 항상 위트가 있었고 유쾌했다. 그래서 처음에 둘만 대화할 때의 진중하고 깊이 있는 그의 모습이 낯설면서도 무척 인상 깊었다. 그는 삶에 명확한 꿈이 있었고 확신이 있었으며, 무엇보다 긍정적이었다. 인간적인 그의 모습에 반해 1년 후, 그가 군대에 갔을 때도 종종 편지를 보내 안부를 물었다. 그러고는 얼마 뒤, 나는 미국 인턴을 준비하게 되었고 곧 미국으로 떠나면서 연락이 끊기게 되었다.

시간이 흘러 미국에서의 직장 생활 4년 차에 접어들고 있던 2011년이었다. 이제 곧 정리하고 한국으로 돌아갈 마음을 먹고 있던 즈음이었다. 그때 한국에서 한 통의 메일을 받게 되었다. 한 선배가 자신의 조카가 로스앤젤레스의 한 고등학교에 입학하게 되었다며, 한번 만나서 잘 지내는지 챙겨봐주었으면 한다는 내용이었다. 흔쾌히 그러겠다고, 조카와 연락해서 휴일에 약속을 잡고 만나러 갔다. 차로 1시간 남짓 달려 도착한 곳에서 처음 만난 그 조카에게 햄버거를 먹으러 가자고 했다.

그렇게 한쪽에 자리를 잡고 가볍게 대화를 이어나갔다. 학교는 어떤지, 미국에 적응은 잘되는지 내가 근황을 묻고 그 조카가 짧게 답을 하며 이야기를 나누었다. 그런데 갑자기 선배의 조카는 내가 묻지도 않았는데 뜬금없이, 예전에 자신에게 과외를 해주었던 사람 이름을 대며 그 사람 이야기를 하는 것이었다.

"잠시만, 누구라고?"

나는 너무 놀라서 먹으려던 햄버거를 그만 바닥에 떨어뜨리고 말았다. 설마 했지만, 똑똑히 들은 그 이름 세 글자에 모든 신경이 다 쏠린 나머지 그다음 이야기는 하나도 들리지 않았다.

벌써 10년도 다 되어가는 대학교 시절 그 선배의 이름을, 미국에서 처음 만난 고등학생의 입에서 듣게 될 줄이야. 그것도 이역만리 떨어진 나라의 아주 조그만 햄버거 가게에서. 정말 인생은 우연이 만드는 기적 같다고 생각하게 되었다.

그 선배와 함께할 때 많이 웃었던 기억이 어제 일처럼 막 떠오르기 시작했다. 지금도 어딘가에서 누군가를 마구 웃겨주고 있을 것 같은 생각에 이르자, 그가 너무 그립고 보고 싶은 게 아닌가. 조카와 헤어진 그 길로 나는 당장에 옛날 메일함을 뒤져서 그에게 이메일을 보냈다. 반가움과 그리움이 넘치는 마음으로, 꼭 메일을 확인했으면 하는 진심을 담아서 전송 버튼을 눌렀다.

그러고는 다른 것을 잠깐 정리하고 컴퓨터를 닫으려던 순간, 놀랍게도 답장이 와 있었다. 한국 시간으로는 아침이었던 그때, 그는 내가 보낸 메일을 바로 확인한 것이었다. 이게 누구냐며 정말 반갑다고, 자주 연락하자는 말과 함께 자신의 싸이월드 주소를 남겨주었다. 거의 10년이라는 시간이 무색할 정도로 마치 어제까지도 이야기한 사람처럼 친근한 느낌, 그대로였다.

그날부터 나는 그의 싸이월드에 하루에도 수십 번 들락날락하며 그간의 삶에 대해 알아갔다. 그가 꿈을 향해 도전한 이야기들, 꿈을 이루고 바라던 일을 하는 이야기들을 시간 순서대로 거의 외울 때까지(?) 읽어나갔다. 그러면서, 어쩌면 이렇게 나와 비슷한 고민과 비슷한 행적들을 거쳐 나와 닮은 인생을 사는 사람이 있을까 신기했다. 마치 내 일기장을 보는 듯한 그의 지난 삶에 심취하게 되었다. 마치 원래 하나였던 내가 반으로 나뉘어져 살다가 그 반을 찾아낸 느낌마저 들었다. 말하자면 그때 나는 이미 마음으로, 그가 나의 운명이자 내가 찾던 인연임을 알아볼 수 있었다. 내가 한국으로 돌아가려고 마음먹은 때에 내 삶에 다시 등장해줬고, 마음이 맞는 사람을 만나고 싶다는 생각을 하고 있던 차에 와준 그가 나는 정말 신기하고 고맙게 느껴졌다. 자석처럼 강렬하게 끌리는 느낌이 딱 '내 운명' 같았다.

그 후 내가 귀국할 때까지 6개월간 나는 자연스러우면서도 사심(?)이 가득한 메일을 보내며 꾸준히 그와의 소통, 아니 철저히 계획된 작업(!)을 이어갔다. 이미 그때부터 나는 회사 사람들과 주변 지인들에게 그와 결혼할 거라고 이야기했다. 내 이름에 있는 영어 SUN, 그의 이름에 있는 영어 MOON, 우리는 이미 하늘이 점지해준 운명이라고 하면서 말이다. 그와 함께 꼭 미국으로 신혼여행을 와서 소개해주겠다며 내 꿈을 선포했다. 아직 만나지도 않은 그와의 끝을 나는 이미 생생하게 상상할 수 있었기 때문이다.

그리고 한국으로 돌아간 지 1년 후, 2012년 11월에 나는 그 말을 지켜냈다. 그와 만나서 사귀고 결혼하고, 결국 신혼여행을 미국으로 가서 모두에게 나의 MOON을 소개해준 것이다. 함께 간 그도, 그를 만난 사람들도 모두 놀라워했다. MOON은 이미 사람들이 자신의 존재를 알고 있는 것에 대해, 사람들은 내가 진짜 1년 만에 그를 데리고 온 사실에 모두 입을 다물지 못했다. 오직 나만 이미 알고 있었던 시나리오에 흐뭇해하며 그 상황을 즐겼다.

그와 함께한 결혼 생활은, 꿈을 가진 두 사람의 결합이 얼마나 '꿈같을' 수 있는지를 느끼기에 충분했다. 신혼 때 그가 사온 비전보드에 서로 미래에 이루고 싶은 모습들을 사진으로 붙였다. 그 후 10년을 한결같이, 우리는 늘 그 꿈들과 함께 살며 하나씩 이룰 때마다 기쁨을 나누었다. 같은 방향을 바라보며 자기답게 열심히 살아가는 서로를 우리는 전우처럼 격려했다. 2명의 아이가 태어난 이후에는 각자의 시간을 육아에 더 할애해야 할 때도 있었다. 그럼에도 틈날 때마다 우리는 서로의 꿈을 응원하는 데 주저하지 않았다. 한 사람이 바쁘면 그만큼을 한 사람이 채워주며 주거니 받거니 계속 서로를 도왔다. 그렇게 든든한 전우애를 쌓아간 덕분에, 시간은 혼자일 때보다 확실히 부족함에도 오히려 각자 더 많은 것들을 이루고, 함께 의미 있는 결과들을 더 많이 만들 수 있게 되었다. 무엇보다, 서로가 지닌 가능성을 본인보다 더 믿고 지지해준 덕분에, 하나의 도전이 끝나면 또 다른 도전을 바로 꿈꿀 수 있게 되었다.

그동안 이인삼각으로 열심히 살아가는 우리 부부를 지켜봐주는 분들이 많이 생겼다. 가족과 친척은 물론이고 주례를 봐주신 지도 교수님, 직장 동료들과 선후배들, 해외에 있는 지인들, 또래 아이를 키우는 이웃들, 학원 친구들, 모임에서 만난 사람들과 SNS 친구들까지, 많은 분들이 우리를 응원해주었다. 지금처럼 꿈 부부로 잘 살아서, 사람들에게 꿈을 이룰 수 있다는 희망과 용기를 주고 싶다는 생각이 그 어느 때보다 간절해진다. 앞으로도 우리는 서로의 자리에 안주하지 않고 더 큰 꿈을 꾸며 함께 끝없이 성장해갈 것이다.

우주 이야기라면 잠도 잊고 빠져드는 남편이 어느 날, 천문학자 칼 세이건(Carl Sagan)의 《코스모스》에 있는 한 구절을 내게 보여주었다.

"헤아릴 수 없이 넓은 공간과 셀 수 없이 긴 시간 속에서 지구라는 작은 행성과 찰나의 순간을 그대와 함께 보낼 수 있음은 나에게는 큰 기쁨이었다."

이런 소중한 생을 그저 먹고사는 것에 급급해서 살다 가서는 안 될 것 같다고 생각했다. 풍요로운 삶을 누리며 충분히 만족스러운 삶을 살 았으되, 그보다 더 크고 값진 것을 위해 함께 노력한 사람으로 살다 갔 으면 하는 바람이다.

대학 때 너무 좋아서 외워버린 에밀리 디킨슨(Emily Dickinson)의 시, '내가 만일'의 내용처럼.

"내가 만일 애타는 한 가슴을 달랠 수 있다면, 내 삶은 헛되지 않으 리라. 내가 만일 한 생명의 고통을 덜어주거나 한 괴로움을 달래주거나 또 힘겨워하는 한 마리의 새를 도와서 보금자리로 돌아가게 해줄 수 있 다면 내 삶은 정녕 헛되지 않으리라."

나는 나와 우리 가족의 꿈을 사랑할 것이며, 내가 좋아하는 일을 하 며 즐겁게 이번 생을 살고 갈 것이다. 내 마음과 열정이 닿는 곳에 아낌 없이 내 목숨을 내어주고, 있는 힘껏 배우고, 나누고, 성장하며 살 것이 다. 그것이 이 세상을 다녀가는 동안 해야 할 일임을 믿는다. 그리고 꿈 을 이룬 나는 누군가의 꿈이 되어줄 것임을 믿어 의심치 않는다.

하마터면 육아만 열심히 할 뻔했다

제1판 1쇄 2023년 11월 13일

지은이 김지선
펴낸이 한성주
펴낸곳 ㈜두드림미디어
책임편집 최윤경, 배성분
디자인 노경녀(nkn3383@naver.com)

㈜두드림미디어
등 록 2015년 3월 25일(제2022-000009호)
주 소 서울시 강서구 공항대로 219, 620호, 621호
전 화 02)333-3577
팩 스 02)6455-3477
이메일 dodreamedia@naver.com(원고 투고 및 출판 관련 문의)
카 페 https://cafe.naver.com/dodreamedia

ISBN 979-11-93210-21-5 (03810)

**책 내용에 관한 궁금증은 표지 앞날개에 있는 저자의 이메일이나
저자의 각종 SNS 연락처로 문의해주시길 바랍니다.**